双生児は囁く

横溝正史

角川文庫 13814

目次

汁粉屋の娘

一

晩飯を済せて一通り其《そ》の日の夕刊に目を通して了《しま》うと、敬太郎は又ぶらりと家を出た。急に秋らしくなってセルの下に何か重ねたい様な気のする日であった。敬太郎は呆然《ぼんやり》考え乍《なが》ら公園の坂を上って行った。公園のグラウンドでは商業学校の生徒らしい青年達が、大分薄暗くなって居るのも構わずに、熱心に野球の練習をやって居た。時々カーンと気持いい音を立てて球《ボール》がポプラの梢《こずえ》に飛んで行ったりした。敬太郎は暫時《しばらく》それを見て居たが軈《やが》て又ぶらぶらと公園の裏手の坂を下って行った。雑草が径《こみち》の見えない程に茂って居て、その中を足で分けて行くと下駄《げた》がびっしょりと濡《ぬ》れて心持ちが悪かった。軈て公園の端《はずれ》まで来た、敬太郎はそこで一寸《ちょっと》立ち止ったが軈て左へ曲って歩き出した。一尺幅程の径で右の方の足の下から直ぐ一間程の崖《がけ》になって居た。崖の下に汚い人家の裏庭が続いて居た。敬太郎はペンペン草の生えた屋根の上を見乍ら歩いて居た。

すると其の時突然、

「殺してやっても飽足りないよ、畜生!」

と、いう疳高《かんだか》い女の声が聞えたので、敬太郎は吃驚《びっくり》して思わず足を止めた。ふと崖の下を見ると二人の女がそこに立って居たのだ。

一人は十八九の美しい女で井戸端に立って傲然《ごうぜん》として相手の女を睨《にら》みつけて居た。今の声は此《こ》の女だなと敬太郎は思った。も一人の女は向うをむいて居たので顔は見えなかったが、悄然《しょうぜん》とした後姿から推して泣いて居るらしかった。

敬太郎は悪い物を見たと思って慌ててそこを行き過ぎた。

彼は往来へ出る迄《まで》何《ど》うしても後《うしろ》を振向いて見る事が出来なかった。往来へ出て雑踏の中へ混り込んでも未《ま》だ心は安まらなかった。憎悪に充《み》ちた女の声が未だ耳の底にこびりついている様に思われた。

「殺してやっても飽足りないよ、畜生!!」

考えて見れば見る程恐ろしい言葉で有るので敬太郎は思わず戦慄《せんりつ》した。是《こ》れが彼《あ》の美しい女の吐く言葉であろうか、敬太郎は彼の憎悪に充ちた目を思い出した。そして彼那《あんな》美しい女に其那《そんな》に迄憎悪の念を植えつけた、もう一人の女の顔を見なかった事が残惜《のこりお》しい様に思われた。向うを向いて居て慥《たしか》には解らなかったが二十二三の女で有るらしかった。

其那事を呆然と考え乍ら往来を歩いて居た敬太郎は、思い懸けなく中学時代の同窓生である近藤と云う男に出会った。

「やあ」

と、近藤は元気よく声をかけた。もう大分目立つ麦稈帽《むぎわらぼう》をかぶって居たが、其の黒い鉢巻には高商の徽章《きしょう》が新らしく輝いて居た。

「何うして居るのだい、此の頃。」

と、言って彼は一寸立ち止ったが、

「久し振りだ、つき合わないか」と誘った。

そこで敬太郎は今来た道を又友達と肩を並べて引返した。

「相変らず勉強かい。」

と、近藤が聞いた。

「うん、やっている事はやっているが、何うも熱心になれないでね、此の調子じゃ来年も亦《また》駄目らしいよ。」

敬太郎は今年近藤と一緒に高商を受けたのだが、見事にはねられたので有った。

彼等は暫時学校の話などをしながら歩いた。敬太郎もすっかり先刻の事を忘れて了った。

すると突然近藤が足を止めた。そしておいと頤《あご》で敬太郎に合図をしながら側《かたわら》の汁粉屋へ這入《はい》って行った。都庵《みやこあん》と太く染め抜いた暖簾《のれん》を見て、そして思い出したように四辺《あたり》を見廻《みまわ》して、敬太郎は思わずはっとした。先刻《さっき》二人の女が立っていた裏庭が丁度ここの裏手に当る事に気が付いたのだ。

彼が暖簾をくぐって、這入って行くと、近藤はもう細長い土間の中程に有る卓《テーブル》を占領して、一人の女と何か話して居た。未だ宵の口だったので店には彼等の他に二三人しか居なかった。敬太郎は近藤の側へ席をとった。そして彼が始めて女の顔を見た時、又吃驚した。

「殺してやっても飽足りないよ、畜生！」

と、叫んだ、彼の女であるのだ。

彼女は艶《あで》やかに微笑んで居た。

「鍋焼《なべやき》二つ。」

と、近藤が註文《ちゅうもん》した。

女は暫時すると註文したものを持って来たが、其の儘《まま》彼等の前へ腰を下して饒舌《しゃべ》り始めた。此の女は先刻の光景《ありさま》を自分に見られた事を知らないので有ろうか、と敬太郎は考えた。知っていて平気を粧《よそお》って居るのだろうかとも思った。然《しか》し女は少しも其那風は見せなかった。女はお加代さんという。

お加代さんは丸顔の眉《まゆ》の長い目の大きい女で、唇を牡丹《ぼたん》の様な色に塗って居た。此の口から先刻彼那恐ろしい言葉を吐いたのだなと敬太郎は思った。髪を左に割って後の方でくるくると巻いて大きな櫛《くし》で止めて居た。白いエプロンのよく似合う女で、敬太郎は直ぐ此の頃よく見る歌劇雑誌の口絵を思い出した。

「お美代さんは居ないかい。」

と、近藤は金とんを突《つつ》き乍らきいた。

すると今迄愛想よく話した女が、突然立上ってふふんと鼻で笑ったかと思うと其の儘他の客の方へ去って了った。敬太郎は其の横柄な態度に驚くというより、其の激しい変化に惘然《ぼうぜん》として居た。近藤は唯《ただ》笑って居た。

「又御逆鱗《げきりん》に触れちゃった。」

暫時すると奥の方から又一人の女が出て来た。敬太郎はその女を見ると直ぐ後姿の女は是れだなと覚った。女は近藤を見ると少しも躊躇《ためら》わずに側へやって来た。そして今迄お加代さんが坐《すわ》って居た椅子へ腰を下ろした。向うの方でお加代さんが高らかに笑った。敬太郎は二人の女の間に激しい敵意を認めた。

女は腰を下してから始めて敬太郎を見た。そして甚だしく狼狽《ろうばい》した。顔をさっと紅《あか》らめた。彼女は明らかに敬太郎を覚えて居たのである。

「殺してやっても飽足りないよ、畜生！」

と、呪われた女が是れで有る。名はお美代さんと云う。

お美代さんはよくお加代さんに似て居た。唯お加代さんに比してやや面長な点が違って居る位なもので有った。それにも拘《かかわ》らず敬太郎が二人から受けた印象は全然異って居た。第一お美代さんはお加代さんの様に唇を毒々しく塗っては居なかった。頭を日本髪にして居るのも従順《おとな》しそうでよかった。総体におっとりと淋《さび》しそうな女で、痩《や》せて居る為か白いエプロンも応《そぐ》わなかった。何処かに落ちぶれて此那《こんな》稼業をして居ると云う様な気品の見える女で有った。

近藤はお加代さんに向った時とは全く別な調子で此の女と話し始めた。女も素直に相手になって冗談口も時々利いたが、一体に口数が少なくて遠慮深い調子で有った。それはあながち敬太郎が側に居る為だと許《ばか》りは思われなかった。

それから大分してから二人はそこを出た。外はもう真暗だった。

「あすこには美しい女が居るんだね。」

と、暫時してからふと敬太郎が言った。すると近藤は呆《あき》れた様な顔をした。

「君は未だ知らなかったのかい。」

「知らないよ。」

「そりゃ君の知らないのも無理はないね。四六時中机に噛《かじ》り着いて居るんだから」と笑ったが、「然し君、公園裏の姉妹小町《きょうだいこまち》位は知って居て欲しいね。」

然《そ》う言って彼は種々《いろいろ》な事を教えてやった。

お美代さんとお加代さんとが姉妹である事、二人とも余り美しくて余り贔屓《ひいき》が多く有る為に、段々と競争が昂《こう》じて敵視し合う様になった事、此の頃は特に二人の間が険悪になって来た事などを話して聞かせた。

軈て敬太郎は近藤と分れた。彼はふと花電燈の光に照らされたお美代さんの姿を思い出したが、ぞっとして身をすくめた。何うしてもそれが生きた顔に思われなかったからだ。

二

お美代さんが殺されたという事を、新聞で知ったのはそれから三日目の朝で有った。敬太郎は其の記事を読むとすっかり驚いて了った。

お美代さんが殺されたのは其の前日の六時から七時迄の間で、彼女の姿が余り長く店に見えないものだから妹のお加代さんが裏へ見に行くと、彼女が井戸端で倒れて居たという事や、お美代さんの直接の死因は血管の破裂であるが、額に打撲傷がある処《ところ》から他殺の疑いが充分にあるという事や、犯人も兇器《きょうき》も未《いま》だ判明しないが、犯行の時間が非常に短いのだし、それに未だ宵の口の事だったから、犯人は余程敏速な者に違いないと云う様な事が長たらしく書いて有った。そして最後の二行程に有力な嫌疑者として高商の学生近藤健一が拘引されたりと書いて有るのを読んだ時、敬太郎は飛び上る程驚いた。

近藤と云えばつい此の間も出会ったが、彼の男が果して斯那《こんな》事をしたのだろうかと敬太郎は考えた。近藤はしばしばあの都庵に出入りして居たらしいから、まんざら無関係だとは言い切れないかも知れないが、まさか其那事を仕様とは思われない。それに殺されたのはお加代さんならまだしもだが、お美代さん殺しの嫌疑者として近藤を拘引するなんて馬鹿馬鹿しい様に思われた。近藤は大のお美代さん贔屓なんだから。

「殺してやっても飽足りないよ、畜生！」

敬太郎は又忘れかけて居たあの言葉を思い出した。すると直ぐお加代さんが殺したのじゃないかなと思われた。

「然うだ然うだ。屹度《きっと》然うに違いない。」

と、敬太郎は思わず口に出して言った。

その日の午後敬太郎はぶらりと家を出た。

彼の足は自ら都庵の方へ向いた。都庵は戸を閉して誰も居なかった。敬太郎は裏の方へ廻って見ようかと思ったが気がとがめるので止《よ》した。そこを通り過ぎると彼は久し振りで近藤の宅《うち》を訪れた。勿論《もちろん》近藤は居らなかったが、母親が心配そうな顔をして居て敬太郎を見ると直ぐ上れとすすめた。彼女も近藤の嫌疑者として拘引された理由はしらなかった。敬太郎は暫時《しばらく》そこで話して居たが、軈《やが》て母親を慰めておいて辞した。

其《そ》の翌日又敬太郎が近藤を訪れると、意外にも彼は帰って居た。

「やあ。」

と、彼はいつもの調子で声をかけた。

「まあ上り給え、今誰も居ないのだから。」

敬太郎は上ると早速事件の方を聞いた。

「実際ひどい目に合ったよ。」

と、彼は態《わざ》と大袈裟《おおげさ》な物の言いかたをしたが、其の割合には屈託して居なかった。敬太郎はそれに先《ま》ず安心した。

「一体何那《どんな》証拠が有って君を拘引したのだ。」

「時計さ、何《ど》うしたのか自分にも解らないが、お美代さんの死骸《しがい》が僕の時計を握って居たのだよ。」

然う言って近藤は又話した。

「お美代さんの亡くなった日ね、僕は学校の帰途あすこへ寄った。そして五時頃迄お美代さんと話して居た。多分其の時に時計を何処かへ置き忘れたのだろうと思うが、自分には少しも覚えはないのだ。家へ帰ってから始めて気がついたが学校へ置き忘れたのだろうと思って、誰にも言わなかったのだ。警察では其の点を疑うのだ。彼那《あんな》立派な……と云っては可笑《おかし》いが、あれでも今頃売れば百円は慥《たしか》だからね、そんな時計を失くしておいて黙って居られる筈《はず》がない、と斯《こ》う云うのだ。そしてお前が彼《あ》の女に時計を呉《く》れてやったのだろう。何那関係が有ってやったと責めるんだね、僕は知るもんか、飽迄《あくまで》学校に忘れて居たのだと信じて居たのだからね。然し考えると不思議だね、何うしてお美代さんが僕の時計を持って居たのだろう。」

然う言って腕を拱《こまね》いた。

「然しまあよかったね、僕は又君が殺人の嫌疑者として拘引されたのかと思って心配したよ。」

と、敬太郎は証拠品の貧弱だったのを何より喜んだ。

「有難う、何ね、その方はお美代さんが亡くなった時刻に、僕が他所《よそ》に居たと云う慥な証拠が有ったので大丈夫だったのだよ。」

敬太郎は此処《ここ》で此の間の光景を話して了《しま》おうかと考えた。そして思い切ってそれを語った。近藤は暫時考えて居たが、やがて、

「君、此の事はなるべく人に言わない方が宜《い》いよ。」

と、言ったので敬太郎は驚いた。

「僕の考えるのに君の聞いた言葉はお加代さんが言ったのじゃなくてお美代さんが言った

言葉だろうと思うよ。」

「何故」と敬太郎は再び驚いた。

「君は直接お加代さんが然う言って居る処を見た訳じゃないのだろう。唯其の場の光景《ありさま》から然う判断したのだろう。然《しか》し其の判断は間違っているよ、女と云うものは其那《そんな》恐ろしい言葉を吐いて居る処を他人に見られて然う傲慢《ごうまん》に反りかえって居る事は出来る物じゃないよ、却《かえ》って君が見た時のお美代さんの様に悄然《しょうぜん》としているものだ。それにね、お美代さんは此の頃ヒステリックになって、屡々《しばしば》其那事を言ってお加代さんを脅かしているのだそうだ。」

敬太郎は此の近藤の説には敬服した。然う言われると如何《いか》にも其の方が正しい様に思われるのであった。

「殺してやっても飽足りないよ、畜生！」

従順しいお美代さんが其那言葉を吐く迄には、種々な悲劇が有るのだろうと敬太郎は考えた。

三

お美代さんが殺されてから一週間たった。其の間に新らしい事実は何事も知る事が出来なかった。敬太郎は一度近藤を訪ねたが、彼の話によるとお加代さんは相変らず都庵に出ているという事で有った。敬太郎は自分の勉強を始めた。ところがお美代さんが殺されてから八日目の朝の新聞には、又敬太郎の心を勉強から奪って行く大きな記事が掲げられた。それはお加代さんの死で有る。お加代さんは自宅《うち》で惨殺された。犯人は其の場を去らずに捕えられたが、それは彼女の情夫で紋太という遊人であった。

此の記事を読んだ敬太郎は再びお美代さんの事件を思い出した。今度始めて表面に現われて来た紋太とかいう男が屹度お美代さんの事件にも何等かの関係を持っているに違いないと考えた。果して其の日の夕刊には其の男とお美代さんとの関係が掲げられた。それは総《すべ》て紋太と云う男の自白によって判明した事実で、次の様な物語で有る。

お美代さんには一つの秘密が有った。それは彼女が匿子《かくしご》を持って居る事で有る。お美代さんは二年程前或《あ》るカフェーに居た。その当時彼女には一人の恋人があった。それは或る専門学校の生徒で有った。然し此の二人の仲は半年と長くは続かなかった。男の卒業という事が二人の仲を割いて了ったのである。男は卒業して了うと未練気もなく故郷へ帰って了った。其の後の消息を女は少しも知らない。

其の当座お美代さんは気抜けのした様な生活をして居た。然しそれは前々からの約束であったのだから何うする事も出来なかった。男の薄情を恨むという様な事は毛頭なかった。ところがそれから三ヵ月もたたない内に、女は始めて自分等の仲がそんなに簡単に処分される可《べ》きものでなかった事に気がついた。女は身体に異常を覚え始めたのである。女は驚いた、恐れた、悶《もだ》えた、彼女には母となる可き用意や決心は少しもなかったのである。

彼女の境遇もそれを許さなかった。

然しそれでも彼女は事情を男に訴える事を好まなかった。「自分はただ彼の人の玩具《おもちゃ》になっていただけで有る。彼の人も然《そ》う思って居たのだろうし、自分もそれを承知してそれ以上のものを望もうとは少しも思わなかった。だから彼の人には何の責任があろう」お美代さんは斯う考えた。「それに彼の人は親切だった。卒業すると同時に分れる事は前々からの約束であったのだし、その時にも学生としての出来るだけの事はして置いて呉れた。だから自分に彼の人を恨む法は少しもないのである。殊に今更になって貴方《あなた》の子が出来ましたなんて事が何うして言い様、彼の人は屹度疑うだろう。彼の人が疑わない迄も彼の人の両親が承知する筈がない……」と斯麼風《こんな》にも考えた。

然し結局男に頼らないとすると彼女は直ぐ自分の身に窮した。ところが其の女の弱点へ附込んで来た一人の男があった。それが紋太である。紋太の親切には勿論野心があった。然し自分の身を持余しきっていた女は、そんな事を厭《いと》う余裕は持っていなかった。毒と知りつつ彼女は延ばされた手へ縋《すが》り附いたのである。紋太は巧に子供を処分した。女はそれを聞こうともしなかった。聞く事を恐れたのである。

紋太はやくざな遊人で有った。然し決して悪人じゃなかった。彼は自分の身に不相応な女を得る事が出来た時、女の云う事なら何でも聞こうと考えた。そして女の意見によって遠からず足を洗う事も誓ったのである。若《も》し此儘《このまま》事情が進んでいたならば、彼等は案外幸福な人間であったかも知らない。然しそうは行かなかった。其処にお加代さんがいたのである。お加代さんは姉の幸福は自分の不幸であるかの様に考えた。そして其の幸福を破壊してやらなければ腹の虫が承知しなかった。

お加代さんは妖艶《ようえん》な女である。そして男を誘惑する手管を充分に知っている女である。彼女は直ぐ成功した。彼女は種々《いろいろ》な毒を紋太の胸に吹込んだ。そして子供を種に散々お美代さんから金をしぼらせた。お美代さんは自分の身と子供の身上《みのうえ》に思窶《おもいやつ》れた。彼女のヒステリーの原因は此処にあったのである。

　ところが斯うした事情の間に突然お美代さんが死んだ。殺された。すると紋太に対するお加代さんの態度が急に冷くなった。彼女の恋は姉という競争者が有って始めて燃えた意地の恋である。競争者がなくなると冷えるのは当然であった。ところが男の方では又お美代さんが亡くなってから、始めて彼女の価値に気が付いた。彼は悔恨の念に打たれた。そこへお加代さんが薄情になった。紋太はかっとして了ったのである……。

然し紋太もお美代さんの死の原因に就いては何事も知らなかった。彼は最後に次の様に言っていた。

「お美代の死因に就いては何事も申し上げる事は出来ませんが、彼女《あれ》が他人《ひと》様の時計を握っていたと云う事に就いては少々考えがあります。お美代は彼の晩の八時迄に二十円の金を拵《こしら》えなければなりませんでした。出来なければ子供を売飛ばすと私が脅かしたのでした。然し何うしてそんな金が出来ましょう。そこで彼女は他人様の物に手を懸けたのだろうと思います……」

四

紋太と云う男の自白も、結局お美代さん殺しの犯人に就いては何等の曙光《しょこう》をも見せなかった。その記事の出た翌日敬太郎は又近藤を訪れた。お美代さんが盗みをしたと云う紋太の言葉を、近藤は多分否定するだろうと思いの外、彼は反対にその総てを承認したのである。彼の言う処によるとお美代さんが時計を持っていたと云う事を聞いた瞬間からそれに気がついていたのだそうである。唯《ただ》彼女の名誉を思って彼は黙っていたのである。

「お美代さんはね、一時あの時計を何処かに匿すつもりで裏へ出て行ったのだよ。」

と、近藤は言った。然しそれ以上の事は本当に知らないらしかった。

敬太郎は其後《そのご》毎日毎日新聞に注意していた。然しお美代さんの事件はそれぎり何も出なかった。敬太郎はそれが解って了わない間は落ちついて勉強する事が不可能の様に思われた。然しそれでも一月もたつとすっかり忘れて了う事が出来た。

ところが十一月の中頃のある日、お美代さんの事件から一ヵ月半もたったある日の事、突然新聞に再びお美代さんの事件が現われた。そして今度は総ての疑問が氷解されたのである。それは次の様な事実である。

師走《しわす》を前に迎えて十一月の十三日は都庵の大掃除であった。さすが警察は以前の事件を忘れては居なかった。それで都庵の大掃除を知ると何か新らしい事実もがなと二名の刑事を派遣した。

　すると掃除の最中に床下から一個の球《ボール》が出た。それは中学程度の野球チームの用いる物であったが、刑事は其の球に附着して居た黒い汚点《しみ》に疑いを抱いた。ところが果して分析の結果それが人間の血である事が証明された。然もそれは人体を出てから約一ヵ月半程経過しているとの事であった。此の証言が発表されると同時に又お美代さんの死体を検視した警察医が次の様な証言を与えた。

「兇器《きょうき》が球である事は最も彼女の額の傷と符合している。自分も球と迄《まで》は気が付かなかったが慥《たしか》にそれに違いあるまい」と。

　そして最後に又動かす事の出来ない事実が挙った。

公園のグラウンドで毎日野球をやっていた商業学校の野球チームはお美代さんの亡くなった同日同刻一個のボールを失うた。チーム中のグレートバッターの打った球が何処かへ飛んで見えなくなって了《しま》ったのである。

　其のボールの飛んだ方向は慥に都庵の方角であったとの事である。そして都庵の床下から出たボールがそれに違いない事迄も慥められた。

　斯《こ》うした事実から推してお美代さんは結局流れ球によって命を失ったと云う事が判明したのである。

　医者は次の様に説明していた。

「お美代と云う女は始めて盗みをしたのだ。彼女の心は其の恐ろしい経験に極度に亢奮《こうふん》していたのだ。彼女は其の盗んだ物を何処かへ匿そうとしていた。其那時《そんな》には何那些細《どんなささい》な物音でも彼女を脅かすには充分だったのだ。まして彼女の心臓は非常に弱くなっていた。だから到頭流れ球《ボール》と云う彼女にとっては恐ろしい衝動の為に命を失って了ったのだ」と。

敬太郎は此の記事を読んだ時、暫時呆然《しばらくぼうぜん》としていた。それは又余りに儚《はか》ない最期である。

其の日敬太郎は又近藤を訪れた。

「可哀相に、そんなに心を痛めてまで盗まなくっても宜《い》いのに、唯一言呉《く》れと云えば時計位呉れてやった物を。」

と近藤は淋《さび》しそうに言った。

斯うして有名だった姉妹小町《きようだいこまち》は二人とも儚なくも消えて行った。

正月が来る迄にはもう彼等の事を覚えている者はなくなるだろう。

然しその次の日から、敬太郎は本当に落ついて勉強する事が出来る様になったのを喜んだ。

三《み》年《とせ》の命

篠山博士

赤坂の方に病院を持っている篠山《しのやま》博士は、夜の十一時過ぎ、久世山《くぜやま》にある自分の邸宅へ帰って来た。自動車は江戸川より前へは進めないので、其処《そこ》でそれを乗捨てると、喧《やかま》しい機関《エンジン》の音を後に、杖《ステッキ》を軽く突きながら、前屈《まえかが》みに彼は坂へと差しかかった。

四月だというのに、この二三日、陽気がすっかり舞戻って、昨日なんか、淡雪さえもちらほらした。人通りの疎《まば》らなその坂道では、その雪がまだ解けやらず、道の両側に薄ら化粧となって残っている。博士は外套《がいとう》の襟に、深く顎《あご》を埋《うず》めながら、ともすれば辷《すべ》りがちなその傾斜道を、一歩一歩踏みしめて行く。

やがて坂の中腹の、少しひらけた広場まで辿《たど》り着いた。さすがに健康でも老体の事だ、其処まで来ると博士は、いつも背を伸して一服する。彼は外套のポケットを探って、一本の葉巻を取出すと、チュンと手際よく蠟《ろう》マッチを鳴らせた。とろりと澱《よど》んだ暗闇が、そのマッチの下で、めらめらと引裂かれた。

その途端、博士は何がなしにぎょっとして一歩後へ退《さが》った。

路傍に眠る男

その暗闇の坂道の、一方の側はと言えば、広い邸宅の煉瓦《れんが》塀が、長々と続いているのであるが、その塀のもとに、一人の男が、真黒な翳《かげ》をなして打倒れている。正体なく、右手は膝《ひざ》の上に、左手は雪を掴《つか》んで、白い頸《くび》は折れんばかりに、そして上半身は塀に倚《よ》りかかるようにして蹲《うずくま》っている。

博士は燃え切った蠟マッチを、周章《あわて》て投げ捨てると、もう一本火をつけて、

「君、君。……」

と声をかけた。

返辞はない。

「君、君。……」

と、もう一度声をかけながら、博士は間近く歩みよって、肩に手をかけ、二三度強く揺った。その拍子に、男はがくりと、雪の上にのめって了った。職業柄、博士は素速くその手頸に指を触れてみたが、脈はある。死んでいるのではなかった。跪《ひざまず》いて、瞳孔《どうこう》を調べてみると、ひどく拡がっているようだ。

「ウム……、麻酔剤だな。」博士は低く呟《つぶや》いた。

暫《しばら》く待っていたが、夜更の事とて、人通りはない。捨てて置いたら凍え死んでしまうかも知れない。博士は仕方なしに、両脇の下へ手を入れると、うんと力を罩《こ》めてその男を抱き起した。

それでも、幸い博士の邸宅は、つい其処の角を曲った所にある。一元気出せば、その男ぐらい担いで行くことはなんでもない。博士は外套がどろどろになるのも構わずに、二三歩、よろよろと歩き出した。丁度その時、向うの角から、ひょっこり現れた人影が、怪しむように、此方《こっち》へ近附いて来たが、二三間前まで来ると、ふいに立止って声をかけた。

「おや、先生じゃありませんか。」

「やあ、川路君。」

と博士も直様《すぐさま》そう応《こた》えて、相手が何事か訊《き》こうとするのを、

「いい所へ来てくれた。行倒れだ、俺《わし》には鳥渡《ちょっと》荷が重そうだから、君、気の毒だが手を貸して呉れ給え。」

「行倒れですか、ようございますとも、さあ此方へお貸しなさい。」

川路三郎は、寧《むし》ろいそいそとその行倒れを受取った。

泰　子

鈴《ベル》の音に、玄関の扉《ドア》を開いた姪《めい》の泰子《やすこ》は、川路の顔をみると、おやというような顔をした。

「どうなすったの、何かお忘れもの。……」

という所をみると、川路三郎は今迄此の邸《やしき》にいたのに違いない。

「いや、なに。……」と川路が何か言おうとするのを、博士が後から気軽に引取って、

「泰子、行倒れだ、叔父《おじ》さんが困っている所へ川路君がやって来たので手伝って貰《もら》った。六畳の洋室の方へ、寝台《ベッド》の用意をしてお呉れ。」

「まあ。」と泰子は初めて気が附いて、川路の背負っている男の顔を覗《のぞ》き込みながら、

「まだ若い方ね、どうしたんでしょう。」

「麻酔剤でやられているらしいんですって、尤《もっと》も大分覚めかけてはいますが、ひどく冷えこんでいるようですから、泰子さん、あなた誰かに言って、湯を沸かして貰って下さい。」

「そうだ、病人の世話は川路君に任せて置こう、俺はすっかり疲《くたび》れた、……時に泰子、叔《お》母《ば》さんは?」

体の大きい赤ん坊

叔母さんはと問われて、泰子が鳥渡返事を渋ったのを、博士は早くも見て取ったらしく、

「ああ、そうか、又夜会か、あれにも少々困ったものだ。」

そう言いながら、汚れた外套を気軽に脱ぎ捨てると、

「じゃ川路君、病人は君に任せたよ。俺は鳥渡仕事があるから。……」

と、そう言い捨てると、二人を残してさっさと自分の書斎へ入ってしまった。

「暢気《のんき》でいいですね、先生は。……」

「ええ。」と泰子は少し顔色を曇らせたが、直ぐに気を取直して、

「まるで子供なんですよ、本当に体の大きい赤ん坊ですわ。……おや、それより、早く病人を降ろさなきゃ、あなた大へんでしょう。」

「いや、いいんです。私が担いで行きますから、あなた早く湯の方をして下さい。」

「そう、じゃ、お願いします。あたし奥へ行って婆やに頼んで来ますから。」

毒草のような不吉さ

大きな洗面器に、熱い湯を一杯盛って入って来た泰子は、その時初めて、寝台の上に横になっている青年の顔を、明るい電燈の光の中に見た。何がなしに、彼女はハッとした。膝がガクガク慄《ふる》えて、心臓がドキドキと不規則に高鳴るのを覚えた。

「どうしたのです。」

「いえ。」

泰子は、さっと顔を紅《あか》らめると、周章て洗面器を其処へ置いた。

どうしてそんなに狼狽《ろうばい》したのか、それは彼女自身にも分らなかった。が、その青年の顔を見た瞬間から、彼女は何かしら、暗い、重苦しい、それでいて、何とも形容の出来ない、甘い蜜《みつ》のようなものが、心の中に纏《まつわ》って来るのを感じた。しかもその蜜は、甘いばかりではなく、何かしら、毒草のような不吉さをも含んでいた。

「………」川路は不安そうに、何か言おうとした。が、その途端、薬が効いたのか、今迄《まで》死んだようになっていた青年が、かすかにウム……と苦しげな息を吐いた。

二人とない美貌

その青年の容貌《ようぼう》を、何と形容したらいいだろうか。そうだ、それは恰《あたか》も高畠華宵《たかばたけかしょう》の描く絵にそのままだった。すんなりと恰好《かっこう》よく伸びた鼻、描いたような両の眉《まゆ》、柔らかな頬のふくらみ、そしてその下にきっと結ばれた赤い唇、あまりにそれは整いすぎた顔立ちであるので、ともすれば、総《すべ》てが冷く、時には冷酷にさえ見えそうである。

しかし、そうは言え、こんなにも稀《ま》れな美貌をめぐまれた青年は百に一人、いや千に一人――いやいや、この世の中に又と二人あろう筈《はず》がない。これから先、いやこれ迄にも、この赤い唇、長いふさふさとした睫毛《まつげ》、白い額の上に垂れ下がった漆黒の髪、それ等が幾人の女性を魅了し、幾人の女性がそれを愛撫《あいぶ》する事を希《こいねが》ったことだろう。

現に男の川路三郎ですらが、握れば春の淡雪のように解けてしまいそうなその美貌に、我れにもあらず、胸のうずくような思いをした程である。

「泰子さん。」彼は暫くしてやっとこれだけの事を言った。「お湯が沸いたら済みませんが、足を摩擦してやって呉《く》れませんか。」

足

川路のこの命令は、泰子にとって少し残酷かと思われた。彼女はしばらく、どうしたらいいかという風に躊躇《ちゅうちょ》していたが、やがて仕方なしに、青年の足下に跪《ひざまず》くと、静かに汚れた靴を脱がせた。

真白な、ふわふわとした足、その先に恰好よく並んだ五本の指、そこに宝石をちりばめたような桜色の爪、——泰子は鳥渡その足に手を触れたが、直ちに、何かしら禁断のものを犯したような恐ろしさに身を悸《すく》めた。

「どうしたのです。」

「あたし、あたし。……」泰子は哀願するように言った。「あたしにはとても出来ませんわ。」

「そうですか、じゃ、私が代ってやりましょう。」

川路は、何か不吉な考えを打消すように、強いて元気よくそう言うと、立上って泰子と入れ代ったが、鳥渡その足の裏に手を触れただけで、何かしらひどく驚いたように、

「おや、これはどうしたのだ！」

と叫んだ。

赤ん坊の足

「え？」

「これは不思議です。泰子さん、恐入りますが電気をこちらへみせて下さいませんか。」

「どうしたんですの？」

川路はそれには応えずに、電気の光の中で、つくづくとその足の裏をみていたが、

「泰子さん、鳥渡先生をお呼びして来て下さいませんか。」

と早口で言った。博士は直ぐに、泰子に呼ばれてやって来た。

「どうしたんだ。何か変った事でもあるのかね。」

「先生、鳥渡この足の裏をみて下さい。」

川路はそう言いながら、立上って、席を博士に譲った。博士は不審そうに顔を顰《しか》めながら、川路の後へ跪いて、足の裏を見ていたが、見る見る包みきれぬ驚駭《きょうがい》の色が、その顔一杯に拡がった。

「これは不思議だ、川路君、この足は産れたばかりの赤ん坊そのままだ。未《いま》だ嘗《か》つて一度も、歩く事はおろか、立った事すらない足だよ。」

意味の分らない恐怖

歩く事はおろか、立った事すらない足——？　一体それはどういう意味だろう。人間が二十歳を幾つか越える迄、歩きもしなければ、立った事すらないという事があり得るだろうか。それも病人か、身体に欠陥があるとかなら知らぬ事、打見たところ、その青年には、何処にどうという肉体上の欠点がありそうには思えぬ。

「川路君、至急病人の目の覚めるようにして呉れ給え。何か余程変った事情がありそうに

思えるから、一応よく聞いて見なければならない。」

「承知しました。」

川路は、何か強烈な薬液を浸入《しみこ》ませた綿を以《もっ》て、しっかりと青年の鼻を被《おお》うた。と、忽《たちま》ち、息使いが激しくなり、生気が著しく頬の上に拡がった。そして数秒の後には、悪夢と戦うように身を藻掻《もが》いていたが、やがて、ぱっちりと美しい目を開いた。が、その瞬間彼は、二三度電燈の光に眼が眩《くら》むのか、激しい瞬きをしていたが、突然、得も言えぬ恐怖に、顔全体を引攣《つ》らせて、ギャッという様な、意味の分らない叫声を挙げた。丁度漸《よう》やく舌が廻《まわ》り始めた赤ん坊のような声で。……

博士の言葉

それから暫《しばら》く、訳の分らぬ恐怖に脅《おび》えて、荒狂うその青年を取鎮める為に、篠山博士と川路とは、並々ならぬ苦労をしなければならなかった。そのために博士は、再び彼に麻酔薬を与えて、眠らせてしまうより他にみちはなかった。

「どうしたんでしょう、叔父さま。」

部屋の隅で、色を失って小さくなっていた泰子は、青年の寝入ったのを見て、漸くこう博士に問いかけた。

「私にも分らない、何をあんなに恐れているのでしょう。」

博士はしばらく、じっと青年の顔から、体附きを打眺めていたが、

「驚いちゃいけない、この青年は、今まで電気の光というものを見た事がないのだ。そしておそらく人の声を聞いたのも、今が初めてなのに違いない。彼には言葉が分らない。耳が聞こえ、声も出るが、彼は言葉を知らないのだ。一体どういう訳か、それは分らないが、何か恐ろしい犯罪がその裏面にありそうだ。」

そう言いながら、博士はふと床の上に眼を落したが、其処《そこ》に一片の紙片を見出《みいだ》して、そっとそれをつまみ上げた。

「この若者を救い上げて下すった御仁に。」

軽部芳次郎

博士はおやと顔を顰めると、周章《あわて》てその封を切った。

この若者を救い上げて下すった御仁よ。余は彼を暗黒の世界より解放するに当って、一言《いちごん》申述べるものである。元来彼は終世を、暗黒の中に果つるべき運命を背負って生れた身の上である。而《しか》して余は忠実に、その運命の命ずるままに彼を守り養《そだ》てて来た。然《しか》し最近、あまりに健かな彼を見るにつけ闇から闇へと果つる彼の不憫《ふびん》さに、三年間の夢を彼に与える決心をした。彼は世に出るが否《いな》や、その身に備われる種《いろ》んな特徴により、思いもかけぬ楽しい夢を見るかも知れぬ。然し余はここに固く断言する。彼の運命は所詮《しょせん》黒い星である。彼を取巻く人物には、それが男であろうと、女であろうと、遂には彼の不吉さに感染し、その身を滅亡させるであろう。終りに彼の名は仮りに軽部芳次郎と呼べ。

篠山博士を初め、川路と泰子は思わず顔を見合せた。

白孔雀

その頃、帝国劇場には、伊太利《イタリー》カーピオペラの一座がかかっていた。そういう興行の常として、観客席は、美しい若人《わこうど》達の姿で埋まっていた。日本では滅多に見る事を許されない、遠い南欧の芸術に、誰も彼も、夢のように血を湧立せていた。丁度第一幕が終ったところで、人々は一様に廊下に出ていた。長い振袖《ふりそで》の令嬢だの、支那服の女だのが、そうした人々の群をこよなく艶《あで》やかに装飾していた。

吉川伯爵夫人の美枝子も、それ等美しい蝶《バターフライ》々の中の一人であった。良人《おっと》と共に、最近仏蘭西《フランス》から帰って来たばかりの彼女は、あちら仕込みの、ぴったりと身に着いた洋装をしていて、手には絹地に金の刺繍《ししゅう》をほどこした扇を軽く握っている。其のくっきりと水際立った白孔雀《くじやく》のような容姿は、夥《おびただ》しい女性の中でも、一際目に立ってみえる。彼女は数人の男たちに取囲まれて軽く打笑いながら、愛嬌《あいきょう》よく話をしていたが、その姿をみると、どうしても二十八だとは思えなかった。

幕間《まくあい》は相当長かった。

美枝子はもう、若い男たちのお世辞は聞飽いた形だった。でも、さすがに、そんな素振は微塵《みじん》も見せなかった。相変らず、愛嬌よく相槌《あいづち》を打ちながら、彼等より遥《はる》か向うの方をみやっていた。その時、ふと彼女の眼に映った美しい一団があった。

「おや。」彼女は一番身近かにいた一人を振返って言った。「彼処《あすこ》へ来ていらっしゃるのは、篠山さんの奥様ね。」

「ほほう、成程。」

其の男は直ぐ答えた。

「奥さんと泰子さんと……、泰子さんはいつ見ても可愛いですね。博士は見えないようですよ。」

「あの御一緒の方は何方《どなた》?」

「川路君でしょう、泰子さんの許婚者《フィアンセ》です。」

「いいえ、そうじゃないの、もう一人の方、ほら、棕櫚《しゅろ》の葉の影から、ぼんやり此方《こちら》を見ていらっしゃる……。」

「どれ。」

と言いながら、眼で探していたその男は、ふいに驚いたように、美枝子ではなしに、他の男に振返って言った。

「おい、君、軽部芳次郎が来ているよ。」

軽部の噂

「軽部さんて、どうした方なんですの？」

美枝子は、他の男たちの驚きようから、棕櫚の葉影に佇《たたず》んで、ぼんやりこちらを凝視している青年が、唯者《ただもの》でない事を覚ったので、そっと傍の男に聞いた。

「奥さんは軽部芳次郎を御存じないんですか。」

「ええ、ちっとも。」

「そうだ、奥さんは巴里《パリー》にいらしたのだから、あの大騒ぎを御存じないのも無理はない。そうだ、去年の丁度今頃でした。篠山博士があの男を拾い上げたのです。その時、あの男は、口も利けなければ、物も言えず、喰《た》べる物と言っても、麵麭《パン》と水の他には、絶対に何も喉《のど》を通らなかったのです。その後博士一家の丹精で追々、人間らしくなって来たのですが、彼自身の話を、綜合《そうごう》してみると、産れてから二十何年間か、彼は全く、暗い一室の寝台《ベッド》に寝かされたまま、話相手とては誰一人なく、日に一度だけ、黒い布で面《おもて》を包んだ男が這入《はい》って来て、辛うじて生命を繫《つな》ぎ得るだけの、麵麭と水とを与えて去ったのだそうです。」

「そうそう。」美枝子は思い出したように言った。「たしかあちらにいました時分、東京から来る新聞で、そんな記事を読んだ事がありますわ。じゃ、あれは本当の事だったのですか。」

「本当ですとも、当時新聞で大騒ぎをしましたよ。」

篠山博士夫人
その時向うの方では、泰子が第一に美枝子の姿を見附けた。彼女はそっとその事を叔母《おば》の道子に言った。

「おや、まあ!」

道子は仰山そうに、吉川夫人の方に向って、こぼれるような愛想笑いをしながらお辞儀をした。

「奥様、奥様がお見えになっていると言う事を今ちらと耳にしたものですから、あたし先刻《さっき》から探していたんでございますよ。いつ見ても奥様のお美しいこと。」

道子は辺憚《あたりはばか》らぬ大声で、そんな事を言いながら、美枝子の方へ大きな体をゆるがせながらやって来た。

「奥様、今日は是非あなたに会って戴《いただ》きたい人を連れて来ているんでございますよ。軽部芳次郎——、御存じでいらっしゃいますかしら。」

彼女はそれが一種の誇りでもあるかのように、彼の方を見やりながら言った。

「ええ、お噂だけは、——まだお体が本当ではないようですね。」

「ええ、それが何しろ御存じのような事で……、でももう大丈夫なんですの、今日初めて、こんな場所へ連れて来たんですけど、思ったより驚かないようです。奥様、恐入りますが鳥渡《ちょっと》会ってやって下さいませんでしょうか。」

過去と現在

軽部芳次郎は泰子と川路三郎に護《まも》られながら、しょざいなさそうに棕櫚の葉を毟《むし》り取っていた。彼はもう殆《ほと》んど一人前の青年に迄《まで》成長していた。歩く事、喋《しゃべ》る事、物を認識する事、そういう外形的な進歩と共に、内面的にも、驚くべき成長を、自分自身で意識した。それは恰《あたか》も、堰《せき》を切られた瀧津瀬《たつせ》のように、凄《すさま》じい勢いで、肉体をしいたげた。目の眩《くら》みそうな本能の悩み、それと共に、女性に対する憧憬《しょうけい》が、真紅《まっか》な花のように、大きく花弁を開いた。彼はまだ自分自身の美貌《びぼう》を意識する迄には到ってなかったが、あらゆる女性に対して、一種の物の香を感じた。つまり彼は、今一番危険な状態に、立っている訳だった。

真暗な、陰気な一室、其処にある固い木製の寝台、其処に二十何年間か黙々と横たわっていた自分を思い出すと、現在が寧《むし》ろ夢のようにさえ思われるのだった。其処には、人間と言えば自分の他に、唯一人、黒い布で面を包んだ男が、日に一度だけ、麵麭と水とを持って来るだけだった。其の男は一言も口を利かなかった。唯黙って持って来たものを、彼の側に置いて行くだけだった。

しかもあの当時、自分には何の不平があっただろうか。いやいや唯その運命に無抵抗に服従していただけだった。考えてみると、それ以外の世間があると言う事さえ気が附かないくらいだった。何というこれは大した変りかたであろうか。

白孔雀と紅い花

彼がこの世の中で第一に見た女性、それは泰子だった。それだけに彼はこの泰子が誰よりも一等好きだった。しかし、その好きという意味は、例えば兄妹のような愛ではなかろうか。尤《もっと》も泰子の方の態度如何《いかん》で、それは直ぐにも崩れる信念であったかも知れないが、幸いに、彼女にはそうした隙が一分もなかった。おまけに彼女には、川路三郎という恋人がある。

その次に見た女性、それは道子だった。然《しか》し、これは問題ではない。彼女は唯、肥《ふと》った、自慢屋の、自己意識の強い女に過ぎなかった。彼の本能は、だから、今頻《しき》りに適当な対象を求めているのだ。

美枝子に紹介された時、殊に彼はその意識を強くした。

「わたくし吉川美枝子でございます。」

と差伸べられた指先に手を触れた時、彼は思いがけない戦慄《せんりつ》に、眼が眩みそうになった。

泰子はそれを取りなすように言った。

「叔母さん、軽部さんはお加減が悪いんですって、さっきからそう仰有《おっしゃ》ってでしたわ。だからもう失礼した方がよかあないかと思いますの。」

「そう。」道子は残念そうに、吐息を洩《も》らした。

軈《やが》て、劇場から出て行く彼等の後姿を見送った時、美枝子は深い感慨に沈んでいるように見えた。

「まあ、何んて美しい青年だろう。」と美枝子は秘《ひそ》かに呟《つぶや》いた。「しかし、しかし、何んという暗い翳《かげ》のある……。」

変な男

道子と軽部芳次郎、泰子と川路三郎と、二台の自動車に分乗した彼等が濠傍《ほりばた》を過ぎる時、川路三郎はそっと泰子に囁《ささや》いた。

「泰子さん、あなた今日劇場で、変な男が附纏《つきまと》っていたのを御存じありませんか。」

「ええ、いいえ。」

泰子は驚いたように川路三郎の顔を振返った。

彼女は今吉川夫人の事を考えていた所だった。最近彼女はともすれば心の平衡を失いがちだった。何故だか自分でもはっきり分らなかったが――。

川路は言おうか言うまいかとするように、暫《しばら》く躊躇《ちゅうちょ》していた。道路工事の掘返しで、自動車が激しく揺れて、二人は体をぶっ着けそうになった。

「変な男って、どうかしたんですの。」

しばらくして泰子の方から口を出した。

「いや、別にどうもしないのですが、何だか、僕たちを監視しているようでした。」

「どんな人？」

「四十前後の、痩《や》せこけた、眼のぎょろりと大きい、ほら、僕たちの席から二三列後《うしろ》の、一番端に腰を下ろしていた男ですよ。」

「あたし、ちっとも気が附きませんでしたわ。しかし、何のために……。」

と言いかけたが、彼女は吃驚《びっくり》したように口を噤《つぐ》んだ。

警告

その時、彼等の自動車と擦々《すれすれ》に駛《はし》って来た自動車の中から、上半身を乗出すようにして、こちらを覗《のぞ》いている男、それはたしかに、今川路三郎が言った人相そのままではないか。そう言えば、たしかにその男を劇場で、何度となく見掛けたのを思い出した。

「あれ！」

と泰子が川路に言おうとした途端、こちらの自動車の窓硝子《ガラス》がガチャンと音を立てて裂《わ》れた。何か紙片を巻きつけたものが、川路の頰をかすめて床の上に落ちた。

物音に驚いて運転手が、ブレイキをかけている間に、向うの自動車はすうっと追抜いて早何処かへ見えなくなった。

「どうかしましたか。」

「いや、いいんだ。前の自動車に遅れないようにやって呉《く》れ給え。」

川路は床の上にあるものを拾い上げながら言った。彼はそれを読終えると、黙って泰子に渡した。

軽部芳次郎よ。

余はここに警告を与えて置く、あと二年の命。

「まあ。」泰子は襲われたように肩を悸《すく》めた。「そう言えば、あの人を初めて拾って来た晩は、丁度去年の今日でしたわね。」

薄暗い空に眼をやりながら泰子は呟いた。

柘榴屋敷

川路たちの乗っていた自動車に、怪しい紙片を投げ込んだ男は、そのまま自動車を駛らせて、麹町《こうじまち》にある、大きな邸宅の中にその姿を搔消《かきけ》した。

それは、その附近でも柘榴《ざくろ》屋敷として有名な、江川侯爵の邸《やしき》であった。六月頃になると、この邸屋敷一杯に美しく柘榴の花が咲く。柘榴の花の咲く家は縁起が悪いとよく言うが、この邸も言い伝えの通り、見るからに、ある翳のある邸宅だった。

何町四方と言うその宏《ひろ》い屋敷内に、建物と言ったら、あちらに一つ、こちらに一つと、まばらに淋《さび》しい燈火を瞬かせているばかりである。夜になると、今でも梟《ふくろう》が鳴く。いや、梟ばかりではない。この屋敷の庭の樹立《こだち》は、あらゆる鳥のねぐらになっているので、東京中でも有名だった。

江川侯爵はもう六十に近い年ごろであった。若い頃には、政界にも乗出し、相当花々しい活躍を見せたものだが、四十前後から、急に不可解な隠遁《いんとん》生活を始めた。彼は生涯妻を持たなかった。従って彼の死後は、彼の縁者に当る鈴木伯爵の二男が後を継ぐ事になっていた。しかも彼は、この鈴木一家と共に、その後継ぎをも、あまり好んではいなかった。そうした彼の孤独な、排他的な、憎人癖《ぞうじんへき》の原因は、誰にも知られず、ただ彼の肉体の内にのみ秘められ、其処《そこ》に抑圧された、激しい焰《ほのお》となって燃えているらしかった。

毒薬侯爵

梟の声を聞きながら、侯爵は静かに異国の本に読み耽《ふけ》っていた。それは十八世紀頃、仏蘭西で発行された、毒草学の文献だった。そう言えば、侯爵の書斎には、この他に、夥《おびただ》しい毒薬学の文献が並んでいた。

侯爵の毒薬研究——、それはたしかに一種奇異な感じを、知る人に抱かせるに違いない。彼はその他に、有名な犯罪者の伝記だの、残忍極《きわま》りなき復讐《ふくしゅう》者の記述などを好んで読んだ。そういう物に読耽っている時、彼の体内に燃えている焰は、一層その勢いを盛んにするかのように見えた。

時計が十時を打った時、その侯爵の部屋の扉《ドア》を、ほとほとと叩《たた》く者があった。

「深田かい？」

侯爵は本を置くと、鶴のような体を起して、きっと鋭い眼で扉の方を見やった。

「さようでございます、御前。」

「お這入《はい》り、待っていたところだ。」

深田は静かに扉を開いて中へ這入って来た。

それは間違いもなく、さっき川路たちの自動車に、怪しい紙片を投込んで行った男であった。

彼は用心深く後の扉を閉めると、床の上を猫のように、音も立てずに歩いた。彼も亦《また》侯爵と同じように痩細って、その眼は狡猾《こうかつ》な獣《けだもの》の眼のように光っていた。

深　田

「どうだった？」

侯爵は深田が椅子に腰を下ろすのも、待ち切れなそうに彼の言葉を聞きたがった。

「目的は首尾よく果しましてございます。」

「じゃ、たしかにあの紙片は手渡して呉れたのだろうね。」

「はい。」

「どういう様子だった、彼は？」

「自動車で擦違う時、投込んだものですから、後の様子は見ませんでした。」

「そうか、しかし、それでもいい。」

侯爵は眼を瞑《つむ》ってしばらく思い悩んでいるように見えた。直ぐ近くで、絹を裂くような鳥の声が一声《いっせい》高く響渡った。

「で――、あの男は、どうだね、さぞ変ったろうね。」

侯爵はそれを聞くのが恐ろしいように、おずおずと低い声で言った。

「大変お変りになりました。立派な青年におなりです。」

「そうだろう、あの男程、美貌《びぼう》に恵まれた人間も珍らしいからね、さぞ美しい若者になったろうな。」

「はい、劇場中の視線があのお方の一身に集っていたと言っても、言い過ぎではございますまい。」

侯爵の心配

「それに――。」

と深田は語《ことば》を継いだ。

「ああした、奇妙な経歴をお持ちの事を、皆新聞で知っているものですから、一層、噂の中心にもなりますようなわけで――。」

「よし、よし、分った。で、劇場で彼は誰とも話をしなかったかね。」

なさいました。たった一人、吉川伯爵様の奥様と御挨拶《あいさつ》をなさいました。」

「何ッ。」

侯爵は突然、椅子の下から痛いもので突かれたように飛上った。

「美枝子――、美枝子と挨拶をしたか。」

「はい、そして彼《あ》の方は倒れそうになられました。」

「美枝子と、美枝子と――、そして美枝子の方はどんな風だった？」

侯爵は少しく取乱した様子で、息を喘《はず》ませながら、深田の方へ体を乗出した。

「奥様は、彼の方が劇場をお発《た》ちになった後も、しばらく後《うしろ》を見送ってお居ででございました。そして何かひどく感激でもなすったように、口の中で呟《つぶや》いて居られました。」

侯爵は顔色を失った。何かしらひどく心配らしくそわそわとしていたが、やがて深田に向うへ行けと叱りつけるように命令した。

嬌児

劇場で吉川伯爵夫人に会って二三日というもの、軽部芳次郎は軽い熱に襲われて、とかく一室に引籠《ひきこも》りがちだった。それを見舞って呉れるのは、主に博士夫人の道子だった。彼女は今ではもうすっかり、軽部芳次郎の虜《とりこ》になって了《しま》っていた。彼女に若《も》し本当の子供があったとしても、これ程大切にする事は出来ないだろうと思われる程だった。一面それは我儘《わがまま》な主人に対する奴隷のような趣きさえ持っていた。

それに引換えて、泰子はこの二三日、どうしたものか、急に態度がよそよそしくなったように思われた。日に一度はきっと彼の部屋を訪れるものの、それも義理かなんかのようにひどく冷淡だった。彼の方から強いて親しげに言葉をかけても、彼女はいつも他の事を考えている風だった。

川路の事を考えているのだろう――、そう思うと軽部は何だか忌々しかった。彼は常に、どんな女性にも自分唯《ただ》一人だけの事を考えさせて置きたいという、何処かおぼっちゃんらしい我儘を多分に持っているのだった。

日光室

日光室《サンルーム》のように日当りのいい硝子《ガラス》張りの部屋の一隅に、籐椅子《とういす》を引寄せた彼は、ぼんやりと雑司ヶ谷の方を眺めていた。寛《ゆる》い寝室衣《ナイト・ガウン》を引掛けた彼の手には、香の高い埃及《エジプト》煙草が紫色の煙をゆるやかに上げている。たった一年の間に、こんな物を嗜《たしな》むようになった彼は何んという素晴らしい進歩だろう。それは一方に於《お》いて、彼の天稟《てんぴん》の贅沢《ぜいたく》さと、又他の一面に於ては、道子の偏執狂《モノマニアック》的な愛を物語っているものに違いなかった。

扉が開いた。道子が包みきれぬ嬉《うれ》しさに、溢《こぼ》れるような笑いを湛《たた》えながら這入って来た。

「何を考えていらっしゃるの？」

道子はあどけない処女のようなしなを作りながら、彼の方へ近附いて行った。

「いいえ、別に。」

軽部は外面《そっぽ》を向いたまま、そっけない調子で答えたが、直ぐに、

「泰子さんは？」

「今川路さんのお相手。」

軽部は一寸《ちょっと》不愉快な顔をして、独語《ひとりごと》のように、

「泰子さんと川路君とは何時結婚するんですか。」

と言った。

「さあ何時ですか——、そんな事はどうでもいいじゃありませんか。それよりいい事があるんですよ。」道子は子供のようにはしゃいでいる。

招待状

「ほら、此《こ》の間帝劇でお目にかかった、吉川夫人ね、あの方から招待状が来てるんですよ。此の次の日曜に日比谷に開かれる慈善市《バザー》へ是非いらして下さいって、あなたも無論一緒に行かなければいけませんよ。」

「僕ですか？」軽部はわざと退屈そうに欠伸《あくび》をした。

「僕はどうもそういう場所へはあまり出入をしたくないんですけど。」

「いけません、いけません、だって夫人はきっと、あなたに一番来て貰《もら》いたがっているに違いありませんもの。」

道子は意味ありげに軽部の美しい横顔をつついた。

ますわ。」

「ええ、ええ、参りますとも。尤《もっと》も良人《たく》はあの調子ですから駄目ですけれど、他は皆行き

川路君はと余程聞きたかったけれど、漸《ようや》くの思いで言葉を嚥込《のみこ》んだ。皆と言うからには、

川路も又一緒に違いない――、軽部は一寸憂鬱《ゆううつ》になった。

「どう、いらっしゃる。」

「ええ――、じゃまあお供する事にしましょう。」

「そう、じゃお約束しましたよ。」

道子はそれから、軽部の耳に口を寄せて、何事か囁《ささや》くと、ハハハハハと男の様な声では

したなく笑った。

虹

「叔父《おじ》さんは？」

泰子と川路とは温室の所で出会った。泰子はフレームの中で花の手入をしているところ

だった。それが毎朝の彼女の日課だった。川路はそれを知っているので、わざと廻道《まわりみち》をし

たわけだった。

「お部屋よ。いらっしゃいまし。」

泰子は軽く頭を下げると、強いて笑顔を作ったが、そのまま黙りこくって、植木鉢の上

に如露《じょろ》を傾けていた。小さい水滴《つゆ》のつらなりが、朝の陽ざしの中に、七色の虹《にじ》を作って飛散った。

「…………。」

川路は何か言おうとして一歩進んだが、途中であきらめたように、踵《くびす》を返すと母屋の方へ足を運ばせた。その足音が遠のくに従って、泰子は何かしら重苦しい圧迫と後悔とをひしひしと胸の中に感じた。

どうしたらいいのか？　それは彼女自身にも分らなかった。彼女が依然として川路を愛している事には変りはない。それだのに二人の間にはいつの間にやら、気拙《きまず》いへだたりが出来ていた。それは彼女自身にも気附かぬうちに出来たものであったし、しかも捨てて置けば段々大きくなって行って、遂には取返しのつかぬものになりそうに思えた。泰子は悲しげな溜息《ためいき》をつくと頭を強く振った。その時、背後《うしろ》の方で、

「泰子さん。」と呼ぶ声が聞えた。

温室の中

振返る迄《まで》もなく泰子には、その声の主が誰だかよく分っていた。気が附くと、如露の中はいつの間にやら空になって、其処《そこ》ら中水だらけになっている。泰子は狼狽《ろうばい》した。

「泰子さん。」

もう一度そう声を掛けて置いて、軽部がフレームの中へ這入って来た。

「…………。」

泰子は黙ってその方を振返った。此の場合黙っているのは却《かえ》って不自然だと彼女は思った。しかし口を利けば、心の平静が一層掻乱《かきみだ》されて、何かしらよくない事が起りそうに思えたのだった。

「まあ、何んという強い匂いだろう?」

軽部はわざとらしくそう言いながら、眉《まゆ》を顰《ひそ》めた。硝子を通して差込んで来る陽ざしが、水銀燈のようにその顔を輝かせている。フレームの中のむせるような空気に上気したのだろう、頬をぱっと紅が散って、唇が柘榴《ざくろ》の実のように赤くなった。

「川路君は? 今此処《ここ》にいたようですが。」

「叔父さんのお部屋へいらっしゃいました。」

「どうしてでしょう、此処にいればいいのに——おや、この紅《あか》い花は何というのですか。」

「あの、あたし一寸失礼します。」

スイートピー
「ああ、一寸。」

出て行こうとする、泰子の前へ軽部は立ちはだかった。泰子は一瞬間相手の眼を凝《じっ》と見返したが、すぐその眼を伏せた。

「暫《しばら》く僕と一緒にいて下さい。お願いだから。」

泰子は答えなかった。呼びとめられた時には、ひどく心が動揺していたが、もう大丈夫だった。

何を言われてもいい、もう大丈夫だ、用意が出来ている――、泰子は自分自身に言って聞かせるように、心の中で呟《つぶや》いた。

「此の頃は少しも僕の部屋へ来て呉《く》れませんね。何か気に障った事でもあるんですか。」

「いいえ。――一寸急がしかったものですから。」

泰子は顔を外向《そむ》けた。丁度彼女の傍に咲いているスイートピーの匂いがあまり強く鼻を打ったからである。

「あなたが来て下さらないと、僕は淋《さび》しくて仕様がありません。」

「でも、もうお具合いだっていいんですし、それに――。」

泰子は少しためらった。

「それに――？」

「それにもう、あなたも赤ちゃんではありませんもの！」

そう言い捨てると泰子はすたすたとフレームを出て行った。

侮　辱

軽部は真蒼《まつさお》になった。突然断崖《だんがい》の頂辺《てつぺん》から突落されたように、頭の中がぐるぐる旋転した。

「もう、赤ちゃんじゃない！」

その言葉が耳の中で蒸気ポンプの鈴《ベル》のように、喧《やかま》しく鳴響いた。こんな激しい侮辱の言葉が他にあるだろうか。彼は恥と憤《いか》りの為に、眼が眩《くら》みそうになった。

赤ん坊あつかいにされていた当時の我儘《わがまま》が、未《ま》だ彼の心の底にこびりついている事は確かだった。それにしても、あんなにまではっきりと言い切った彼女の本当の心は、何んというのであろうか。彼女の好意はただ、赤ん坊時代の彼に同情していただけというつもりだろうか。それとも、最早《もはや》立派に一人前の人間になった以上、此の家を出て行くのが正当だという事を仄《ほの》めかしたのだろうか。

「軽部さん、何をしていらっしゃるの？」

道子が這入《はい》って来た。相変らずよく肥《ふと》った豚だ！　軽部は彼女に嫌悪を覚えた。

「泰子と何か話してらっしゃいましたね。何を言っていたのです。」

「いいえ、花の名を聞いていただけです。」ぶっきら棒に答えた。

「そう、でも変ね、あなた顔色が悪いんじゃない？」

「いえ、いいんです。向うへ行きましょう。」軽部はさっさと温室を出た。

慈善市

日比谷の慈善市《バザー》は、折からの好天気に恵まれて大変盛会だった。

主催者側の一人、吉川美枝子は、相変らず数人の取巻きに取囲まれて天幕《テント》張りの喫茶室の前に立っていた。今日の彼女は、清楚《せいそ》な藤色の紋附に、白繻子《しろじゅす》に墨絵を描いた帯をしめて、厚っぽいフエルトの草履を穿《は》いていた。その飾り気のない様子は、此の間帝劇で見かけた時より、一段と美しさが立優《たちまさ》っているように見えた。

「正《ただし》さん、ほら、お待兼ねの方がいらしてよ。」

美枝子は少し離れて立っている青年の方を向いて、持っていた扇子で向うの方を指差した。

「そうですね、僕先刻《さっき》から気が附いているんですけれど、道寄りばかりしていて、一向こちらへ来ないのでじりじりしているんです。」

「まあ、先刻から変にいらいらしていらっしゃると思ったら、その事だったんですか？一体どの方なんですの、兄さまの仰有《おっしゃ》るのは？」

正の直ぐ側に立っていた、十六歳ぐらいの、気軽そうな少女が、あどけない様子で訊《たず》ねた。

「ほら、向うの玩具《おもちゃ》屋の前に立っている、四人連れね、男二人に女二人のあの若い方《ほう》の方《かた》だよ。おや、此方《こっち》を見附けたと見えて、急に早足になって近附いて来るよ。」

正は一寸狼狽したようにネクタイに手を触《そ》えてみた。

鈴木伯爵の二男

「奥様、こちらでございましたか、今日は又大変結構なお天気で、好都合でございましたわね。」

道子はハアハア喘《あえ》ぎながら、美枝子の方へ足を早めた。

「ええ、お蔭《かげ》さまで、今日は皆様、お揃いで、ほんとうに有難うございます。おや、泰子さんは沢山お買物をなさいましたのね。」

「ええ。」

泰子は軽く下げた頭を上げる拍子にちらと、軽部の顔を偸視《ぬすみみ》た。軽部はぼんやりと向うを向いていた。

「川路さんも、軽部さんもようこそ、軽部さんお体は如何《いかが》?」

「有難う、もういいんです。」

軽部はむしろそっけない調子でそう言った。美枝子は一寸《ちよつと》失望したような顔をしたが、直ぐに笑顔に戻って、

「そうそう、泰子さん、先刻からあなたをお待兼ねの人がいるんですよ。正さん、御紹介しましょう。」

正は一寸てれて、杖《ステツキ》の頭をいじくっていた。

「これはあたしの従弟《いとこ》にあたる、鈴木伯爵の二男正というんです。正は何んでも泰子さんを知ってるんですって。」

「いえ、そんな事ありません。が、僕はただ――。」

正は真青になって、ぴょこりとお辞儀をした。

孤独

「あら、そう言えば、あたし川路さんをよく知っててよ。」

　其の時正の傍にいた少女が頓狂《とんきょう》な声を挙げた。

「おや、どうして？」と美枝子が振返ろうとした時。

「そうですね、そう仰有れば……。」

「あらいやだ。もうお忘れになったの？　あたしいつかあなたにテニスのコーチを受けた事がありますのよ。」

「そうそう、そうでしたね。どうも失礼しました。」

「おやおや、そう皆お知合いじゃどうにも仕様がありませんわね。これは正の妹ではるみと言いますの、どうぞ宜《よろ》しく。」

　そう言う応対の間、軽部は不愉快そうに、始終黙々と立っていた。彼一人がその存在を無視されているようで、甚しく自尊心を傷つけられた。美枝子も泰子も川路も、そして正という青年も、一体何んという厭《いと》わしい存在だろう。皆が皆、安価な自己満足と安価な自己吹聴《ふいちょう》に有頂天になっている。伯爵夫人、伯爵の二男、テニス、何んという馬鹿馬鹿しい事だ。何も彼《か》も此の一瞬間に消えてなくなるといいのだ。

　その時美枝子がそっと彼の腕に手を触れた。

「さあ、お茶でも飲みましょう。」

美枝子がそう耳許《みみもと》で囁《ささや》くように言った。

軽部ははっと我れに返った。

雑誌の口絵

泰子と正、はるみと川路、美枝子と軽部という風に、三組に分れた彼等は直側の喫茶室へ這入って行った。叔母《おば》の道子は唯《ただ》一人、後からよたよたとそれに続いた。

「あなたさっきあたしを御存知だと仰有いましたわね。あれはどういう意味ですの」

正と並んで腰を下ろした泰子は、他に言う事がないので仕方なしにそう言った。

「いや、別に深い意味はないんです、唯一寸……。」

正が狼狽《ろうばい》してそう言うのを、直ぐ横からはるみが引取って、

「嘘よ、兄さまはね、婦人雑誌の口絵であなたを見たのよ。それをちゃんと切取って——」

「馬鹿、お止《よ》しよ。」

正が周章《あわて》てそれを打消した。泰子は止せばよかったと後悔した。

「それはそうと、あなたの叔父《おじ》さまは今何を研究していらっしゃるのですか。」言葉の継穂を失った正は仕方なしにそんな事を言った。

「さあ、何んですか、あたしたちには少しも分りません。」

「此《こ》の間新聞で読んだのですけれど、何んだかそれが成功すると大変人類に貢献する所の

多い大研究だそうじゃありませんか。」

悪魔の使い

正は相手がひどく冷淡なのに失望した。でもめげずに、

「僕の叔父にも一人変人がいましてね、毒薬ばかり研究している人がありますよ。侯爵なんです。侯爵の毒薬研究なんて、物騒じゃありませんか、ねえ。」

そう言いかけた正はふいにその言葉を嚥込《のみこ》んだ。それと殆《ほと》んど同時に美枝子も席を立上った。皆の眼は一斉に入口の方へ向いた。其処《そこ》には黒いマントですっぽりと体を包んだ江川侯爵が、まるで魔の国からの使者ででもあるような姿で立っていた。

「叔父さま――。」

美枝子は押しへしゃがれたような声でそう言った。侯爵はそれに答えようともしないで、鋭い眼で凝《じっ》と軽部の顔を射すくめるように見詰めていた。

「美枝子、此方《こちら》へおいで。」

その声を聞いた一同は、ふいに秋の霜に触れたような寒気《さむけ》を感じた。

「正、はるみ、お前たちも此方へおいで。」

呼びかけられた人たちは、何とも言えぬ力で侯爵の周囲に集った。侯爵は軽部から道子、川路と順々にその顔を見ていたが、泰子の所まで来ると急にその眼を軽部の方へ戻した。

そしてもう一度泰子の顔を見た。

「哀れな人たちじゃ。もう泥沼の中へ足を突込んでいる！」

そう言い捨てると後《あと》をも見ずにすたすたと向うへ行ってしまった。

浴室の中

長い、陰気な梅雨が明けると、急に世の中が明るくなった。陽の光が最早《もはや》はっきりと夏の影をやどしていた。庭の樹々たちが、知らぬ間に、驚く程も成長して、茂った梢《こずえ》には、複雑な明暗が織りなされている。

すがすがしい朝。

美枝子は今眼覚めたばかりの体を、透明な浴槽の中に、投げ出すように横たえながら、そこはかとなく忍込んで来る物の香に、うっとりと心身をとろかせていた。何も考えてはいない。それでいて、そういう朝の常として何かいい事が約束されているようで、みぞおちのあたりが、かすかに甘いときめきを感じていた。

彼女は浴槽一杯に四肢《てあし》を伸ばしながら、ふと小娘のように忍笑いを洩《もら》した。きめの細い、なめらかな肌の色が、緑色の湯の底で、魚《うお》の鱗《うろこ》のように、ひたひたと光る。彼女は人魚のように、四肢をくねくねとうねらせながら、暫《しばら》くそれに見入っていたが、やがてつまらなそうに小さい欠伸《あくび》を洩らした。

美枝子の立場

長い梅雨の後《のち》に、輝かしい夏がその運命を約束しているように、美枝子もこの長い憂鬱《ゆううつ》な生活から、もう間もなく解放されて、ほんとうに生甲斐《いきがい》のある生涯が其処に啓《ひら》けて来そうに思えた。

吉川伯爵夫人としての生活は、表面誰の眼からも、寧《むし》ろ羨望《せんぼう》の的その物のように見えている。然《しか》し事実はそうではなかった。結婚後彼女が、良人《おっと》と同棲《どうせい》をした日数は、ほんとうに数える程しかなかった。その以前《まえ》から彼女の良人は、巴里《パリー》の公使館附として任務をしていたのだが、彼女と結婚式を挙げてから、ものの三月と内地に滞在する事なしに、直ぐに自分の任地へ引返した。無論一人である。

昨年一度美枝子は、親類たちに勧められて、良人の後を追って巴里迄《まで》行ったが、其処でも彼女は良人の心を摑《つか》む事が出来なかった。半年程巴里に滞在している間、彼等は別々の旅館に宿をとって、一週間に一度か二度ぐらいしか顔を合わせる事はなかった。そのうちに良人の方からの言出しで二人手を携えて帰朝したが、それは要するに、彼女の良人が、彼女を追払う一つの手段に過ぎなかった。良人はすぐに又口実を設けて、巴里へ引返して行った。

美枝子はもうこの結婚には、半ばあきらめに似たものを抱いていた。彼女は、良人が巴里に子までなした愛人を持っている事をよく知っていた。彼女は誰にもそれを言おうとは思わなかったが。――

侯爵の来訪

「江川侯爵様がお見えになりました。」

浴室の窓の外から、女中がそう告げるのが聞えた。美枝子はそれで、ふと我れにかえって、思わず体を半分擡《もた》げた。

「叔父さまが？」

彼女は何か悪い事を見附けられでもしたように狼狽した。

「唯今参りますって。」

あの変者《かわりもの》の叔父が、この頃一体どうした事だろう。彼女は今迄、その叔父の姿を見ないような事が、二年も三年も続いたのを覚えている。彼女ばかりではなかった。親類たちの総《すべ》てがそうだった。それだのに、この頃になって、絶えずこの叔父の影が、自分たちを追《お》い廻《まわ》しているように思われるのは、一体どうしたせいであろう。

彼女はこの叔父が嫌いではなかった。人嫌いな叔父ではあったが、思いなしか、自分にだけは相当温い愛情を持っていてくれるように思われる。それでいて彼女は、この叔父に会うと、いつも身内がぞくぞくするのを覚える。それは長い間、日影を見ない、荒地へ迷い込んだような、一種名状すべからざる寒い感じであった。

「ああ、朝からあんな人が――」

美枝子は軽い歎声《たんせい》を洩らしながら、でも仕方がなかった。身仕舞をすますと、叔父の待っている部屋へ這入《はい》って行った。

美枝子と侯爵

江川侯爵は、この前慈善市《バザー》で見かけた時と同じような、黒ずくめの扮装《なり》で、椅子にもかけず部屋の中央につっ立っていた。

美枝子が軽く会釈をしながら這入って行くと、彼はちらりとその方を見たが、すぐ眩《まぶ》しそうに眼を逸《そ》らした。

「お早うございます。まあお掛けあそばせ。」

「いや。」

と侯爵は気忙《きぜわ》しくそれを遮りながら、

「そうゆっくりは出来ん。一寸《ちょっと》立寄っただけなんじゃから。」

「まあ、でも、折角いらして下すったんですもの。お茶でも入れましょう。叔父さまがこうしていらして下さるなんて、滅多にない事じゃありませんの。」

美枝子は巧みな身振りと共に、怨《えん》じるように侯爵の顔を見上げた。侯爵は鋭い眼附きで、その美枝子の素振りを眺めていたが、何かしら、いらいらするように、指をぼきぼきと鳴らせた。

「美枝子。」

「え？」

侯爵は何か言い出そうとしたが、行きつまったように言葉を切った。

何処かで鶯《うぐいす》が長閑《のどか》に鳴いた。

美枝子は一種の緊張に胸を張りながら叔父《おじ》の次の言葉を待った。

絶交を

「今日はお前に、少し相談があって来たのじゃが。」

「はい。」

美枝子は案外穏《おだや》かな叔父の言葉に、些《いささ》か拍子抜けの感じで素直に言葉を返した。

「お前、あの篠山博士の一家と、暫《しば》く交際を断っていて貰《もら》えないだろうかね。」

「あたし？ どうして？」

「どうしてか、理由は聞かないでいて呉《く》れ。」

美枝子は黙っていた。彼女はかすかに唇を噛《か》んだ。

「いずれそれは分る時があるじゃろうと思う。然し今は言えぬ。お前はただ俺《わし》の言う事に従って、暫くあの一家と交際を断っていて貰えばいいのじゃ。」

「いやですわ。」

突然美枝子は面を上げるときっぱりと言い切った。

「いや？」侯爵はぎろりと眼を輝かせた。

「ええ、いやです。あたし、今迄だってこう篠山さんと深い交際をしていた覚えはありませんけど、そういう風に言われると、却《かえ》って何だかいやですわ。何か特別な理由があればとも角、訳の分らない叔父さまの毛嫌いで、人さまを排斥するなんて事、あたしには出来ませんわ。」

軽部に対する憎悪

美枝子の調子が少し強すぎたので、侯爵は稍《やや》たじろぎ気味だった。彼はなだめるように、

「いや、これは俺の毛嫌いから言うのじゃない、立派な理由があるのじゃ。その理由を打開ければ、お前も一も二もなく賛成するだろうと思うが。」

「ではその理由というのを仰有《おっしゃ》って下さいまし。」

「いや、それは先刻《さっき》も言った通り、暫く打開ける事は出来ん。」

「では仕方がございません。あたしの方でもお断り致します。」

侯爵は黙っていた。いらいらするように、彼は部屋の中を歩き廻った。真黒な丈《せい》の高い、細い体が動く度に、其処《そこ》から不気味な物音、恰《あたか》も骨と骨をこすり合せるような物音が聞える。歯を嚙合わせているのだ。

「美枝子。」ふいに立止った侯爵は、きっと美枝子の方を振返って、「お前、それが俺に向って言う言葉か。」

「仕方がございません。叔父さまが何故、あの軽部さんをそんなにお嫌いなさいますのか、分らぬうちは……」

「軽部？」

　侯爵は図星をさされて、どきりとした。

「ええ、それが承りとうございます。叔父さまは、軽部さんを以前から御存じなのですか。」

「うむ、知っている！」侯爵は思わずそう言い放ったが直ぐはっとした。

意外な出現

「え？　御存じ？」

　美枝子が驚いてそう畳みかけると、侯爵はひどく狼狽《ろうばい》した。

「いや。」

　と何か言いまぎらそうとするのを、美枝子は追いかけるように、

「軽部さんが、不思議な前《ぜん》生涯をお持ちの事は、今では誰もよく知って居ります。叔父さまがそれに関係をお持ちだとは、然しあたし、今迄少しも存じませんでした。」

「いやいや。」

　侯爵はそれを片手で押えつけるようにして、

「そういう意味にとられては困る。無論俺は、あの男の昔の事は少しも知らん。然し俺にはどうもあの男が気に入らんのじゃ。あの男の眼を見ろ、あれは他人を不幸にする眼じゃ。あの男の唇を見ろ、あれは他人の幸福を吸い取って行く唇じゃ。俺には、俺には……」

然《しか》し、侯爵のその言葉は突然そこで途切れた。彼の眼は恐怖と驚愕《きょうがく》に見開かれたまま、部屋の一隅に止まった。美枝子も何の気なしにその視線を追ったが、思わず息をうちへ吸込んだ。

信ずる事の出来ない奇蹟《きせき》が其処に起ったのだ。

「軽部さん！」美枝子は泳ぐような恰好《かっこう》をしながら叫んだ。

大きな安楽椅子の向うに、軽部芳次郎が幽霊のように立っていた。

僕は覚えている

「あなた、あなた、どうして此処《ここ》へ。」

軽部は黙っていた。彼の眼は焼けつくように侯爵の顔に喰入《くいい》った。その頬は石のように強《こわ》ばって、血の気と言ったら更にない。鋭い、毒気を含んだ眼光が、烈々として侯爵の上に投げつけられる。侯爵も亦《また》、メジューサの首を見た人間のように、その瞬間から石と化して了《しま》ったようである。

「僕は、僕は……」

軽部は押しつぶされたような声を挙げた。

「僕は覚えている。あなたのその姿を覚えている。あなたのその声を覚えている。あなただ。僕をあの恐ろしい死の牢獄《ろうごく》に幽閉していたのは！」

軽部の細い手が侯爵を指した。

と、侯爵はよろよろとして、思わず後に倒れそうになったが、漸《ようや》く椅子に摑《つかま》ってやっと体を支えた。

二十何年間、冷い、真暗な一室に閉籠《とじこ》められていた軽部芳次郎は、その当時、朝な夕な、固いパンと冷い水とを、黙々と運んで来た覆面の男の姿を、今まざまざと其処に見出《みいだ》したのだ。

「僕は知りたい。いや知らなければならぬ。あなたは僕の青春を奪おうとした。いや、僕の幼年時代の夢を奪って了った。ああ、あんな惨酷な苛責《かしやく》が又と他にあろうか！　僕はその理由を知りたい！」

恐ろしき真相

江川侯爵は、蛇に魅《みせ》られた蛙のように、身動《みじろ》ぎをする事も出来なかった。美枝子は、侯爵の額に、ねとねととした玉の汗が連なって落ちるのを見た。

彼女は今恐ろしい真相の一部分を覗《のぞ》いたのだ。

軽部芳次郎の言う事が事実だとすれば、何んというそれは恐ろしい事であろうか。侯爵、そして叔父が、あの有名な陰謀の主謀者なのだろうか。

突然侯爵は勢いを盛り返した。軽部の魔術を解きほごそうとするように体をゆすっていたが、やがて、冷い、がらがらした調子で言った。

「よし、君は何か夢を見ている。知りたい事は何んでも知り給え。俺はそれを妨げようとは思わん。然し、君が何も彼《か》も知った時、その時こそ君の運命の終りだ。美枝子！」と侯爵は彼女の方を振返って、「お前あまり、この男の言う事を本当にしない方がいいぞ。それから、さっきから俺の言い聞かせた事は、必ずよく覚えて置かなけりゃならん。」

侯爵はそう言い捨てると、すたすたと部屋を出て行った。

美枝子はその後を追おうとしたが、思い直して部屋の中に止《とど》まった。軽部が今にも倒れそうに見えたからである。

「軽部さん！」

彼女は気遣わしそうに、低い声でそう呼びかけた。その途端、軽部はよろよろと安楽椅子の中にくずおれるように倒れた。

疲　労

其処でどやどやと正たちが這入《はい》って来た。正とはるみと、そして泰子や川路も一緒だった。

「姉さま、どうかなすったの。叔父さまがお見えになっていたようですけど。」そう聞いたのははるみだった。

みんなはその場の状景からして、直ぐ何事かがあった事を覚った。

「おや、皆さまいらっしゃいまし。」

美枝子は直ぐに、持って生れた愛嬌《あいきょう》を取戻して、その場を繕いながら、

「いらしたのか、少しも存じませんでしたわ。」

「上野の展覧会でお眼にかかったのよ。でここまで無理にお連れしたのですけれど、姉さまはお寝《やす》みのようでしたから、一寸《ちょっと》お庭を歩いていましたの。軽部さんは？　少しお具合が悪いと仰有るので、此処でお待ちして戴《いただ》いていたんですけど。」

「ああ、そう。」

彼女は頷《うなず》きながら、改めて、川路と泰子に挨拶《あいさつ》をした。

「軽部さんは少しお疲れのようですわ。暫《しばら》く静かにこうしていらした方がいいようです。」

泰子は黙って軽部の手を見ていた。側へ寄ろうともしなかった。

「叔父《おじ》さんはどうして此処へ来たんです？」正が訊《たず》ねた。

「いえ、何んでもないのよ。」美枝子は笑いながらそう言った。

深田を呼ぶ

その夜、美枝子は奥まった一室に、石像のように黙りこくったまま、何事か深い思案に耽《ふけ》っていた。彼女の前には一冊の本が開かれていたが、その文字は、一字として彼女の眼には這入らなかった。ふと、思い出したように時計を見ると、もう八時を過ぎている。

「まだかしら。」

彼女が立上って窓のカーテンを上げた時、女中が這入って来た。

「深田さまがお見えになりました。」

「あ、そう。」彼女はいそいそとして、「直ぐに此方《こちら》へと言ってお呉《く》れ。」

彼女は鏡に向って、一寸髪を触った。

と其処《そこ》へ、江川侯爵の従僕の深田が、例の細い体を、猫のような歩き方でもって運んで来た。

「突然のお召しでございますが、どういう御用件でございましょうか。」

深田は彫刻のような顔に、無表情な笑みをつくろいながら、鹿爪らしく腰をかがめた。

美枝子はこの男が嫌いだった。こんな嫌な男に、叔父はどうして眼をかけているのか、今迄《まで》不思議にさえ思っていたところであった。

しかし今日は別だ。この男を利用しなければならないのだ。

「まあ、そこにおかけ。」

美枝子はなるべくその方を見ないようにしながら冷い声で言った。

金が欲しくはないか

「あなたに聞けば分ると思うの。あなたは叔父さまの所へ来てもう何年になって？」

「さあ、かれこれ二十五六年にはなりましょうか。御前さまにお見出しに与《あずか》ったのが十八の年でございましたから。」

「そう、随分長い年月だわね。するとあなたは、叔父さまの事は大てい知っているでしょうね？」

「御前さまの事と申しますと？」

美枝子は黙っていた。

彼女は深田の顔を横切った瞬間の影を見落さなかった。

「あなたは軽部芳次郎という名前を知っている？」

「はい存じて居ります。大へん不思議だと騒がれました、あの軽部芳次郎でございましょう？」

「そう、然し、あなたはもっと前からその人を知っていた筈《はず》です。」

深田はにやにやと笑った。然し直ぐにその笑いを引込めると、もとの鹿爪らしい顔に戻った。

「あたし、少し理由《わけ》があって、その理由というのも、多分あなたには分っているでしょうけれど、軽部さんの過去に就いて少し調べたいと思うの。それで是非あなたの力が借りたいんだけど、――あなた、お金が欲しいとは思わない。」美枝子は凝《じ》っと相手の顔を見据えた。

発雲昌光

雨のせいか七月も終りだというのにひどく肌寒い感じだった。

「旦那《だんな》様、抱巻《かいまき》でも出しましょうか。」と女中が言うのを、

「いいよ、いいよ。」

と五月蠅《うるさ》そうに追払った芳次郎は、素肌に、宿の浴衣《ゆかた》一枚で、ごろりと青畳の上に寝転んでいた。心の中に何かしら、ぽかんと大きな穴が開いたような、いやにかったるい気持だった。何を考えようとも思わないし、また考えるにも考えられない程、ひどく体全体が疲れていた。

総《すべ》てがこの世の事ではない、何かしら夢の中の出来事のように思えた。捉《とら》えようとすると、靄《もや》のように、すうっと向うの方へ逃げて行く。

芳次郎は濡《ぬ》れてふさふさと額に垂れ下っている髪の毛を、片方の手で掻上《かきあ》げながら、もう一方の手で手枕をして、ぼんやりと鴨居にかかっている額を見ていた。

発雲昌光。――「発雲昌光か。」

芳次郎は何の意味もなくそう呟《つぶや》いたが、其処へ、美枝子が帰って来た。

雨の宿

「あああ、とてもつかれちゃったわ。」

美枝子は投出すようにそう言うと、芳次郎の方をちらと見たが、すぐにその眼を他へそらして、べったりと鏡台の前に坐《すわ》った。

「お湯もいいけど、あんなに階段があっちゃ大へんね。」

少し上気した頰を撫《な》でながら、彼女は鏡の中の芳次郎に向ってひとりごとのように言った。芳次郎は不機嫌そうに黙りこくったまま、相変らず寝そべって庭の向うに眼をやっている。

「あなたお湯に入らない？」

「いいんです。入りたくないんだから。」

「どうして？　階段は大へんだけど、でもいい気持よ。」

芳次郎は返事をしなかった。

「そう？　入りたくないんなら仕方がないけれど。」

美枝子は半ばひとりごとのようにそう言うと、鏡の方に向ってせっせとお化粧を始めた。

彼女もなるべく現在の状態を考えたくはなかった。それは恐ろしいことだ。考えるときっと後悔するだろう。しかし、そうかと言って、これはどうにもならない、当然こうなるべき事だったのだ。

——誰が何んと言ったって仕方がないことだわ。

「奥さん。」突然芳次郎の方から声をかけた。

「ええ？」美枝子はやや狼狽《ろうばい》したように返事をして彼の方を振返ったが、軽部はそのまま何んとも言わなかった。

惑　乱

美枝子にも、自分ながら自分の気持がよく分らなかった。

「軽部とあまり深入りをするな。」

と言った叔父の忠告に対する、一種の反抗も手伝っていたことは確かだけれど、彼女はそうとばかりは考えたくなかった。

彼女は初めて帝劇の廊下で芳次郎と会った時から、一種の予感があった。その予感が本当になったのだ。自分は唯《ただ》運命に忠実に従ったまでだ。——しかし、それにしても、今度の行動が少からず狂的であることは確かである。彼女はそれを認めていた。

あの時はきっとどうかしていたのだ。

例によってそれは、篠山一家、ひいては軽部芳次郎と、あまり深い交際をしないように、という叔父からの警告めいた手紙だった。彼女はそれまでに、二三度同じような手紙を叔父から受取った。いつもの彼女なら、そんな謎めいた手紙なんか一笑に附して了《しま》う筈だのに、その日に限って、ひどくそれが彼女の気持を動揺させた。

何を思ったのか、彼女は急に身仕舞をととのえると、上野駅まで駆けつけて、其処から芳次郎に電話をかけた。何等の反省も考慮もその時の彼女にはなかった。唯燃える様な固まりが胸の中を焼いていただけだった。

やがて芳次郎は吃驚《びっくり》したような様子で駆けつけて来ると、無理矢理に彼女は汽車に乗った。

芳次郎を呼出すまでは、彼女にも別に何処へ行こうという当てもなかったのだけれど、其の時にはちゃんと塩原行きの切符を二枚買っていた。

「あなた、何を考え事して被居《いらつしや》るの？」漸《ようや》く化粧を終えた美枝子は、くるりと芳次郎の方を振向くと、取ってつけたような蓮葉《はすつぱ》さで言った。

「何も考えてなど居やあしませんよ。」

「後悔しているんじゃない？」

「僕が？」

「そうよ、泰子さん？」美枝子は急に声を立てて笑った。

静かな、無人《ぶにん》な朝の温泉宿の中に、不気味な程高らかに響渡った。

「もう駄目よ。あなたはあたしのものだから。どんなに藻掻いても、もう駄目よ、駄目だわ。」その最後の言葉を美枝子は吐出すように言った。

「奥さん。」突然むっくりと起直った芳次郎は、くるりと美枝子の方へ向直って坐った。

「何？」美枝子は軽くそれに返事をしたが、芳次郎の眼の色を見ると思わずはっとした。

「僕には、まだ僕と言うものが分らない、そしてあなたという人間も。——然《しか》し、然しこういう事だけはたしかに言える。僕はあなたを愛していない。そしてあなたも僕を愛してなんか少しもいないのだ。」

「ホホホホホホ。」美枝子は急に可笑《おか》しそうに笑い出した。「それがどうしたというの？今更そんな事を言出したって始まらないじゃないの。」

「いや、始まらない事じゃない。僕はあなたの心をはっきり知りたいのだ。あなたは愛してもいない僕を引張り出した。そして僕にとってはこれは破滅なんだ。」

美しき毒蛇

「それはどういう意味？　泰子さんの事？」

「そう、そうかも知れない。しかしそうでないかも知れない。」

美枝子は唇を噛《か》んだ。そして暫《しばら》く庭の方へ眼をやって雨足を眺めていたが、ふと眼を戻すと、「そんなにあたしの心持を知りたければ言ってあげてもいいわ。あなたは御自分の事を知って被居って？」

「自分の事？」

「そうよ。あなたはね、言ってみれば蛇みたいなものよ。それも美しい美しい蛇よ。だけど、恐ろしく強い毒を持っている蛇！」

「…………」

「女というものはね、恰度《ちょうど》羽虫のようなもの。身を焼くと知っていても、火の中に飛込むものなのよ。あなたの言う通り、あたしは確かにあなたを愛していない、そして泰子さんだってそうよ。だけど、だけど何かしら引摺《ひきず》られて行くものがあるの。あなたは恐ろしい毒蛇なのよ。」

「じゃ、あなたは結局火遊びをするように、僕を誘い出したんですね。」

「そうかも知れないわ。」

「それが僕にとって破滅と知りながら。――」

「お止《よ》しなさいよ。あなただってそうじゃないの。あなたは今あたしを憎んで被居る。でも仕方がなかったじゃありませんか。あたしたちはこれから、憎み続けながら、離れられなくなるの。丁度痛い傷口へわざと触れてみるように。――」美枝子は又もや高らかに笑った。った。雨足が急に激しくなって、すっかり庭を包んで了った。

反　抗？

夜が来た。

雨は相変らず庭の樹々を叩《たた》いていた。昨夜二人を眠らせなかった渓流の音は、雨のために水嵩《みずかさ》を増したと見えて一層はげしく岩を鳴らせた。

あの事があって以来、一言も口を利かない美枝子と芳次郎は、互いにあらわな敵意に、その眼を輝かせながら、意地ずくのように黙りこくっていた。

それでいて二人とも、帰ろうとは言い出せないのだ。どうする事も出来ない何かが、被《おお》いかぶさるように、二人の背後に立っている。それは真暗な、冷い、無気味な影だった。藻掻けば藻掻く程、その黒い影は、嘲《あざけ》るように二人の体を締めつけて行く。

芳次郎はちらりと泰子の顔を思浮べた。瞬間彼は希望を感じたが、直ぐ次の瞬間には、反動的に、恐ろしく深い絶望の淵《ふち》の中に投込まれた。

こうなった以上、彼は再び篠山の家へ帰って行く事は出来ない。とすれば一体どうすればいいのだ。彼は生活という事を知らない人間だったからそういう事は少しも考えなかった。然し、泰子の家、明るい日光室《サンルーム》のような部屋、其処《そこ》を離れて自分は活《い》きて行けるだろうか。彼は又しても、そういうものを自分から奪って行った美枝子を心から憎んだ。

「悪魔！」

「何？」美枝子が聞きとがめて振返った。

「あなたが悪魔だと云うんです。」

「そう？　何んでもいいわ。それよりもうお寝《やす》みにならない。」

そういう時、美枝子の眼は、全く別な熱情を罩《こ》めて輝いた。

二十年前

美枝子と芳次郎がそういう闘いを続けている頃、東京では江川侯爵が、邸宅の奥まった一室で、狂気のように、部屋の中を歩き廻《まわ》っていた。

美枝子が芳次郎と一緒に姿を隠したという事は、彼にとっては大打撃であるらしかった。嫌人病の彼も、美枝子だけは昔から可愛がっていた。勝気で何処かコケットなところを持っている美枝子の気質も、侯爵には気に入っていた。その美枝子が芳次郎と若《も》しもの事があれば、ああ！　そうすれば美枝子の破滅だ。そして自分も。——

何故自分は、もっとはっきり美枝子に、芳次郎の身の上を打開けて置かなかったのだろう。そうすれば美枝子だって、こんな無分別な事をしなかっただろう。

若し、万一の事があって後、美枝子が芳次郎の身の上を知ったら、彼女は一体どうするだろう。とてもとても、生きてはいないだろう。きっと彼女は自殺をするに違いない。二十年前に、恰度そういう事があった。そして自分はその時自殺した女のために、いや、女に自殺された自分のために、そういう破目に陥れた男に対して復讐《ふくしゅう》を誓った。

然し結果はどうだろう。

美枝子に若しもの事があれば、自分はまんまと敗北をするのではないか。

「畜生！　畜生！　畜生！」

彼は歯を嚙み鳴らせた。

「あいつだ！　あいつだ！　あいつが死んでも執念深く俺《わし》に抵抗しようとしているのだ。」

恐ろしき秘密

侯爵は急に思い出したように、書棚を開けると、暫くこそこそと中を掻廻《かきまわ》していたが、やがて古びた一葉の写真を探出した。二十五六の、水際立って美しい青年の写真だったが、かなり長い年月を経ていると見えて、すっかり色が褪《あ》せている。

然し不思議な事には、よくよく見ていると、その面影には何処やらに、軽部芳次郎に似た所が見える。眼元、口元、頰のあたり。そうだ、そう言えば軽部芳次郎に生写しだ。

侯爵は暫くその写真を眺めていたが、ふいに恐ろしい物のように、それを卓子《テーブル》の上に投出した。

「畜生！　畜生！　貴様俺を嘲《あざけ》っているな。俺には何も出来ないと思っているんだ。だが、だが、沢野聞けよ。俺はそんな意気地なしじゃないぞ。今に見ろ、今に見ろ、貴様の息子にひどい打撃を与えてやるんだ。ほら、あの秘密、あの秘密をたった一言、あいつの耳に囁《ささや》いてやればそれでいいんだ。あの男、貴様の息子だ。あいつはきっと発狂するだろう。いや、自殺するかも知れん。ああ、ああ、その時の事を考えると、貴様に煮湯を飲まされたあの当時の俺の胸が、氷のように、すうっとする。俺は今、ただそれだけで生きているんだ。ただそれだけを楽しみに、貴様の息子を二十何年か育てて来た。尤《もっと》もあの男にとっては、その二十何年かだけで、いい加減貴様の罪亡ぼしをしたかも知れんがな。」

熱に浮かされたように物狂《ものぐるお》しく侯爵は、写真に向って喋《しゃべ》りながら、時々恐ろしい鳥のような声を立てて、部屋一杯に響渡る声で笑った。

写真の主

写真の主と軽部芳次郎、それは侯爵の言葉によると、どうやら親子であるらしい。然し写真の主と侯爵はどういう関係になるのだろう。そして軽部芳次郎の恐ろしい秘密とは。

――然しその時、侯爵の部屋の扉《ドア》を軽くノックする音が聞えた。初めのうち侯爵は、それに気が附かずにいたが、急にその音が高くなったので、彼ははっと、自分の狂態から我れに還《かえ》った。

「誰だ！」と彼はきめつけるように鋭い声で、扉の方に向って叫んだ。

「私でございます。御前。」

「ああ、深田か。」侯爵はほっとしたように、「お入り。」

扉が開いた。侯爵が写真を隠すと同時に深田が例の猫のような歩き方でもって入って来た。侯爵は探るように、彼の顔を見たが、相変らず彼はマスクのように、頬の筋肉一つ動かさない。

「お前、さっきから扉を叩いていたのか。」

「いえ、――どうかいたしましたか？」

「いや、なんでもない。で、美枝子の行方は分ったかね。」

「まだ分りませぬ。」

「やっぱり軽部と一緒のようかね。」

「どうもそうらしうございます。」

「篠山の家《うち》はどうしている？」

「かなり狼狽《うろた》えているようでございます。」

「そうだろう。」侯爵は暫く眼を瞑《つむ》って考えていたが、思い出したように、

「あの娘はどうしたかな、泰子とかいう娘は。」

泰子の家出

「泰子、はい、あの娘は今朝程突然家出をいたしました。」

「なに！」

侯爵はその言葉を聞きとがめた。

「あの娘が家出をした？」

「はい。」

「そうか。――」侯爵は太い息を洩《も》らした。「やっぱり軽部の事でだろうな。」

「他に原因もなさそうですから、そうとより他思われません。」

「可哀そうに、あの一家には気の毒だ。俺が予告したように、あの男の周囲にはきっと不幸が附纏《つきまと》う。だから俺はあらかじめ警告して置いた筈《はず》だ。」

深田は黙っていた。長い間の習慣で、彼はどんな質問も侯爵には許されない事を覚っている。彼はすっかり侯爵の奴隷になり切っていた。舌を切られ、眼をつぶされ、聴覚までも奪われて、あらゆる好奇心から解放された昔の黒人の奴隷のように、侯爵にとって彼は、まるで一つの機械であるかのように見えた。どんな場合でも彼は驚かない。どんな場合でも彼は眉毛《まゆげ》一つ動かさない。恰《あたか》も機械のような物の言い方をする。

然《しか》し侯爵は知らなかった。そういう彼の体内《みうち》に、人並ならぬ狡猾《こうかつ》と陰謀とが、恐ろしい勢いでそのはけ口を求めている事を。それは長年の間、押えつけられていただけに、一層こじれ、歪《ゆが》み、想像も出来ない程醜悪な一つの黒い影となっていた。

そういう影が、いつか侯爵を裏切る事になりはしないか。——それは誰にも分らない。

五ヵ月後《つきのち》

地下の食堂でいつものおひるを喰《た》べた泰子は、一寸《ちよつと》其処らを散歩していたが、やがて時間が来たので、五階にある事務所へ帰ろうと思って昇降機《エレベーター》の前まで来た。

この頃では、もうすっかりこのビルディングの生活になれ切っているらしい彼女は、さっぱりとした洋服のポケットに軽く両手を突込んで、細い靴の先で床を叩《たた》きながら、昇降機の降りて来るのを待っていた。

一見して彼女はもう昔の泰子ではない。昔のあどけない、悩ましい眼《まな》ざしの代りに、今では職業婦人の持つ落着が、彼女の全身をすっぽりと包んでいる。

最初のうちは、娘心にそれを淋《さび》しい事に思っていた。然し此頃では寧《むし》ろそれを進歩と思っている。何物にも患《わずら》わされずに、自分独りで——。

昇降機が降りて来た。

数人の男女たちがどやどやと吐出される。泰子はその中の見知り越しの人に、軽い目礼を与えながら、馴《な》れた物腰で昇降機の中へ這入《はい》った。

痛い視線

泰子が這入ると続いて五六人の男が続いた。ガチャンと鉄柵《てつさく》の扉《ドア》がしまると、スウッと昇降機《エレベーター》が浮く。

泰子はいつものように隅に身を寄せると、真直ぐに扉の方を見ていた。彼女はもう半年近くの経験から、昇降機の中で如何《いか》に巧妙に誘惑の手が動くかという事を知っていた。キョロキョロしたり、傍見《わきみ》をしたりしてはいけないのだ。疲れた恰好《かっこう》で体をもたれさせたりする事も、彼等に乗じる機会を与えるようなものだ。

いつも真直ぐに、姿勢正しく、殊に自分の眼附きに気を附けていなければならない。物思いに耽《ふけ》っている様子や悩ましげな眼附きは、自ら彼等の誘惑を導くようなものだ。

三階で二人の事務員らしい男が降りると、後には泰子と男が一人だけ残った。

「五階」

泰子がそう言おうとした瞬間、男の方が彼女の先を越してそう言った。

その頃から泰子は、何かしら自分の体に痛いような視線を感じ始めた。男が自分を見ている。それも唯《ただ》の見方ではなくて、熱心に、精密に自分の顔形を検査している。振向く迄《まで》もなく、彼女は本能的にそれを知っていた。

誰だろう？　見たことのある男だ。

年は四十二三だろうか、痩《や》せた、狐のように狡猾な顔をした男だ。

何処かで見た事がある、何処かで。――

然し泰子が思い出す前に、昇降機は五階へ着いた。

泰子と別れた男は、泰子の事務所から三つ目の扉《ドア》をノックした。

スリ硝子《ガラス》に、『秘密探偵坂井三郎事務所』と金文字が入っている。

扉が開いて十八九の女事務員が顔を出した。

「坂井さんはいますか。」

「ええ、いらっしゃいます。深田さんですね、一寸お待ち下さい。」

男は深田だった。江川侯爵の秘書深田だった。それにしても彼は秘密探偵になど何の用があるのだろう。

暫《しばら》く待たされた後、深田は奥の部屋へ通された。

「やあいらっしゃい、お待たせしました。」

坂井三郎だろう、三十五六の、でっぷりと肥えて、顎《あご》が二重になりそうな男、秘密探偵になど勿体《もったい》ない程、調子のいい男である。

「どうです、少しは進みましたか。」

「さあ、それがね、何しろ。……」

坂井はわざと急がしそうに卓子《テーブル》の周囲《まわり》を片附けたり、書類を抽斗《ひきだし》へ蔵《しま》ったりした後《のち》、くるりと廻転《かいてん》椅子を深田の方へ向けた。

「何しろもう二十何年も前の事ですから、中々思うように調査が捗《はかど》らないでしてね、いかがです、煙草を一本。」

深田は頭を振った。

「そうですか、——でも、苦心の甲斐《かい》あってどうやら緒《いとぐち》だけは見附けましたよ、緒だけはね。ここまで来るのが中々じゃないのですが、もう後はしめたものです。」

端　緒

坂井は椅子の中に体をのめり込ませるように足を伸して、煙草を輪に吹きながら、一方では油断なく深田の顔を注意している。

「緒というと。」

深田の顔には、例によって凍った湖水のような無表情さがあるばかり。

「つまりこれですね。」

と坂井はそう言いながら体を起すと、抽斗の中から一葉の写真を取出した。ああ、それはいつぞや、江川侯爵が罵詈讒謗《ばりざんぼう》を極めていた、あの軽部芳次郎に生写しの写真ではないか。深田は一体どうしてその写真を手に入れたのか、そしてその写真をどうしようと言うのか。

「この写真を撮影した写真屋を、最近やっと見附け出す事が出来たんですよ。」

「ほウ。」

深田は思わず軽い叫びを挙げた。

「何しろ二十何年も前の話ですからね、その写真屋というのも、当時の主人はとっくの昔に亡くなって、今じゃ息子の代になっているのですが、何しろ家号から所からすっかり変っているので、これだけ捜出《さがしだ》すにも中々骨でしたよ。」

「然しその写真屋さえ突止めれば、其処《そこ》にきっと帳簿か何かがある筈だから、後はもう直ぐに分る筈ですな。」

「そうですよ。今調査して貰《もら》っているところですがね、もう二三日もすればその結果が分る事になっていますよ。多分大丈夫だろうと思っています。」

かまをかける

暫く話が途切れた。

深田は何か考えている風であったが、ふと思い出したように、

「時に、ここから三つ目の部屋に、芹沢《せりざわ》洋行という看板の上った事務所がありますね。あすこに二十前後の美しい女事務員が居りますが御存じですか。」

「川田泰子でしょう。此《こ》のビルディングでも大評判の女です。どうかしましたかね。」

坂井は怪しむように深田の顔を見た。

「いや、今同じ昇降機《エレベーター》で上って来たんですがね、其処で分れる時、向うから挨拶《あいさつ》をされたんですが、どうも思い出せませんでね。川田泰子――？　やはり向うが人違いをしたんですね。」

「中々美人でしょう。あれでなかなかしっかりしていましてね、このビルディングの男たちが盛んにやいやい言ってるんですが、未《ま》だどうとかしたという評判がないので、皆口惜《くや》しがっているんですよ。」

そういう話になると、坂井は体を乗り出すようにして話した。猥《いや》らしい情慾《じょうよく》がてかてか光っている顔一杯に拡がる。

「そうですかね。小石川の方にいるんじゃないのですか、あの辺で会った事があるような気がするが。――」

「いや小石川じゃありません。渋谷《しぶや》の昭和アパートにいるんですがね。」

言ってから坂井ははっとした。巧みにかまをかけられた事を覚ったからである。深田は相変らず眉毛《まゆげ》一つ動かさなかった。

魔　手

――昭和アパート。

――川田泰子。

――勤先、丸の内××ビルディング五階、芹沢洋行。

深田はそれだけの事をしっかり頭に縫いこんだ。

――こりゃ意外な拾物をしたぞ。何か又金儲《かねもう》けの種になるかも知れないて。軽部芳次郎があんなに居所を知りたがっているのだからな。然《しか》し軽部じゃあまり金にならないかも知れないな。美枝子にしようか。いやそうだ正に売ろう。正は泰子がいなくなった当座、病気になる程鬱《ふさ》いでいたというからな。……

深田は早くもそういう風に計画を樹《た》てていた。

それにしても泰子はいつからあんな所へ勤めるようになったのだろう。五ヵ月程前に、美枝子と軽部芳次郎が、一時姿を塩原へ晦《くら》ました。それと相前後して泰子も家出をしたのだが、まさかこの同じ東京の中《うち》で、しかも丸の内のような所で、女事務員などをしていようとは、さすがの深田も夢にも思わなかった。

何の為の家出、何の為の勤め。

そういう事は、いかに考えても深田の頭脳では判断がつき兼ねた。

「この頃の若い女はみんな無鉄砲だからな。」

彼は美枝子を思い出した。すると美枝子に頼まれて探っている軽部芳次郎の素姓が、今日の坂井の話では、どうやら判明しそうになって来たので彼は又してもひそかにほくそ笑んだ。

生活

昭和アパートの自分の部屋へ帰って来ると、泰子はいつもぐったりとする。此次《このごろ》ではもうそれ程ではなくなったけれど、初めのうちは、四肢がバラバラにほぐれて了《しま》いそうな疲労を感じたものだ。彼女の勤めている芹沢洋行というのは、樺太《からふと》から木材を伐出《きりだ》して、それを内地へ持って来るのが商売だった。

彼女はただその報告を帳簿へ記入する事と、時々タイプライターを打つ事だけが仕事だった。だから体はそう使わない筈《はず》なのだけれど、絶えず周囲に対して気を張っていなければならないので、それがぐったりと彼女を疲労させるのだった。

四ヵ月。

もうこの生活へ入ってから四ヵ月になる。考えて見ると、何故自分は家を飛出したのか、あの当時の事を思えば、何だか嘘のような気がする。

言う迄《まで》もなく軽部と美枝子の出奔が彼女に大きな衝動を与えた事はいなめない。然しそれが、どうしたというのだ。彼等は彼等、自分は自分ではないか、自分はそれ程軽部を愛していたのだろうか。彼女はその心持に疑いを持っている。

其の後、塩原から帰った二人が、同じ家に住んでいるという事を聞いた時も、彼女の心は割合に動揺しなかった。社交界の醜聞《ソーシャル・スキャンダル》として、折々新聞で伝えられる美枝子と軽部の噂も、もうこの頃ではそれ程彼女を打たなくなっていた。

悪　夢

珍らしく泰子は寝苦しい一夜を明した。

彼女は続けさまに種《いろ》んな夢を見た。どの夢もどの夢も、何かしら不吉な暗示を持っているように、泰子の心を暗くした。

昨日は、昇降機《エレベーター》の中で出会った男、あの男が悪夢の動機であるらしい事を泰子は知っていた。

誰だろう？　何処で見た顔だろう？　泰子は思い出そうとして焦ったが、あせればあせる程、妙に思い出す事が出来なかった。

「あたしどうかしているわ。何もそんなに気にかける事なんかありゃあしないのだわ。」

泰子は起直ると着物を着更《きが》えて、下の食堂へ行った。

御飯を済して自分の部屋へ帰り出勤の支度をしていると、帳場の方から電話がかかって来た。

「川田さん、お客様ですよ。応接の方へいらっしゃいますか、それともお部屋の方へご案内しましょうか。」

「お客様？　どなた？」

「鈴木さんと被仰《おつしや》る方です。鈴木正さん。」

鈴木正？　泰子は一寸《ちよつと》思い出せなかった。同じ勤先に鈴木という男がいるがその男が訪ねて来る筈がなかった。第一名前が違っている。

「とも角、応接の方へお願いします。あたし今直ぐ行きますから。」

身支度を整えて応接室へ這入《はい》って行った泰子は思わずはっとした。客の正体が初めて分った。

波紋

正は泰子の顔を見ると一寸てれた様子で頭を下げた。

「いらっしゃいまし、しばらく。」

瞬間の驚きから漸《ようや》く我れに還《かえ》った泰子は、おしへしゃがれたような声で言った。正は黙って小さくなっていた。

「あたしこれからお勤めの方へ出なければなりませんの、其処まで一緒にお歩きにならない？」

正は黙って帽子を取上げた。

小春日和のポカポカと暖い日ざしが、白い道路をホンノリ暖めていた。二人は暫《しば》く無言で歩いた。

「どうしてお分りになって、あたしのいる所が？」

「深田に聞いたのです。」

「深田さん？」

「叔父《おじ》――御存じでしょう、江川侯爵、あすこにいる男です。昨日××ビルでお会いしたそうで。」

ああ！　そうだったのか！

泰子は初めて思出した。あの男だったのか。泰子は濠端《ほりばた》ですれ違った自動車の中から、変な紙片を投込まれたことを思い出して、心が寒くなった。

「いつ頃から彼処《あすこ》にいらっしゃるのですか。」

「もうかれこれ五ヵ月になります。」

二人は又無言になった。軈《やが》ていつも彼女が乗る停留場まで来た。

「時々お訪ねしてもいいでしょうか。」

「ええどうぞ。」泰子は仕方なしにそう言った。

偶　然？

深田のところへ坂井から手紙が来た。内容は大体次のようであった。

お訊《たず》ねの写真の主漸く判明しました。

今から二十数年以前《まえ》、画家として相当知られていた沢野英哉というのがあの写真の主の名前です。当時非常に未来を嘱望されていましたが、不思議な事には、突然行方不明となり、その後杳《よう》として消息がありません。一説にはフランスにいるとも言いますが、多分自殺を遂げたのだろうという評判です。生前江川侯爵の知遇を受けて、屢々《しばしば》その氏宅に出入しているような形跡があります。

尚沢野英哉は医学博士篠山龍三氏の従弟《いとこ》に当るそうですから、一応博士をお訪《とな》いになるといいと思います。

最後の一句はどきんと深田の胸を打った。

篠山博士というのは泰子の叔父、そして軽部を最初に拾いあげた人物ではないか。若《も》し深田の想像が当っていて、写真の主と軽部芳次郎が親子だとすれば、軽部は当然、泰子の又従兄弟に当る事になる。

これは一体偶然の事だろうか。

いやいや、深田は江川侯爵の辛辣《しんらつ》な手段を知っている。

侯爵が久世山へ軽部を捨てたのは偶然ではなかったのだ。彼は篠山博士の毎日の習慣を知っていて、当然彼に拾い上げられるように軽部を捨てたのではなかろうか。とすれば、侯爵の真意は果して何にあったのだろうか。

「これは少々面白くなったぞ。」

予　感

正はその後毎日のように泰子を訪れた。

泰子は決して、ある程度以上に彼を近附けはしなかったが、それでも正は、唯《ただ》彼女の顔を見、声を聞く事が出来るだけでも、せめてもの心やりだった。無論、淋《さび》しい事は淋しい。然《しか》し、それがどうなるものか、泰子の心は今あまりに平静である。何処にも附込んで行く隙を持っていない。

正はそのうちにどうにかなるだろうと思った。彼女が自分に好意を持っている事だけは確かである。今のところ、自分はそれだけで満足していなければならない。——、彼は半ばあきらめに似た心持ちで、自分にそう言いきかせていた。時々然し彼は思う。——あんな平静な生活が、ほんとうに何時までも続くものだろうか。何かしら、大きな渦が、其処《そこ》に巻上って来るのではなかろうか。言って見れば、現在の彼女の生活は、嵐の前の静寂と言ったようなものではなかろうか。——正の無気味な予感は果して当っていた。

男　客

ある夜、正はいつものように昭和アパートに彼女を訪れた。若し出来るならば、彼女を帝劇の音楽会に誘ってみようと思って、切符を二枚用意していた。玄関で、顔見識《かおみし》りになった女中に、彼女の在否を訊ねると、

「只今《ただいま》お客様ですわ。」という答え。

「客?」思わず正は鸚鵡《おうむ》返しにそう聞いた。「男? 女?」

「男の方です、若い。——」正は一寸ためらった。

「じゃ僕は応接間で待っていよう。僕の来ている事は客の帰る迄知らせないで呉《く》れ給え。」

応接間へ這入ると、正はクッションにどっかりと腰を下ろして、有り合わせた新聞を拡げた。

客というのは一体誰の事だろう。今迄に、泰子の許《もと》へ訪ねて来る客と言えば、彼の他に

は一人もなかった筈である。会社の人だろうか。

「君、君、客の名は何んと言うの？」

彼は新聞を置いて、まだ其の辺にいた女中に聞いた。

「さア、存じません。表から二人御一緒にお帰りになって、直ぐお部屋へいらっしたものですから。——川田さん、何故か大へん昂奮《こうふん》していらっしゃるようでした。」

正は、不安な予感に、心が慄《ふる》えるのを覚えた。

突然帳場のベルが激しく鳴った。女中が一寸それに出たが、

「大へんです、川田さんが気を失われたんですって。あたし一寸お水を持って参りますから、あなた後をお願いします。」

レザー

泰子が気を失った？

それを聞いた瞬間、正は思わずクッションから飛上った。

彼は女中が何か言っているのに耳もかさないで、かねてから勝手を知っている泰子の部屋にかけ上った。

部屋の前まで来ると、扉《ドア》がぴったりと閉まっていて、中はひっそりとしている。正は初めて、自分がひどく昂奮しているのに気がついた。

彼は強いて心を落着けると、凝《じ》っと扉の中に聞耳を立てた。誰かが、床の上を歩いてい

るらしい靴音がする。それに続いて、

「泰子さん、泰子さん。」と低い声で呼ぶのが聞えた。

その声を聞くと同時に、正の血潮は、又もやかっーと頭に上った。

彼はノックをする事さえ忘れて、いきなりぐいと扉を押開いた。然し一目部屋の中の光景を見た刹那《せつな》、彼は思わず二三歩後退《あとじさ》りしなければならなかった。

寝床《ベッド》の上に、泰子が真蒼《まっさお》な顔をして、仰向けに倒れていた。髪は乱れて着物の裾《すそ》がたしなみなくはだけていた。見ると彼女のだらりとたれた手の下に、一挺《ちょう》のレザーが物凄《ものすご》く光っている。正はそれから眼を転じると、傍に立っている軽部芳次郎の方へ眼をやった。と、思わずも彼は又、強く息をうちへ引いた。

軽部の顔は、左のこめかみから頰にかけて、無残に切裂かれて、真紅《まっか》な血潮が、ぶすぶすと吹出している。しかし軽部はそれを押えようともしずに、ぼんやりと正の顔を眺めていた。

笑う泰子

何があったのか、正は直ぐに了解する事が出来た。

彼はぼんやり突立っている軽部を、ぐいと押しのけると、泰子の側へかけ寄って、一言、二言、

「泰子さん！　泰子さん！」と声をかけた。

真蒼に閉じられた泰子の眼蓋《まぶた》が、その声に、かすかに動いている様に思えたが、彼女は眼を開こうとはしなかった。

額へ手をやった正は、思わず叫んだ。

「こりゃいかん、ひどい熱だ！」

正は憎悪に満ちた眼で軽部を振返ると、

「君、そんなとこでぼんやり突立っていないで、女中に早く水を持って来るように言い給え。」

だが丁度其処へ女中がコップに水を持って来た。彼女はその場の有様を見ると、コップを取落しそうになった。

「しッ！　静かに、騒ぐと却《かえ》って君とこの商売に差支えるよ。警察へ知らせなければならないようだったら、僕の方から知らせるから、君は誰にも黙ってい給え！」

突然、泰子の胸がすうっと盛り上った。苦しそうに息を二三度吐くと、ふいに彼女の眼がパッチリと開いた。彼女は二三度、洞《うつ》ろな眼で周囲《まわり》を見廻《みまわ》していたが、やがて口の中で何やら訳の分らぬ事を呟《つぶや》いた。

と、思うと、殆《ほと》んど突然に、正も軽部も、思わず息を飲み込んだ程突然に、彼女はハハハハ！　と鋭く一声笑った。そして再び気を失って了《しま》った。

雨がしとしとと庭の立樹を濡《ぬ》らしている。部屋を洩《も》れる灯《ともしび》の光が、その濡れた立樹の葉っぱどもを、黄色に色どっていた。

雨の夜の寒さが、しみじみと身に浸《し》み込んだ。

軽部は、ぼんやりと放心したように、暗い庭の方へ眼をやっていた。何者かに追いかけられるような恐ろしさ、淋しさ、やるせなさが、彼の心の中に一杯はびこっていた。自分も近いうちに発狂するのじゃなかろうか。時々彼はこの頃そんな事を考える。

いやだ！　いやだ！　気が狂うなんて！

それにしても泰子はどうしたろうか？　もう少しは快《よ》くなっただろうか。それとも、あのまま、ほんとうに気が狂って了ったのじゃなかろうか。

泰子の事を思うと同時に、彼は頬へ手をやってみた。

泰子から受けた傷は、もうすっかり癒《なお》りきっていたが、その代り其処には、醜いひきつりが残った。彼のように、比《たぐい》まれな美貌《びぼう》を持って生れた青年にとっては、それは致命的な打撃に違いなかったが、軽部は案外それを気にかけなかった。

彼にとっては、失われた美貌よりも、もっともっと大きな不安が、それが何であるか分らなかったが、漠然とした不安が、他のことを考えさせる暇もない程に、彼を追いかけて来る。何故かしらぬが、彼自身の身内が、ぐだぐだに崩壊して行きそうな予感が、切実に、彼に迫って来る。彼はその事を考えて、思わず体をつぼめた瞬間、扉《ドア》が開いて、美枝子が這入《はい》って来た。

変　化

「どう？　お加減は？」

美枝子はくせで、首を稍《やや》かしげ勝ちに、軽部の顔を覗《のぞ》き込むようにしながら言った。

軽部は黙って外面《そっぽ》を向いていた。

美枝子は然《しか》し、それだけの事で、ひるもうとはしずに、却って、軽部の方に摺《す》り寄るように身を寄せて、

「あまり種《いろ》んな事を考えない方がいいわ。どうせ世の中はなるようにしかならないのだから。」

彼女は可哀そうな弟をでもいたわるような調子でそう言った。

軽部が泰子より傷を受けて以来、美枝子の心には不思議な変化が起って来た。彼女はそれで軽部を一層憎むどころか、今迄《まで》持っていた、えたいの知れぬ憎悪など、何処かへ置き忘れたように、今度はほんとうに彼に対して愛着を感じ始めた。

今こそ、彼を心から愛してやる事が出来る。そういう風な気持ちだった。

それは彼女が、軽部が顔に受けた傷のために、すっかり弱り切っていると思ったからであるかも知れない。つまり相手のそうした弱点が、彼女の心を平静にし、彼女の敵意を挫《くじ》

いて了ったのであろう。

しかし、その点、美枝子は間違っていた。軽部の弱っているのは、その傷のためではなかった。彼は訳の分らぬ破滅を恐れている。その前には、顔の傷も、美枝子も、泰子も、何のかたちをもなさなかった。唯《ただ》彼の前にあるのは真黒な陥穽《おとしあな》と、そしてあの毒薬侯爵の、鷲《わし》のような顔だけだった。

悪　夢

「このごろ僕は、時々不思議な夢を見るのですがねえ。」

ふいに、軽部がそんな事を言い出した。

「夢？」美枝子は、何のために軽部がそんな事を言い出したのかという風に、改めて彼の顔を見た。

「ええ、不思議な夢です。そしてその夢の中には、いつも江川侯爵が出て来ます。」

「まア、叔父《おじ》さまが。」

「江川侯爵です。それはとりとめもない、くだらない夢なんですが、この夢が何かしら、僕の暗い前途を暗示しているように思えてなりません。」

「まあ、そんな事が。――」

「いいや、そうじゃありません。」軽部は美枝子を押えつけるように、「江川侯爵が、僕の素姓を知っている事は確かです。そして、僕の素姓に、何か暗い秘密があるらしい事も、侯爵の今迄の種んな言動によって推察されます。それに、もっと邪推をすれば、侯爵がその秘密を種に、僕を破滅させようと企《たくら》んでいる――そうも思われるのです。」

美枝子は何か言おうとした。然し、声が咽喉《のど》にひっかかって出なかった。

彼女は思わず身慄《みぶる》いをしながら前を掻合《かきあ》わした。それは決して、雨の夜の肌を打つ寒さからではなかった。

「僕は夢の中でそれを見るのです。侯爵が大きな楯《たて》のようなもので、僕の体を押しつぶそうとする。僕は必死になって、藻掻くのだが、藻掻けば藻掻く程、楯の重みは加わって来るのです。――」

闖入者《ちんにゅう》

軽部は突然言葉を切った。

彼の眼は瞬間大きく見開かれたが、直ぐに元の平静さに返った。美枝子は、彼の態度に気が附いて、本能的に背後《うしろ》を振返った。

いつの間に這入って来たのか、正が其処《そこ》に突立っていた。

「まあ、正さん！」

美枝子が思わず立上りそうにするのを、正は眼にもかけずに、軽部の前へつかつかと歩みよった。

「立ち給え！　僕と一緒に行くんだ。」

軽部は正の眼をしばらく見詰めていたが黙って美枝子の方を振返った。

「いけません! いけません! 正さんあなたどうしたのです。身体がずぶ濡《ぬ》れじゃありませんか。」

「いいから来給えっ!」

正は極《き》めつけるように言った。

美枝子も軽部も、同時に、正のただならぬ様子に気が附いた。

「行くって、正さん、軽部さんを何処へ連れて行こうと言うの?」

「あなたは黙っていらっしゃい。軽部芳次郎、君も男なら、愚図愚図言わずに僕について来給え。」

美枝子が中へ割って這入ろうとするのを、正は無慈悲に突退《つきの》けた。

暫《しばら》く、二人の男は、黙って向い合ったまま、凝《じ》っと、お互いの眼と眼の中を覗き込んでいたが、やがて軽部は悲しげに頷《うなず》いた。

そして低い聞取れないぐらいの声で言った。「行こう!」

森の中にて

泣きながら遮る美枝子を突退けた二人は、そぼ降る雨の中へ、傘もささずに出た。「遠いのか?」「いいや。」

二人はそのまま一言も交さなかった。風がざわざわと梢《こずえ》を鳴らして、その度に、大粒の雨の滴が、二人の顔へ落ちて来た。

郊外に近い山の手の邸町《やしきまち》は、雨にぬかるんで、夜の九時というのに、通りすがる人は一人も見当らなかった。

邸を出て、二三町行くと、かなり大きな森があった。何処となくほの明るい光を湛《たた》えている空の中に、くっきりと盛上っている森の入口まで来た時、軽部は思わずためらった。

「恐ろしいのか？」正があざけるように言う。

軽部は黙って又歩き出した。やがて、森の中央の、立樹の伐《き》り拓《ひら》かれた広場まで来ると、正は其処で立止まった。

「待っていたまえ、此処《ここ》でいいんだ。」

正はそう言って、其の時まで左の手にかかえていた木の箱を、草の上に下ろしてその蓋《ふた》を開いた。

中から出て来たのは、懐中電燈が二挺《ちょう》に、短銃《ピストル》が二挺。

正はその一つ宛《ずつ》を軽部の手に渡した。

「君は此処に立っていたまえ、僕は向うの立樹の根元へ行く。懐中電気をお互いの心臓の上にかざして、それを見当に撃ち合うのだ。」

「一体、ど、何《ど》うしようと言うのだ。」

軽部は思わず何か言おうとした。然し正は押しつけるように、

「君も男だ、決して卑怯《ひきょう》な振舞いはしないだろうね。」

そう言って置いて、落着いた、しっかりとした足どりで、向うの立樹の根元まで歩いて行った。

其処でくるりと振返ると、

「さあ、懐中電燈を胸の上にかざし給え、それから号令は君がかけるか、それとも僕がかけようか。」

「君、かけて呉《く》れ給え。」軽部はわななく手で、懐中電燈を胸の上にかざした。彼は殆《ほと》んど、今自分が何をしているのかも分らないくらいだった。

「よし！　じゃ一、二、三の合図で火蓋を切るのだよ。用意！」

軽部は短銃《ピストル》を持っている手を、真直ぐに伸ばした。雨が冷く、短銃を握りしめている手の上に落ちて来る。

「一《ひ》イ、二《ふ》イ、三《み》ッ！」

殆んど一秒の差もなく、二つの短銃が轟然《ごうぜん》と鳴り響いた。軽部はその物音に、思わず握りしめていた短銃を取落した。

彼は眩暈《めまい》がしたように、よろよろとよろめいて、背後《うしろ》の立樹に思わずその身体を支えた

が、その時、初めて向うに正の姿が見えないのに気が附いた。

彼はぜいぜいと咽喉を鳴らせながら、凝っと闇の中を見透かしていたが、やがて又よろよろとよろめいた。正は一塊の土くれのように、草の上に転っていた。——

車中の篠山博士

久世山の篠山博士の邸宅を出た自動車一台、雨をついて赤坂に向って駛《はし》る。それは丁度、暗闇の森の中で、悲しい決闘が行われていると同じ頃であった。

自動車の中には、いつになく難しい顔をした篠山博士と川路三郎、その他にもう一人、陰険な顔附きをした深田が同乗している。

博士は邸宅を出た時より一言も口を利かない。長い間行方の知れなかった従兄弟《いとこ》の消息と、軽部芳次郎の正しい素姓、それは研究室の虫のような博士にとっては、あまりに刺激の強いたよりであった。

若《も》し軽部がほんとうに自分の従兄弟の子供であるとしたら、——ああ、それは何んという恐ろしい事だろうか。泰子が、——それでなくとも現在既に危険な精神状態にある彼女が、この真相を知ったら、一体どうなるだろう。其処にあるものは、死か発狂か。その他に何物があるだろう。

博士は溜息《ためいき》とともに誰にともなく激しい呪いの言葉を発した。

「一体、いつそんな事が分ったんですか。」

自動車が急速な曲《カーブ》に激しく揺れて、漸《ようや》く又正しい疾走を続け始めた頃、川路三郎は向い側に坐《すわ》っている深田にそう訊《たず》ねかけた。

「つい最近の事です。私が頼んで置いた秘密探偵が調べ出して呉れたんです。」

「秘密探偵――?」川路は顔をしかめながら、

「君が頼んだのですか。」

「いえ、それは――」

深田はさすがに狼狽《ろうばい》しながら、

「吉川の夫人《おくさん》に、是非、軽部さんの素姓を調べてくれと頼まれたもんですから、――私としては秘密探偵などの手をかりるのは嫌だったんですけれど、他に仕様もないものですから。――」

再び自動車が激しく動揺した。川路は崩れた姿勢を立直しながら、

「それにしても、この写真は君、何処で手に入れたのです。吉川夫人が持っていたものですか。」

写真の事になると深田にも話が出来なかった。それは侯爵の書斎から彼が無断で持出したもの、言い換えれば、盗み出したものなのだ。

写真という言葉を聞いて、篠山博士はふと我れに還《かえ》った。彼は川路が持っていたそれを自分の手にすると、薄暗い自動車の燈《ともしび》の中で透すようにして眺めた。幾度見てもそれは従兄弟の姿だ。二十何年か行方不明のままになっていた従兄弟の姿に違いない。それにしても、こんなにもよく似ている親子だのに、どうして自分は軽部芳次郎に気が附かなかったのだろう。

失踪

博士は二十年前の従兄弟の素晴らしい美貌《びぼう》と、その名声とを思い出した。当時彼は製作する毎に、大きなセンセーションを、日本の美術界に捲起《まきおこ》しつつあった。その独創的な構図と、大胆な筆致とは、当時の若い彼の情熱そのものであった。

しかも彼は世にも比《たぐ》いまれな美貌を恵まれている。そしてこの熱情児は自分の美貌と名声とを制御する事を知らなかった。古来あまたの芸術家と同じように、彼も亦《また》奔放極りなき享楽生活に、その心身をただらせていた。其処《そこ》に生れる、多くの罪悪と悲劇、――そして恐らく江川侯爵も、当時の彼がかもし出した罪悪と悲劇の中《うち》に、自分の生涯を溺《おぼ》らせた一人なのであろう。

篠山博士は、従兄弟が、侯爵の知遇を得て、屢々《しばしば》その邸宅に出入していたのを覚えている。当時侯爵も若かった。彼も亦官界に大きな野心と情熱とを持っていた。この二人の情熱家の間に、一体如何《いか》なる交渉が生れつつあったのか。――その点、篠山博士も気がつかなかった。当時の彼はまだ一介の書生で、常に従兄弟の名声を羨望《せんぼう》する地位に立たされていた。彼は成るべく従兄弟の世界を覗《のぞ》くまいと努めた。それは彼にとっては眩惑《げんわく》の種であり、やがては強い嫉妬《しっと》と憎悪とに他ならなかったから。

そうして其処に突如やって来たのが、従兄弟の失踪《しっそう》である。無論その当座、世間は種々《いろいろ》に騒ぎもした。然《しか》し彼の日頃の無反省な生活振りを知っている者は、間もなく自殺したか、誰かに殺されたのだろうという説に一致した。博士もその一人だった。

復　讐

「――で、軽部君は生れたその日から、侯爵邸の地下室の中に閉籠《とじこ》められていたというのだね。」暫《しばら》くして、川路がそう言うのが博士の耳に入った。博士は其処で深い冥想《めいそう》から、思いを二人の対話の方に反らした。

「そうです。あの人が生れると同時に、お母さんはこの世を去られたのだそうです。それに侯爵は、あの人の父という人、――その父という人を大へん憎まれていたので、あの人をああして、地下室の中に押籠めて、侯爵一人の手でお養いになったのです。」

「しかし、それはどういう意味だろう。子供に罪のある訳でもあるまいし、よし、子供が憎いにしても、それなら、そんなに苦心してまで養うというのも、少し変じゃないかな。」

「さあ、それは私にも分りかねます。然し、侯爵のようなお方のなさる事ですから、何か深いお考えがあったのに違いありません。」

「そうだね。そう言えば、侯爵が軽部君をわざわざ久世山まで持って来て、先生のお宅の側へ置いて行ったというのも、何か訳があったのだろうね。」

「私もそう思っています。」

博士はぼんやりとその対話を聞いていた。その訳、——それは恐らく、博士と侯爵の他には誰も知らない事であるに違いない。それにしても、侯爵の復讐《ふくしゅう》心の何と根強い事であろう。彼は従兄弟を殺した上に、従兄弟の子供を利用して、自分たち一家の上にまでその復讐の手を伸べようとしたのだ。そして可哀そうな泰子は。——

碧い液体

博士の自動車が、こうして吉川家の玄関へ近附きつつある間に、作者は暫く筆を転じて、其処に起った意外な椿事《ちんじ》を物語らねばならぬ。

正によって軽部芳次郎を何処へともなく連去られた美枝子は、暫く失心したように、長椅子の上に倒れていた。正はきっと軽部を殺すだろう。彼女は、二人の間の葛藤《かっとう》をかなりの程度まで知っている。それに最近軽部が泰子に加えたいまわしい侮辱、——そのために泰子は今半狂乱の態《てい》だというではないか。

「あの人はやっぱり泰子さんの方を、より多く愛していらしたのだ。」

美枝子はひしひしと自分の弱味を感じた。

「あの人はきっと、泰子さんの名を呼びつづけながら死ぬだろう。自分など、その瞬間には、あの人の心に塵《ちり》ほどの影も投げかけないのだ。」

彼女は暫くして、ふと居ずまいを正した。卓子《テーブル》の上の鏡を取上げてみると、十歳《とお》も年をとったように、眼が落凹《おちくぼ》んでいる。

彼女は髪を撫上《なであ》げると、静かに卓子の抽斗《ひきだし》をあけて、その中から、小さな香水瓶のようなものを取出して、燈《あかり》の光の中にかざしてみた。半透明な碧《あお》い液体が、光の中に美しくきらきらと光ってみえる。

これだ、これだ。

結局ここへ来る運命だったのだ。

美枝子はもう一度鏡を覗いて、服装《みなり》をととのえると、やがて、引攣《つ》ったような笑顔を見せながら、静かにその瓶を唇にあてがった。

軽部の出現

だが、その瞬間、扉《ドア》がばたんと音を立てて開いた。

美枝子は本能的に、持っていた瓶をかくすと、扉の方に振返った。

「アッ。」

其処には、頭からずぶ濡《ぬ》れになった軽部芳次郎が、幽霊のように、なよなよと立っているではないか。

二人は暫く息をつめたまま、無意味に眼を開いて、お互いの顔を凝視していた。美枝子は次第に迫って来る呼吸に、苦しげに胸に手を当てながらだだだと二三歩後退《あとじさ》りしたが、突然、激しくすすり泣きを始めた。

軽部は、ふらふらと、まるで魂を抜かれた人間のように、その方へ近寄って来たが、静かに美枝子の肩に手をかけた。

「どうしたんです。何故そんなに泣いているんです。」

それは美枝子にとって、初めて聞くような優しい調子であった。彼女は涙にぬれた眼をあげて、軽部の顔を見た。其処には水晶のように深い二つの眼が、静かに彼女を見下ろしている。しかも、その眼の中には、最早《もはや》、何の憂慮も、苦悶《くもん》も、そして反感も見当らなかった。

「どうなすって？」

美枝子は低い甘えるような声で、ただそれだけの事を訊《たず》ねた。

軽部は黙って、雨にぬれた短銃《ピストル》を取出して、彼女に見せた。

「…………。」

美枝子は意外に平静だった。

何も彼《か》も、彼女にはよくわかっている。聞く迄もない事だった。

二人は並合《ならびあ》って長椅子に腰を下した。そして暫く、何方《どちら》からも声をかけようとはしなかった。軽部の全身は雨でぐっしょり濡れている。其《その》冷さが、寄添っている美枝子の身体にまでひしひしと伝わった。然し彼女は其事に、全《まる》で気がつかないかの様に、ぼんやりと眼を敷物の上に落していた。

「――其前に書残しとかなきゃあ。」ふいに軽部が独語《ひとりごと》の様にそう言った。

「何を書残すんですの？」美枝子も同じように独語のように訊ねた。

「正君の事です。いつ迄も、あんな雨の森の中に捨てて置くわけにはいかない、風を引いて了《しま》う。」

美枝子は驚いたように軽部の顔を見た。しかし直ぐにその眼を敷物の上に落した。

「其前に――？　貴方《あなた》今其前にと仰有《おっしゃ》ったわね。一体何の前にですの？」

「おや。」

軽部はびっくりしたように顔をあげた。

「私たちは今迄、その事を相談していたんじゃありませんか。」

「いいえ、何も。――」

美枝子は軽い微笑を浮べながら、まじまじと相手の顔を見守った。熱に浮かされたように、上ずった眼と、乾いた唇。美枝子はその中に、自分と同じものを発見する事が出来た。

「でも、あたし、よく分っていますわ、あなたの仰有るのはこの事なんでしょう。」

美枝子はそう言いながら先刻の香水の瓶を取出して見せた。

皮肉な微笑

「それです、それです。」

軽部はその方に手を出しかけたが、直ぐにそれを引込めると、ふと気が附いたように、凝《じ》っと美枝子の顔を見詰めた。

「僕がさっき這入《はい》って来た時、あなたはそれを飲もうとしていましたね。」

「ええ。」

「どうしてです。」

「どうしてでもないの。唯《ただ》、そうしたい気がしたから。――」

軽部はもう一度美枝子の顔を打眺めた。

「では、今はどうです。今はもう飲みたくないんですか。」

「さあ、どちらでもいいわ。然《しか》し、あなたが飲めと仰有るなら、あたし飲んでも構わないわ。」

軽部は美枝子の手からそれを受取って、先刻彼女がしていたように、燈《あかり》の中に透かしてみた。

「一体、こんなものを、何処であなたは手に入れたんですか。」

「叔父《おじ》さんに貰《もら》ったのよ。御存じでしょう。江川侯爵、――毒薬の大家よ。」

美枝子は其処《そこ》で一寸《ちょっと》声を立てて笑った。

「そうですか、江川侯爵ですね。――」軽部は暫《しば》し考え込んでいたが、突然、

「これ、僕に半分飲まして下さい。いいでしょう。」と言った。

「ええ、構いませんとも。」美枝子は静かにそう言った。

二人は其処で眼を見合わしたが、ふいに二人の唇には、皮肉な微笑が湧上った。

心中

篠山博士の自動車が駆けつけたのは、それから二十分程の事であった。

川路が降りて、呼鈴を押すと、若い女中が玄関を開いて、不思議そうにこの不時の客を迎えた。

「奥さんは被居《いらつしゃ》いますか。」

「ええ、被居います。」

「こういう者ですが、是非お眼にかかってお話したい事があると、そうお伝え下さい。」

女中は受取った名刺を見乍《なが》ら、でも不審そうに取次ごうとはしなかった。

「奥さんが何とか仰有ったら、軽部君の身の上についてお話したい事があるから、とそう仰有って下さい。そうすれば直ぐ分ります。」

女中はそれでも渋々と奥へ行ったが、暫くすると、顔を真蒼《まつさお》にして、バタバタと駆出し

て来た。「奥さんが、――奥さんが。――」

「奥さんが！　奥さんがどうしたのです！」

川路は女中の唯ならぬ気色《けはい》に、その肩を摑《つか》まえて激しく揺《ゆす》った。

「軽部さんと、毒を飲んで。――」

その声に、自動車の中にいた博士と深田も飛出して来た。

「何処です。それは。――」三人は女中を突退《つきの》けるようにして、奥へ進んだ。

軽部芳次郎と美枝子は、床の上に静かに横になっていた。それはもう何物にも患《わずら》わされない者の快い平静な姿であった。

「これでいいのだ。この方がいいのだ。」

篠山博士は低い何人《なんぴと》にも聞取れない程の声でそう言った。

大団円

軽部芳次郎と美枝子の死が伝えられてから一週間程後に、世間は又江川侯爵の自殺に驚かされねばならなかった。

唯篠山博士だけは、その事を予《あらかじ》め知っていたかのように、侯爵の死を聞いても、平静を保っている事が出来た。

侯爵の死んだ翌日、博士の許《もと》に一通の手紙が来た。差出人の名はなかったが、それを受取った瞬間、博士はその何人であるかを知った。

その手紙の一節に曰《いわ》く。

予は復讐《ふくしゅう》の如何《いか》に難事であるかを覚った。それは寧《むし》ろ復讐される者よりも、なす者の方により多くの苦悶《くもん》と、痛手を齎《もたら》す。予は寧ろ今となっては、彼等が、軽部芳次郎の血管の中を流れている恐ろしき遺伝を知る前に、死を選んだ事を喜ぶ者である。


博士は、誰にもそれを見せずに、ストーヴの中に放込んだ。

軽部の秘密、――それは彼が父から受継いでいる筈《はず》の痛わしい病、――それを包んだ手紙は、めらめらと青い焰《ほのお》に包まれて、瞬く間に灰になって了った。

博士は暫《しば》く、凝っとそれを見詰めていたが、やがて立上って部屋を出ると、泰子の病室の表を訪れた。

「もうよくなります。直ぐに。――」

「ほんとうによくなるでしょうか、あたし。――」

「大丈夫ですとも、僕にまかせていらっしゃい。」

博士はその声を聞いて立去った。

空家の怪死体

押入れの中から二本の足

魂消《たまげ》た差配龍造老人

大正十二年五月二十八日午後三時半頃の事、東京府下○○村に住んでいる石山龍造老人（六二）は、己が差配をしている同村三十番地の下検分に出かけた。三十番地というのは、二ヶ月程空家になっていたのが、ついその前日、急に借手がついて二三日中に引越して来るという話になったので、一応屋内を検分して置く必要があると思ったのである。

雨洩《あまも》り、水のはけ口、便所の具合など一通り調べて廻《まわ》った龍造老人は、

「これなら大丈夫だ。別に手を入れる所もないようだ。」

と満足そうに呟《つぶや》きながら、明日になったら婆さんと女中を寄越《よこ》して掃除をさせて置こうと表へ出た。

「そうそう、前の家はどうなっているんだっけな。」

老人はふと、丁度真向いになっている家の前に立止った。

これも同じような建前で、番地も同じ三十番地、言う迄《まで》もなく龍造老人が差配をしている家の一軒だ。老人はふと、二週間程以前《まえ》に此《こ》の家を人に貸した事を思い出した。約束が出来ると直ぐその場で手金を取り、二三日後には二ヶ月分の前家賃まで貰った。

それだのに未《いま》だに越して来ないのは不思議だ――。

老人は序《つい》での事に、此家《このいえ》も見て置こうと思って表門を開いた。玄関には錠が下りている。老人は生憎《あいにく》此の家の鍵《かぎ》を持って来なかったので裏の方へ廻った。裏木戸も南京錠が下りていて入れない。仕方なしに横へ廻った老人は台所口の硝子《ガラス》戸から伸び上って中を覗《のぞ》いて見た。

と驚いた事には、座敷の中は夥《おびただ》しい蠅だ。青蠅、金蠅、それ等が胡麻《ごま》を振撒《ふりま》いたように濁った空気の中を飛交している。

「おや、どうしたと言うんだろう。」

老人は何となく厭《いや》な気持ちになったが、これは是非一応中を調べて置く必要があると思ったので、無理矢理に裏木戸を押開くと、ずかずかと台所から座敷へ入って行った。

別に何んの異常もなさそうだったが、何んとも言えぬ甘酸っぱい匂いがプーンと鼻をつく。それにこの夥しい蠅――、突然侵入して来た人間の姿に驚いてか、右往左往に飛び交うのが、思いなしか世にも不吉な音として老人の耳に響く。老人はふと何気なく六畳の部屋にある押入れを開いて見た。と、その途端彼は、まるで蛙が踏みつぶされたような声を立てたかと思うと、泥人形のようにへなへなとその場に崩折れたのである。

老人が驚いたも道理――。

見よ、押入れの中にある蒲団《ふとん》の間からは、恰《あたか》も蠟細工《ろうざいく》のような白い足が二本ニューッとはみ出しているではないか。

家を借りに来た青年紳士

二ヶ月分の家賃を納めて

急報に接して所轄警察○○署から署長以下数名出張する一方、警視庁からも少し遅れて、山脇捜査係長、吉岡警部、山下鑑識課長等が自動車を飛ばせて駆けつけて来た。

警視庁の一行が駆けつけて来たのが午後の四時半頃、非常警戒を廻《めぐ》らせると同時に、現場では外表的証拠の蒐集《しゅうしゅう》が行われた。

先《ま》ず証拠として挙げられた物品は左《さ》の品々である。

桜紙三帖《じょう》余。

はさみ。

日本剃刀《かみそり》を赤布で巻いたもの。

毛抜き。

縫針。

これだけでは何の証拠にもなりそうにもない。

同時に行われた死体検視の結果によると、死体は打伏せになって蒲団の間に隠されていたが、その周囲には蛆虫《うじむし》が一杯にわき、積重ねた三枚の蒲団を通して、押入れの板の上には歴然と死体の跡が残っていた。死後約二週間を経過したものであって、被害者は三十五六の脂肪《あぶら》ぎった女であろう。絞殺した形跡或《ある》いは其他《そのた》の外傷は見当らぬ。云々《うんぬん》――

刑事は即時に八方へ飛んだ。そして最も注目されていた此の空家を借りに来た男というのについて、極力捜索の手が伸ばされたが、その結果は凡《およ》そ次の如き事実の他、何事も分らないのである。

五月十三日、事件発生前十五日の夕方の事である。年頃三十二三歳と覚しい洋服姿の青年紳士が、折から植木の手入れをしていた差配の石山老人を訪れて来て、二軒空いているうちの一軒を借りる事に話を極《き》め、すぐその場で手金を打って行った。越えて十六日の矢張り夕方、同じ青年紳士が再びやって来て、直ぐ移るつもりであったが、都合によって一月延びる事になったが、家は気に入ったからと、二ヶ月分の家賃を前納して行ったという話である。

処が此処《ここ》に注目すべき事実というのは五月十五日の晩方、附近の蒲団屋へ、同じ人相の紳士がやって来て、一揃いの夜具を借り受け、それを問題の三十番地へ運ばせている。しかもその翌日十六日の早朝、矢張り同じ紳士が蒲団屋へ現れ、都合によってあの夜具を買い取る事になったからと、夜具代全部を支払って行ったというのである。無論蒲団屋の女将《おかみ》橋本りうは直ぐ呼出されて、例の死体を包んであった夜具を見せられたが、これに違いないと証言しているのである。

これ等の事実を綜合《そうごう》すると、凡そ次のような事が想像されるのである。犯行のあったのは五月十五日の夜の事で、その夜借りて来た夜具の中に一夜を明す事になった二人の男女のうち、男が女を殺害し、その発覚を遅からしめんがために、翌日早速夜具を買取る事にする一方、二ヶ月分の家賃を前納しているのである。

ところがさて肝腎《かんじん》の青年紳士である。彼の消息についてはその後杳《よう》として知る事が出来ないのである。石山老人は迂闊《うかつ》にも青年紳士の名を聞いていないし、その身分など皆目見当がつかないのである。

かくして事件は漸《よう》く迷宮へ入りかけた。

空家から出て来た美人

今にも倒れそうにフラフラと

此の事件を当初より担当している警視庁の吉岡警部は、何とかして、この事件を自分の手で解決してみたいと思った。事件発見後、既に数日を経過しているにも拘《かか》らず、問題の怪紳士については、何一つ手懸りを発見する事が出来ない。新聞は漸く警視庁の無能呼ばわりを始めた。

この時である。突如有力な手懸りが、思いがけなく吉岡警部の手に転がり込んで来たのである。

というのは、例の怪紳士に夜具を貸した蒲団屋の女中きんという女が、問題の空家から怪しい女の出て来るのを見たという事実である。これを聞くと、吉岡警部は早速○○村へ飛んで行って、件《くだん》の女中きんについてその事実の有無を訊《たず》ねて見た。と凡そ、次のような事実が判明したのである。

紳士に頼まれて三十番地へ蒲団を持って行った日から、三四日目だというから十八九日の事に違いない。三十番地の裏側には小さい谷川があって、その附近の人たちは皆其処で洗濯をする事になっているのだが、その日の午後三時頃、きんが洗濯物を抱えて其処を通ろうとすると、問題の三十番地の裏木戸の所に立っている女がある。多分借家探しでもしているのだろうと思ったきんは、

「其処はもう塞《ふさ》がって居るんですよ。向い側の方ならまだ空いて居ますけれど。」

と声を掛けた。

すると女は、黙ってチラときんの方を見たが、そのまま向いの家の方へ行く様子だったので、きんは気にも止めず谷川へ下りて行った。それから三分程経った後、きんはふと忘れ物を思い出して、家の方へ取って返そうと、例の三十番地の裏側を通りかかると、突然、中から先刻《さっき》の女が飛出して来た。見ると、血の気を失い、今にも気を失って倒れそうに、よろよろと裏木戸から出て来たのだが、きんの姿を見るとハッとした様子で、周章《あわ》てて南京錠を下ろすと、物をも言わずに表の方へ駆出して行った——。

と言うのが、きんの話の全部である。

「ほう。」吉岡警部は思わず唾《つば》を呑込《のみこ》む。

「して、その女というのはどんな女だったね。」

「さあ。」

と、きんは返事に困った。

まだ事件が発見されぬ前の出来事の事とて、彼女はそう気を附けて相手の様子を見ていたわけではなかった。唯《ただ》、今になって思い出して見ると、女に出逢《であ》ったのは、犯罪が行われた二三日後の事であるから、あの家の中から出て来た女は、当然あの死骸《しがい》を見たに違いないのだ。その事に気が附いたきんは、急に恐ろしくなって、昨夜ふと、女将の橋本りうに口を滑らせたというわけなのだ。

「そういうわけで、よくは見ませんでしたけれども、二十四五の、身装《みなり》の立派な、何処かのお嬢さんと言った風な女で、紫色の金紗《きんしゃ》の羽織を着ていたように思います。」

というのがきんの答え。

「顔の何処かに、特徴になるような点はなかったかね。」

「さあ――。」

「何か変った持物に気が附かなかったかね。」

「いいえ、別に――、唯あの三十番地の裏木戸の鍵を、どうして持っていたのかと不思議に思いましたけれど。」

「フム!」吉岡警部も思わず腕を拱《こまね》いた。

きんに言われる迄《まで》もなく、彼も亦《また》既にその事を考えていた所なのだ。あの裏木戸の南京錠――それは差配の方で作ったものではなく、犯人と覚しい青年紳士が残して行ったものである以上、その合鍵を持っている女というのは、当然その青年紳士と何等かの関係を持っているに違いないのだ。第一、きんに此の家は空家ではないと聞きながら、こっそり入って見るその態度からしてが、既に充分疑われるべき価値を持っている。三十五六の年増《としま》女と二つ三つ年下の美貌《びぼう》の青年紳士、其処《そこ》へ二十二三の美人を配すれば一体どんな結果になるか。そう考えて来ると、吉岡警部は漸く此の事件に一脈の曙光《しょこう》を見《み》出《いだ》したような気がした。要は唯、是等《これら》三人の身許《みもと》を洗って行くばかりであるが、関係者が多ければ多い程、事件というものは解決に対して、より多くの可能性を帯びて来るものだ。

「やあ、どうも有難う。その中《うち》お前さんにも出頭して貰《もら》わんければならぬ事になるかも知れないが、その時には間違いなく今の話を繰返して呉《く》れなけゃいかんぜ。」

吉岡警部はそう言い捨てると、来た時よりは余程確信を持って橋本りう方を立出《たちい》でた。

二人に出逢った青年

ヤア奥さんと声をかけた

思いがけない事実を突止める事の出来た吉岡警部は、雀躍《こおどり》するような歩調《あしどり》で○○村を後にすると、其処から一番近い省線電車の○○駅へと足を向けた。と、其処には更に彼を喜ばせるような報道が待受けていたのである。

事件発見当時、○○駅の駅員は、交る交《かわ》る《がわ》参考証人として取調べを受けた。然《しか》し誰一人として、被害者並びに犯人と覚しい青年紳士に就いて、記憶している者はなかった。従って警視庁の意見では、犯人並びに被害者は省線電車でやって来たものではなく、他の乗物、多分自動車か何かでやって来たものだろうという意見に傾いていた。

唯一人吉岡警部のみが、初頭からその意見に対して反対だった。○○村のような場所へ自動車を乗入れれば、寧《むし》ろ省線電車で来るより人目につき易い筈《はず》である。これだけ周到な用意をめぐらしている犯人が、そんなへまをやる筈はなし、現に、犯行当時、誰一人としてそうした自動車を目撃したものはないのだ。

然し、それにしても、彼等が省線によったとすれば、どうしてこうまで、人目にかかれずにやって来る事が出来たのであろうか。いやいや、彼等とて血もあれば肉もある人間だ。神様ではない限り、幾人かの人眼に触れている筈である。如何《いか》に○○駅が混雑する駅であるとはいえ、中に一人位見覚えている者がない筈はない。

新らしい事実に急に確信を増した吉岡警部は、その足で早速○○駅へと向った。

「やあいらっしゃい。御苦労さまですね。矢張り、例の事件ですか。」

駅の助役は警部の顔を見ると、愛想よく立上って椅子をすすめる。

「いや、どうも有難う。随分蒸すじゃありませんか。」

吉岡警部はそう言いながら袂《たもと》から手巾《ハンカチ》を取出すと、額の汗を拭《ぬぐ》った。

「そうですね。もう入梅は済んだ筈だのに一向降る模様がありませんが、此の分じゃ、又空梅雨ですかね。」と、助役は煙草に火をつけながら、ふと思い出したように、

「時に例の空家の事件ですがね。あの時、誰も加害者並びに被害者らしい者を見たものはないとお答えしましたが、実はすっかり忘れていたのですがね、十八日以来休んでいた駅員が一人あるのですよ。脚気《かっけ》で二週間程故郷《くに》へ帰っていたのですが、ついうっかりして、

休暇を取ったのがあの事件より以前《まえ》だとばかり思っていて、今迄何んにも言わなかったのですが、今朝から出勤を始めたので聞いてみると、先月十八日だという話です。その男に聞いてみると、何か憶《おぼ》えているかも知れませんよ。」

「ほう。」

吉岡警部は又しても胸を躍らせた。

今日はさいさきが好《い》いから、何か又聞き出せるかも知れないぞという気がした。

「そいつは、是非訊ねて見る必要がありますね。一寸《ちよつと》、此処《ここ》へ呼んで戴《いただ》けませんか。」

「ええ、よろしいとも――。」

助役は気軽く立上ったが、直ぐに岩崎良太（二七）という若い駅員と一緒に入って来た。

岩崎は、成程脚気がまだ癒《なお》りきらないと見えて、青瓜《うり》のようにむくんだ顔をして、助役と一緒に入って来たが、警部の顔を見ると、はっとしたらしく扉《ドア》の所で立止った。その様子を見た瞬間吉岡警部は直ちに職業的本能から、此奴何か知っている！　と感じた。

果して彼は此の事件に対して、最も重要な事実を警部の前に打開《た》けたのである。而《しか》も、彼から聞き出し得た事実によって、事件の糸を手ぐって行った吉岡警部は、更に更に驚くべき幾多の事件にぶつからねばならなかったのだ。言わば岩崎良太の物語こそ、一時停頓《ていとん》していた此〇〇村の空家事件に、恐ろしい口火を点《つ》けたものと言っても言い過ぎではない。

彼の話というのは大略こうである。

実は田舎で新聞を見ましてから、今にお訊《たず》ねがあるかと心待ちにしていたのです。それだのに一向何んの話もありませんので、つい待切れなくなって、まだ体の調子は本当でないのですが此方《こちら》へやって来たような訳で——。ええ、お訊ねになるような人物は確かに覚えています。尤《もっと》も果して間違いがないかどうか請合いかねますが、時日《とき》と言い、人柄といい、十中の八九迄間違いはなかろうと思います。

あれは、私が休暇をとって故郷《くに》へ帰る二三日前の事ですから、たしか十五日か、十六日だったと思います。夕方の五時頃、混雑時間《ラッシュアワー》の一番混雑する時刻ですが、確かにお話になるような男と女とがこの駅で降りました。そうですね、女は三十五六の、小肥《こぶと》りに太った色の白い、見たところ金持ちの奥さんと言ったタイプ、男は三十前後の、これも中流以上の紳士でしたが、男の方はあまりよく見ませんでした。

何故女の方をより多く注意して見たかというと、それはこういう訳なのです。女と男が改札の方へ行く途中、折から改札口から駆込んで来た、二十五六の会社員風の男とばったり出逢ったのです。女の方は気が附かなかったらしいのですが、行きあった会社員風の男が、ふと足を止めると、

「おや、奥さんじゃありませんか。」

と声をかけたのです。

すると、女の方でも立止って男の顔を見ていましたが、直ぐに驚いたように、

「まあ××さん。」

と言いました。

此の時相手の名を呼んだのですが、私は生憎《あいにく》忘れて了《しま》ったのです。

「奥さんは何時此方へいらしったのです。」

と男。

「つい此の間――、東京見物に来たのよ。貴方《あなた》の所へもお報《し》らせしようかと思ったんですけど、御面倒をかけちゃと思って……。」

「今何処にお泊りです？」

「本郷の宿屋――。」

「そうですか、じゃ二三日中にお訪ねしましょう。」

その時、女と離れて既に改札口を出ていた連れの紳士が何か言ったので、女と会社員風の男は、二言三言慌しく言葉を交わしていましたが、それで別れて了いました。別れる時、男は確か手帳を出して何か控えていましたが、それが宿屋の名ではないかと思います。

「フム、して君はその宿の名は聞かなかったのかね。」

「いえ、聞いたかも知れませんが忘れて了いました。世間というものは、広いようで狭いものだなとその時感じたものですから、よく憶えているのです。」

「して、その相手の男というのは、どんな男だったね。」

「此処で出会った方の男ですか？　そうですね。紺の二重釦《ボタン》の背広にラッパ洋袴《ズボン》、それに小脇に二つ折りの鞄《かばん》を抱えていたように思います。」

吉岡警部はそれからいろんな事を訊ねたが、それ以上の事は分らなかった。序《つい》でに空家から出て来た美人というのを、他の駅員たちも呼んで訊ねて見たが、これも一向に覚えている者はない。

然しこれだけ分れば充分だ。

半日の収穫としては何んという豊富さだろう。兎《と》に角《かく》被害者が東京の者ではなく、殺害される少し以前《まえ》まで本郷の宿にいた事だけは確かなのだ。しかも青年の口吻《こうふん》によると、二三日中に宿屋へ訪ねて行くという話。その青年さえ突止めれば、被害者の身許は訳なく判明するのだ。吉岡警部は雀躍《こおどり》するようにして○○駅を後にした。前途に、更に更に奇怪な事件が待受けているとも知らずに——。

大和屋へ投宿した夫婦連

度々電話を掛けて来た相手

吉岡警部の報告によって、警視庁内は急に色めき立った。本郷と言っても可成り宿屋の数はあるが、警視庁の手を以《も》ってすれば、虱《しらみ》つぶしに捜索して行くのに何んの困難もない。果して、吉岡警部の報告があってから数時間の後には、問題の宿屋を突止める事が出来た。場所は赤門前、名は大和屋《やまと》、本郷では屈指の旅館である。

一人の刑事の齎《もたら》した報告によると、凡《およ》そ次のような事実が分った。

問題の男女が投宿したのは五月九日、宿帳には原籍、名古屋市中区御器所《ごきそ》町字北丸屋、名古屋銀行員伊奈《いな》三郎三十五歳、同妻はな三十五歳とある。

「汽車で今着いたばかりだと被仰《おっしゃ》って、此方へいらしたのが五月九日の夜十時半でした。お荷物はトランクが一つ、後は駅に預けてあるというようなお話で――」と大和屋の番頭は語る。

「何んでも奥様の方が東京は初めてだと被仰るので、今度幸い休暇が取れたから、旦那様《だんな》も久振りで一緒に東京見物にいらしたんだというお話でした。見たところ御夫婦にしては年は同じすぎるし、何んだか奥さんの方がお偉いようでしたので、きっと御養子か何《なん》かだろうと女中どもと笑っていました。大変お睦《むつま》じい御様子で宿をお変りになる迄《まで》、毎日お二人して御見物にお出掛けになりました。御祝儀なども法外なくらい頂きましたりするので、私どもの方ではいいお客様だというので、特別に、お扱いに注意して居りましたが、別に変だと申すような事は何一つ気附きませんでした。お引払いになりましたのが十六日の午前十二時頃でした。いいえ、その時は旦那様の方がお一人で、前の晩十五日の晩はお二人とも何処か他所《よそ》へお泊りになったのですが、十六日の朝、旦那様の方だけ一人お帰りになりまして、矢張りホテルの方が便利だからというので、荷物を取りにいらしたのです。いいえ、別に何処へいらっしゃるとはお聞きしませんでした。」

滞在中或《あ》いは引払った後《のち》、誰か彼等を訪ねて来た者はなかったかという問いに対しては、番頭の代りに女中の一人がこんな事を言った。

「たしか十六日の朝の事でございました。何処かから電話が掛かりまして、伊藤さんと被仰る女の方がお泊りの筈《はず》だが、今いらっしゃるかと言うので、伊藤さんという方は其時《そのとき》お泊りではなかったので、そう申上げると、いや確にいる筈だ、昨日途中で出逢《であ》ったから本郷の大和屋という旅館に泊っていると言ったが、本郷に他に大和屋という旅館があるかとお訊ねなので、いいえ、大和屋と言えば私方きりですと申上げると、じゃ、たしかに君の所だと被仰って、女の方の御様子を詳しく電話で被仰るのです。そして若《も》しいらっしゃるようだったら、丸ビルの四階山佐商会の須藤《すどう》というものから電話が掛かったとこう申上げて呉《く》れろというお話でした。その時はそれで電話を切ったのですが、後で考えてみると、その女の方の御様子というのが、どうやら伊奈さんの奥さんに似ていると気が附いたものですから、それから三時間程して、伊奈さんお一人でお荷物を取りにいらした時、その事を申上げますと、いいや一向知らん、人違いだろうとの事でした。」

「それ以来電話は掛からなかったかね。」

「いいえ、三度も四度も掛かったのですけれど、いらっしゃらない者は仕方がないのでそう申上げました。」

此の報告を聞いた吉岡警部初め一同は、飛立つ程喜んだのだった。電話を掛けた須藤という男こそ、○○駅で所謂《いわゆる》伊奈夫人に出逢った青年に違いない。

是等《これら》から凡そ次のような事実が想像されるのだった。伊奈夫婦と称して本郷に宿泊していた二人は、実は仮名を使用していた者であって、女の方の本名は伊藤 某《なにがし》というものである事、彼女の身許《みもと》を知っている須藤という青年が丸ビル四階山佐商会に勤めている事、又伊奈三郎と名乗る男の方は、○○駅で、折悪しく女が知人に出逢ったものだから急に犯行を早めて、その夜女を殺害し、須藤が宿へ訪ねて来る前に宿を引払って了った事等々——。

丁度その時は夜の十二時頃だったので、丸ビルの山佐商会には誰一人残っている者はなく、残念ながらその日はそれ以上捜索の手を伸ばす事は困難だったので、翌朝早々、捜索を続行する事になって、その夜は、一度吉岡警部は引上げる事になったのである。かくして事件は急転直下解決しそうに見えた。

俄然《がぜん》須藤も行方不明に

怪しい女と共に出たきり

明くれば大正十二年六月六日である。

吉岡警部は、今日こそこの事件解決の緒《いとぐち》を見付けることが出来るのだと、喜び勇んで丸ビル四階の山佐商会へと赴いた。

と、こはそも如何《いか》に！

問題の須藤青年は、此所《ここ》二週間余り欠勤しているというではないか。これを聞いた刹那《せつな》、吉岡警部の胸には、一種の不安な気持が動くのをどうする事も出来なかった。

「欠勤している？　それは何時頃からの事だね。」

山佐商会の事務員は、手早く出勤簿を調べて呉《く》れたが、

「そうですね。五月十八日に出勤したきり、後はずっと休んでいます。此方《こちら》でも困っているのです。休むなら休むと何か言って呉れればいいのですが、何も言わず無届なものですから、此の間も下宿の方へ問合せを出したのです。ところが下宿の方でも、十九日の朝出たっきり帰って来ないという話なので……」

十九日と言えば、犯行当日と思惟《しい》されている十五日から四日目である。吉岡警部は、いよいよ不安の念が深まって行くのを覚えた。

「時に、五月十五日の夕方は、須藤は此方に出ていたかね。」

「一寸《ちよつと》待って下さい。」

事務員は、又もや別の帳簿を取出して調べていたが、

「十五日は、お昼から○○村の顧客《とくい》の方へ廻《まわ》って貰《もら》いました。そのまま此方へは寄らずに帰った筈ですから、此所にはいなかった筈です。」

愈々《いよいよ》間違いはない。○○村と言えば○○駅から、直ぐ近くであるから、駅員岩崎良太が見たという青年は、間違いなく須藤なのだ。それにしても、十九日以来勤先へも出勤せず、下宿へも帰らないというのは、一体何を意味するのだろうか。

折から商会主山本佐兵衛《さへえ》氏（四九）が出勤して来たので、吉岡警部は早速名刺を通じて面会を求めた。山本氏はでっぷりと肥《ふと》った赭《あか》ら顔の、如何にも実業家らしいタイプの好紳士であったが、警部の本意を聞くと一寸顔を曇らせて、

「須藤ですか、あの男が何かしましたか。私の方では至って忠実に働いていて呉れて、店の方でも受けはよし、模範的と言っていいくらいの好青年で、彼に限って悪い事をしようとは思われませんがね。此処《ここ》暫《しばら》く行方が分らないので困っていますが、調べてみた所帳簿の方に間違いもないようだし、判断に苦しんでいます。経歴ですか。あれは去年の秋まで大阪の方の支店に働いていたのを、今度此方へ廻す事になったのです。学校は大阪高商出身で、去年卒業したばかりですが、中々腕のある青年でしたよ。そうそう、学生時代は大阪のさる弁護士の家に寄寓《きぐう》していたのですが、その紹介で店へ入ったのです。」

「して、その弁護士の名は何んといいますか、御存じじゃありませんか。」

「伊藤康哉《やすや》といって、大阪では相当知られていた弁護士です。去年の秋亡くなりましたがね。」

「伊藤？」

その名を聞いた瞬間、吉岡警部は思わず椅子から飛上った。伊藤康哉！　去年死んだ！　そうだ、そう言えば被害者の身許はすっかり想像が出来る。被害者は即ち大阪の弁護士伊藤康哉の未亡人《びぼうじん》に違いないのだ。それさえ分れば須藤の在不在は問題じゃないのだ。だが然《しか》し、十九日以来行方不明というのは気にかかる……。

「貴方《あなた》は、伊藤家の家庭の事情を御存じじゃありませんか。」

「いや、俺《わし》は唯《ただ》須藤の履歴からと、新聞ぐらいで名を知っているだけの事で、深い事は一向知らんが……。」

「伊藤氏の未亡人が此方へ来ているというような事を、お聞きになりませんでしたか。」

「いや知らん。須藤に聞いてみれば分るだろうがな」

其処で須藤の下宿を手帳に控えると、吉岡警部は宙を飛ぶようにして、須藤兼松（二五）の下宿赤坂の友隣館へとやって来た。

「須藤さんですか。須藤さんは先月の十九日の朝お出掛けになった限《き》り、何んの音信《たより》もありませんので、此方でも困っているのです。」

友隣館の亭主は、如何にも困ったような顔をして警部の問いに答える。

「今迄几帳面《きちょうめん》な方でしたから、そう心配もしていなかったのですが、こう長くなりますと……、聞けば社の方もお休みだとかの話でして……。いえ、別に心当りと言ってはありませんが、唯今から思いますと、十九日の朝お出掛けになる時は、お一人ではなくお連様がありましたから、或いはその方と……。」

と亭主は言葉を濁した。

「何？　連れがあった？　女か男かね。」

「それが女の方でした、二十二三の中々お美しい方で……。」

警部はハッと唾《つば》を呑込《のみこ》んだ。二十二三の美人――。そう言えば問題の空家から美人が出て来たというのが、たしか十八日か十九日、或いはその女ではなかろうか。

「紫色の錦紗《きんしゃ》の羽織りを着た、令嬢風の女じゃないかね。」

「ハイ、そうでございます。」

「その女は、それ迄《まで》に度々此処へ訪ねて来た事があるかね。」

「いいえ、その前の日の夕方に一度きり……、何んでもその時女の方は大変顔色が悪くて、須藤さんはいらっしゃいますかという声も慄《ふる》えているようでした。どなた様ですと申しますと、美枝と言って下さいと仰有《おっしゃ》るので、女中がお取次ぎを致しました。女中の話によると、お二人で長い事秘々《ひそひそ》話をしていられたそうですが、その間には時々女の泣声なんかも交っていたそうで……。その夜は女の方は三時間してお帰りになりましたが、その翌朝、お約束がしてあったと見えて、お迎えに参られ、二人御一緒にお出掛けになったのです。」

「その時須藤は、どんな様子だったね。」

「ハイ、前の晩、女の方が帰られてからひどく顔色が悪く、女中の話によると、夜中にひどく魘《うな》されたりしていたという話です。」

「須藤の荷物は、まだ置いてあるだろうね。」

「はい、そのままにしてあります。」

吉岡警部は一応荷物を調べて見たが、何の証拠になりそうな物も見出《みいだ》す事は出来なかった。

然しこれだけの事は確かだ。十八日の晩訪ねて来た女というのは、明らかに○○村の問題の空家から飛出して来た女に違いなく、彼女はその足で直ぐ須藤を訪れ、何事かの打合せをして、十九日の朝何処かへ出掛けたものに違いない。然し、それにしても女というのは何者だろうか。犯行を知っていながら警察へ届けて出ようともせず、そのまま行方を晦《くら》ませた所よりみれば、或《ある》いは共犯者じゃなかろうか。然し、それにしては……。

警視庁では、直ちに須藤兼松並びに疑問の女の行方を捜索する一方、大阪へ照会電報を打った。

意外意外容疑者の死

犯人はその妻のよし子か

大阪より折返し返信があった。

それによって一切の事情は判明したが、然し、それについて更に驚くべき事件が突発したのである。

先《ま》ず、伊藤家の家庭の事情より述べて置こう。

亡くなった弁護士伊藤康哉氏宅というのは、当時三人の家人が住んでいた。

その三人とは、未亡人の美奈子（三六）その義妹よし子（二六）並びによし子の良人《おっと》の田辺英治郎（三二）の三人である。

ところが、ここに問題というのは、田辺英治郎と未亡人美奈子は去る五月七日、東京見物に出かけると言って手を携えて出掛けたきりまだ帰阪していない。しかも田辺の妻、美奈子未亡人には義妹に当るよし子も、二日後に同じく東京へ行くと言って出たままだ帰って居らぬ。云々《うんぬん》――。

これだけなれば、総《すべ》てが吉岡警部の予想と符節を合わせるが如く一致している。即ち、あの空家の美人死体こそ美奈子未亡人であり、その犯人というのが田辺英治郎、空家から出て来た美人というのが、その妻のよし子である事が想像されるのである。

被害者並びに容疑者の身許《みもと》の見当はついた。最早彼等の居所を突止め、逮捕するばかりである。若《も》し田辺夫妻の居所が分ったら早速逮捕するよう、大阪へ電報が打たれた。

かくして一方大阪から送って来られた田辺夫妻の写真は全国へ配られ、今や彼等を逮捕するばかりになったのである。

ところが茲《ここ》に意外な事件が突発して、再びこの事件を迷宮へ導いた。というのは、神戸の某警察署からやって来た、世にも意外な報告である。


目下捜索中の田辺英治郎は本署所轄圏内の旅館、海岸ホテルにて死体となって現われた。他殺の疑い充分、犯人は田辺の妻よし子と思惟さる。云々——。


此の報告書を手にした時、さすがの吉岡警部もしばし呆然《ぼうぜん》として了《しま》った。

犯人と目指す男は殺害された。しかもその犯人は、妻のよし子であるという。

ああ、この奇怪な事件は、一体何処迄紛糾して行くのであろうか。まだその間の事情はよく分らないが、然し警視庁に於《お》ける方針は、総て、田辺英治郎が美奈子未亡人殺害の犯人として立てられているのである。しかるに今田辺英治郎がその妻によって殺害されたとは、ああ、何んという奇怪な突発事件であろうか。

かくして、事件は根本から引繰返されたかの観があった。

汽車の中に悶死する美人

懐中された奇怪な告白状

神戸よりの報告書を手にしたその夜、神戸行東京発の二等列車の中には、吉岡警部の姿が見られた。

彼は今儼然《げんぜん》として腕組みをし、深い思案に耽《ふけ》っている。

この奇怪な事件を中心として起った様々な場面が、今彼の頭には走馬燈のように廻《まわ》っているのだ。未亡人美奈子の死、須藤青年の行方不明、田辺英治郎の殺害——、そしてそれ等の事件の中に、まるで悪魔の如く顔を出す奇怪の美女よし子——。

一体誰が犯人で誰が被害者なのだ。それさえも見当がつかなくなって来るではないか。

午後二時、汽車は沼津へつくと、二三人の乗客を降ろし、その代りに新なる旅客を二三人乗せて発車した。

吉岡警部は眠らんとしても眠られぬ頭を、後のクッションにつけて深い瞑想《めいそう》に耽っている。その時である。

突然彼の背後に当って、苦しそうな女の声が聞えた。

「ウーム、ああ——苦しい。」

その声はまるで、深い悪夢の底から追蒐《おいか》けて来るように吉岡警部の耳を打つ。彼はハッとして身を起すと、背後の座席を覗《のぞ》き込んだ。見れば、まだうら若い一人の女が、のめるように前の座席に打伏して悶《もだ》え苦しんでいる。

「若し、どうかしましたか。若し。」

吉岡警部は立上って、その女の側へよると肩へ手をかけて優しくゆすぶるようにした。

その途端、嚙《か》みしめた女の唇から赤黒い液体が糸のように流出ているのが見られた。

「や！　これは大変だ。」吉岡警部は周章《あわ》てて、列車ボーイを呼ぼうとした。その時である、断末魔の苦しみに悶えていた美人は、かすかに顔を上げたかと思うと、

「待って下さい、吉岡さん――。」と呟《つぶや》くように言う。

意外!!　この深夜の列車内に、既に死に瀕《ひん》している女が自分の名を知っていようとは……。

吉岡警部は、自分の耳を疑うように、女の顔を見ようとした。

「あたし、よし子です。田辺の妻よし子です……。」

「え？」吉岡警部は、グイと女の顔を覗き込む。

「殺して下さい――、このまま死なして下さい。委細は懐中《ふところ》の中に――。」

それだけ言ったかと思うと、女はガックリと前へのめって了った。心臓へ手をやって見るともう息の根は止っている。

吉岡警部は、暗い窓の外に眼をやると、ホッと深い溜息《ためいき》をついた。

女の死体の懐中《ふところ》には、一通の厚っぽい封書が発見された。その上書には、

吉岡警部様へ、哀れな女より

としてあった。これを見ると、女は覚悟の自殺であった事が窺《うかが》われる。さて、この手紙の文面によって、さしもに紛糾を極めたこの怪事件も、遂にその真相を白日の下に曝《さら》け出して了ったのである。筆者は、さる人の好意によって見せて貰《もら》ったこの手紙を、ここに掲げて、この犯罪譚《ものがたり》の結末としようと思う。それはさながら一篇の社会哀話である。

吉岡警部様

種々《いろいろ》とお騒がせをしましてまことに相済みません。あの〇〇村に起った空家の怪事件以来、皆々様が必死の努力を致されている事をあたしもよく存じて居りました。ああ、若し、あたしにもう少し決断心さえあれば、総ての事件を未然に防ぐ事が出来たであろうのに――、それを考えると残念でなりません。

さて、是等《これら》の事件の真相をお話しする前に、あたし達の身の上からお話しなければなりません。

あたしと姉の美奈子は、父を異にした姉妹《きょうだい》なのでございます。

あたしの母は最初山田という家へ嫁ぎ、義姉《ぎし》の美奈子を生んだ後、良人《おっと》に死別れたので、子供を残したまま石部という家へ嫁ぎました。其処《そこ》で生れたのが即ちあたし、よし子でございます。

あたしの父は、あたしが小学校を出る迄は可成り大きな商売をして居りまして、一家も至って幸福でした。その頃母が以前嫁いで居りました山田の家は、困窮のどん底に陥って居りましたので、あたしの父はいろいろと義姉美奈子の面倒も見、そして弁護士伊藤康哉様の許へ姉を嫁がせたのも、万事あたしの父の努力だったのです。

ところが、世の中は何んという皮肉でしょう。あたしが小学校を卒《お》え、女学校へ通いはじめた頃、父は仕事に失敗して、家財を蕩尽《とうじん》したのが原因で、父は狂死して了いました。そしてその日から路頭に迷わなければならなくなった、あたし達母子は、今迄《まで》世話をしていた義姉の許へ引取られて、今度は反対に世話を受ける事になったのです。

人世に於けるあたしの不幸は、それより始まりました。

義姉の良人伊藤康哉様は、まるで神様のような善人でしたが、義姉の美奈子は、事毎につけてあたし達に辛《つら》くあたります。あたしの母は遂にそれを苦にやんで、あたしが女学校を卒える年に亡くなりました。ところが、これと前後して、伊藤の家にはもう一つ大きな不幸が湧き起りました。というのは、その頃寄食していました京大の法科学生田辺英治郎という男と、いつの間にか、義姉が密通して了ったのです。

義兄は前にも言ったように、神のような人でしたから、この事が分ってからも、断然とした処分をする事が出来ず、絶えず心を痛めていましたが、田辺が学校を出、そしてあたし自身も学校を出ると、それを機会にあたし達を結婚させて了いました。

その時あたしがどんなに苦しんだか、それは今更申すまでもありません、何も彼《か》も恩義のためと、あたしは死んだ気になって結婚したのです。

ところが、あたしがかく身を犠牲にして結婚したにも拘《かかわ》らず、義姉と良人の仲は改まるでもなく、益々《ますます》その深味へ入って行く一方なのです。あたしも苦しみましたが、義兄も気の毒でした。煩悶《はんもん》に煩悶した揚句、遂に先年亡くなったのです。

それ以来の家庭の紊乱《ぶんらん》は申上げる迄もありません。義姉と良人とは最早公然と夫婦気取りで、あたしはある影もなき姿です。

そして遂に、先月の事です。

良人と義姉とは手を携えて、東京見物に行くと称して出かけました。ところがその後《のち》の事、調べてみると意外にも、総《すべ》ての不動産は一切金子《かね》にかえられている様子です。あたしはハッと驚きました。あたしは以前から良人が本当に義姉を愛しているのではなく、義姉の財産に眼をつけている事を知っていたのですが、これを見て、愈々《いよいよ》、良人が義姉を殺すか、どうかして逃げるのだという事を知りました。

其処であたしも早速、東京へ二人の後を追って来たのです。

それから後の事は、あまり詳しく申上げる迄もありますまい。二人の行動を人知れず監視していたあたしが、遂にあの空家の中に義姉の死体を発見したその時の驚き——。あたしは早速その足で須藤さんのところへ行きました。須藤さんは以前伊藤家の書生をしていられた人で、あたしの立場をよく御了解下すっていたのですが、あたしの話を聞くと、憤然として、二人して、田辺英治郎を、目白の隠家へ詰問に出かけました。

ところが、ああ！　何んという恐ろしい事でしょう。其処に起った世にも物凄《ものすご》い光景を、述べる筆をあたしは持合わせて居りません。良人は到頭、須藤さんを殺して了いました。

あたしはあまりの恐ろしさに、その場から逃げて了ったのですが、その時からあたしの決心は定まりました。

良人とは言え、かかる悪人をどうして世の中に長らえさせて置く事が出来ましょうか。

吉岡警部様

どうかあたしをお許し下さい。そしてお憫《あわ》れみ下さいませ。あたしは到頭良人を殺したのです。良人が高飛びの用意をして、あの海岸ホテルへ宿泊している所を襲って、殺して了《しま》いました。

ああ、哀れな女よ。それはあたしの事です。

あたしもあの人たちの後を追って参ります。……

哀れな女　よし子

怪犯人

ピストルを持った男

今度こそ世界の終りだ！　いよいよ地球最後の日が来たのだ！

ものすごい山鳴のひびき、がらがらと家屋の倒壊する音、闇を引裂く稲妻の光、阿鼻《あび》叫喚、阿修羅《あしゅら》地獄。……そうだ、文字どおり地獄絵巻の世界だった。天も地も海も、一瞬にして焔《ほのお》の塊と化し、人も木も草も砕けちってしまいそうな大地震だ。

大自然のいたずらの前には、人間の力程脆《もろ》いものはない。箱根の町は今や玩具箱《おもちゃばこ》をひっくり返えしたような惨めさだ。倒壊した家屋の下からは、早くも火の手があがった。防ぐすべのない火は、みるみるうちに燃えひろがって、やがて町中が一団の焔と化した。

昭和五年十一月廿六日《にじゅうろく》、午前四時四分のことである。

湯本の温泉旅館三河屋の女中お君は、ぶるぶると慄《ふる》えながら、ほかの避難者たちにうち混って、燃えさかる火の手をぼんやりと眺めていたが、何を思ったのか突然町の方へとって返えそうとした。

どしんと最初の一揺れがあった時、彼女は寝間着のまま夢中で外へ飛出して来たのだが、気が落着いて来るにしたがって、ふと大切な品物を忘れて来たことを思い出したのである。

「お止《よ》しよ！　危いからお止しったら、お止しよ！　あれ御覧！　別館の方には火がはいってもう滅茶滅茶《めちゃめちゃ》になっているじゃないか。本館の方だって、いつ何時ぐらっと来ないものでもない。お止しよ。馬鹿馬鹿しい！」

「いいえ！　いいえ！　離してください！　大切なものなんです！　命にも代えられない品物なんです。離してぇ――」

「馬鹿な！　命より大切なものがあって耐《たま》るもんか。悪いことは言わないからお止し、お止しったら――あれ、危い！」

お君は心配して引きとめる朋輩《ほうばい》の手を、無理矢理に振りもぎると、火の粉を浴びながら夢中になってもと来た道へととって返えした。

めりめりと柱の裂ける音がする。到るところでぱっと火柱が立つ。地軸がもの凄い唸《うな》りを立てて、ともすれば走っている足をとられそうな大地震だ。

漸《よう》く、彼女が三河屋の玄関へ辿《たど》りついた時である。ぐらっと大きな廂《ひさし》が傾いた。めりめりと柱の砕ける音、ぱっと立つ砂煙そしてそこにも蛇の舌のような焔が燃えあがった。

お君は幸い、廂が傾いた瞬間、危くうしろへ飛退《とびの》いたので、命だけは助かったものの、その命にもかえがたいという大切な品物は、もうとり出すべがなかった。

お君は道の真中に立悸《たちすく》んだまま、呆然《ぼうぜん》として、みるみるうちに燃えひろがってゆく火の手を見詰めていた。折角ここまで帰って来たのに――とそう思うと、口惜《くや》し涙がこみあげて来る。

火焔《かえん》につつまれた三河屋の中から、突然、怪しい男が飛出して来たのは、丁度その時だった。宿の浴衣《ゆかた》を着ているところから見れば、この三河屋の客に相違なかったが、お君には見覚えのない顔だった。もっとも三河屋では別館と本館とでは、女中の係りが違っているのでこの客も多分、別館の方に泊っていたのだろうと、とっさの間《ま》に彼女はそう思った。それにしても今頃迄何を愚図愚図していたのだろう。もう一足遅れたら。家の下敷になってしまうところではないか！

お君はその男が遁路《にげみち》を探しているのだろうと思って、つかつかと側へ寄って行った。その途端、ぐわらぐわらと別館が焼け落ちて、あたりが昼のように明るくなった。その火明りの中でお君はその男の顔をはっきりと見た。三十前後の、色の白い、くっきりと鼻筋の通った、いかにも貴公子然とした青年だ。

青年は何故か、お君の姿を見るとぎょっとしたように、二三歩うしろへ身を退《ひ》いたが、とっさの場合お君は、それに気附かなかった。

「あなた——」

と叫びながら側へかけよろうとしたが、その途端、今度は彼女の方がぎょっとして足をとめたのである。青年の右手に握られているピストルに気がついたからだった。しかもピストルの砲口《つつぐち》からは、まだ薄煙がたっているではないか。

「あれ！」

と叫んでお君はいきなり相手の腕に武者振りついた。後になって考えても、あの時どういうつもりだったかよく分らない。何しろ地震で逆上していたのだろう。

「馬鹿、離さないか！　危い、危いったら！」

青年は驚いて、必死となってお君の手を振り離そうとする。しかしかっと逆上した女の力は案外強かった。

「畜生！　離せったら、離さないか！」

「離すもんか、この人殺し、――人殺し野郎め！」

お君はヒイヒイ言いながら、いきなりがぶりと相手の腕に嚙《か》みついた。

「あ、痛、た、た、畜生、畜生！」

その途端、青年の指が思わず引金にかかった。ズドンという砲音《つつおと》。――

「あっ！」

と叫んでお君は思わず青年の腕から手を離すと、石のようにその場に立悸んでしまった。

「馬鹿め！」

青年は持っていたピストルをいきなりお君の足下に叩《たた》きつけると、そのまま焰の中を一目散に逃げて行った。

またたくうちにその後ろ姿は、焰と黒煙《くろけむり》に包まれて見えなくなった。

焼跡の惨死体

その翌日はからりと晴れた秋日和だった。

全く、覗《のぞ》きからくりの絵板を一枚カタリと落したような変りようだ。あのもの凄《すご》い山鳴も止《や》んで、空は青々と澄みきっている。昨夜の出来事は、まるで悪夢の世界であるとしか思えない。

幸い被害は案外少く、倒壊家屋と焼失家屋を合せて、十軒に満たない程だった。

中で一番大きな被害を蒙《こうむ》ったのは三河屋だ。別館の方は丸焼けだし、本館の方も九分通り駄目だった。しかし、若い、元気なそこの主人は、落胆した様子もなく、集って来た奉公人を督励しながら、自分から先に立って焼跡の整理にとりかかっていた。

ただ気遣われるのは宿泊人の安否である。二三人行方の分らない客があるが、無事にどこかへ避難していてくれればいいが——三河屋の若主人はそんなことを気遣いながら、埃《ほこり》まみれになって焼跡の灰を掻《か》き廻《まわ》していた。

お君もむろんその中に混っている。

他人から貰《もら》ったごつごつの着物を、薄い寝間着のうえに重ねた彼女はまるで、気落ちがしたように、つくねんと焼跡の材木の上に腰を下ろして、足もとの灰を掻きまわしていた。

「お君、そんなに落胆するもんじゃないぜ。なあに、これしきのこと、直ぐもと通りになるあな。お前もそのつもりで、しっかり働いてくれなきゃ困るぜ。」

何事にもよく気のつく三河屋の若主人は、お君の様子を見ると慰めるようにそう声をかけた。

「聞きゃお前、何か知らぬが、命より大切なものを失くしたという話だが、物は思いようだ。世の中ア命あっての物種、どんな大切なものを失くしたのか知らないが、まあ、あまりくよくよしないことだな。」

「いいえ、そのことならあたしもう諦《あきら》めているんですけれど……」

お君は低い声で呟《つぶや》いた。

「そうか、それなら結構だ。――だが一体、お前が命より大切にしていたというのはどんなものなんだね。大そうえらい権幕で火の中へ飛び込もうとしたというじゃないか。」

そう言われると、お君は思わず耳の附根まで真赤にならずにはいられなかった。

お君がこの家へ拾われたのは五つの年である。それ迄《まで》何処にどうしていたのか、彼女にははっきりとした記憶がなかった。聞けば母と二人でこの町へさすらって来た折から、急の病で母に死なれ、乞食《こじき》同然になろうとしたところを、慈悲深い先代に拾われたとのこと、誰《たれ》もそれ以上彼女の素性を詳しく知っているものはいない。

そういう彼女が生命よりも大切にしている珊瑚《さんご》の玉が一つあった。近江《おうみ》八景を細かく刻み込んだ珍らしい細工で、いつの頃からか彼女はそれを母の遺品と思い込み、肌身離さず愛玩《あいがん》していた。お君が生命に代えてもという品物は即ちそれだった。

「まあいいやな、若いうちにゃ誰だって、他人に言えないことの一つや二つあろうというもの。しかし何しろ諦めが肝腎《かんじん》だぜ。くよくよせずに、これからも精出して働いて貰わなきゃ困るぜ。」

三河屋の若主人はそう力をつけておいて、お君の側を離れた。丁度、その時である。急に向うの方で、がやがやと立騒ぐ声が聞えたので、お君はふと顔をあげた。見ると、今しも取除《とりの》けられた焼木《やけぼく》の下に何かしら黒いものが転っている。

「おい、こりゃ三番にいた客じゃないか。」

若主人の頓狂《とんきょう》な声が聞える。

「そうです。三番のお客さまです。たしか、名前は矢倉さまと仰有《おっしゃ》いましたが……。」

「三番はお君の受持ちだったね。おいお君、一寸《ちょっと》こっちへ来な。」

お君は呼ばれる迄もなく、おどおどした眼を、地上の黒い塊りに注ぎながら側へ寄って行った。プーンと何とも形容しがたい異臭が、おびえ切った鼻をつく。お君はひと眼それを見るとぎょっとして二三歩後へとびのいた。

何んという恐ろしい死体だろう！　重い梁《はり》に咥《くわ》えられた下半身《しもはんしん》は真黒にこげて、見るも無惨な光景を呈している。じりじりと生きながら熔《あぶ》られてゆく苦痛を、そのまま表現したかのように顔は恐ろしくて引攣《つ》って、十本の指はしっかりと灰の中に喰《く》い入っている。

「は、はい、これはたしかに三番の矢倉さまに違いございません。」

お君は思わず眼を外向《そむ》けながら、きれぎれな声でそう言った。

「三番にはもう一人お連様があった筈《はず》だが、その客はどうしたろう。」

そう言われてお君はふと思い出した。

「はい、このお客様のお従姉《いとこ》だとか仰有る、女のお連れさまがございましたが……」

その婦人もやっぱり矢倉と同じように、何処かそこらで惨死しているのではないかと思うと、お君はぞっとして眼をつぶったが、幸いにも婦人の方は無事に落ちのびたと見えて、発見されたのは矢倉の死体だけだった。

矢倉というのは、従姉と称する四十がらみの女と一緒に、四五日前から三河屋に逗留《とうりゅう》していた、四十五六のでっぷりとした血色のいい男で、宿帳には請負師矢倉達平、女は従姉鈴木あきとしてあった。お君を捕えて根掘り葉掘り彼女の素性を訊《たず》ねたり、時には気軽な言葉でからかったり、気のおけない客だったのに、それがこんな浅間しい姿になろうとは、お君は何んだかそれが自分の責任のような気がして思わず涙ぐまれた。

「こうっと、——そうすると災難に遭われたのはこのお客様お一人か。——あと、行方のわからないお客様が二人ある。矢倉様のお連れの御婦人と、それから別館の六番にいた白石様というお客様と——」

そう言いかけて、三河屋の若主人は、突然、「や、や!」と頓狂な声をあげた。

「みんな、見ろ、このお客様は火で焼け死んだのじゃないぞ。ほら、頭の頂辺《てっぺん》を見ろ! ピストルで撃たれたあとがある!」

その声に、お君は言うに及ばず、死体を取囲んでいた人々は一斉に顔色を変えた。

なるほど見れば、薄くなった矢倉の頭の恰度真中《ちょうどまんなか》あたりに、小指で押した程の穴があって、その周囲《まわり》の髪の毛が狐色に焦げている。その髪の先に黒くこびりついているのは、多分傷口から流れ出した血潮であろうか。——

お君はふと今まですっかり忘れていたことを思い出した。昨夜《きのう》出遭った不思議な客――あの客の手にはまだ薄煙の立っている、ピストルが握られていたではないか。――お君は思わずごくりと生唾《なまつば》を飲込んだ。すると、その時またもや意外な言葉が若主人の唇から洩《も》れたのである。

「お君、こりゃお前が大事にしていた珊瑚の玉じゃないか。ほら近江八景の彫刻がある。――」

お君はそれを聞くと思わず前へ乗出した。なるほど、握りしめた死体の指を一本一本開いてゆくに従って、小さな、大豆程ある珊瑚の玉が現われた。紛《まご》うかたなき、お君が亡くなった母から譲られた――そして昨夜もそれのために、生命さえ捨てようとしたあの珊瑚の玉ではないか！　しかし、それがどうしてこの客の手に握られているのだろう。――

令嬢の秘密

斎藤静雄は、電車を降りる時、追っかけるように自分の顔を覗き込んで行った、若い女のことを考えながら、音羽から雑司ヶ谷へのだらだら坂を登っていた。

箱根の震災から二週間程後《のち》のことである。

女はたしか、自分の顔を見てあっと低い声で叫んだように思われる。二十二三の、鳥渡《ちよつと》可愛げのある女だったが、どう考えてみても思い出せない。それが、自分の顔を見て、あっと低い声をあげた。顔色も変っていたように思える。何んのためだろう。

彼は妙にいらいらした気持を抱きながら、坂を登りきると、右手に建っている宏壮《こうそう》な邸《やしき》の門を入って行った。その門の傍には、山村平三郎と云う大きな表札がかかっていた。男爵であり、貴族院議員であり、有名な資産家として知られている山村家の邸宅だ。

静雄は綺麗《きれい》に敷きつめた玉川砂利を踏みしめながら、玄関まで辿《たど》りつくと、傍にある呼《ベ》鈴《ル》を押そうとした。その途端、玄関の戸ががらがらと中から開いて、四十前後の洋服を着た、如何《いか》にもはしっこそうな男が出て来た。送って出た女中に叮嚀《ていねい》に挨拶《あいさつ》をすると、じろりと鋭い一瞥《いちべつ》を静雄の面にくれて、男はそのまますたすたと表の方へ出て行った。

「おや、いらっしゃいまし。丁度いいところでございました。お嬢様からお電話をさし上げようと思っていたところでございます。」

玄関の外に立っている、静雄の姿を見つけた女中は、愛想よくそう言葉をかけた。

「お絹さん、今の人、一体、何をする人だね。」

「さあ、――警察の人だとか聞きましたが、何の御用事ですかしら、――さあどうぞ。」

警察の人と聞いて、静雄はぎくりとした様子だったが、そのまま黙って女中の後について行った。

ここで彼の身分を鳥渡説明して置こう。

斎藤静雄というのは、厳密に言えば山村家には主筋《あるじすじ》に当っていた。しかしそれは旧幕時代のことで、現在では家来筋に当る山村家の方がずっと出世している反対に、静雄の生家は貧困のどん底におちていた。

静雄はだから、幼い時からこの山村家に引きとられて、学校もそこから卒業させて貰《もら》った。従って、昔とは反対に、今では山村家の方が静雄にとっては恩人になっているわけであった。

「まあ、丁度よかったわ。今お電話をしようと思ってたところですの。」

静雄が入って行くと、令嬢の喜美子がほっとしたように彼を出迎えた。二十二三の、脊《せ》のすらりと高い、笑窪《えくぼ》の可愛い、大そう美しい令嬢だ。しかし、思いなしか、何処かに思い悩んだ暗い影が見える。

「刑事がやって来たというじゃありませんか。また例の問題ですか。」

静雄は後手に扉《ドア》の把手《ノッブ》を握ったまま、不安そうに部屋の中を見廻《みまわ》した。ガス暖炉の火が白くほのぼのと燃えて、窓の外には裸になった青桐の肌が寒々と見えた。

「ええ、あのこともあるし、――それよりもっと大変なことなのよ。」

喜美子はほっと溜息《ためいき》をつくと、煩わしそうに頭を振った。

「ええ？　大へんなこと？」

「まあ、お掛けになりません？　ゆっくりお話しますわ。」

令嬢の様子に不安を抱きながら、静雄は奨《すす》められるままに、深いクッションに腰を下ろした。

「大変なことって、まさか例の男が警察へ訴えて出たというわけじゃありますまいね。」

「ええ、そんなことならいいのですけれど、——あたし、あの男の言葉がほんとうなら、いつでも身を退《ひ》きますわ。お父様や、みんなの者に別れるのは悲しいけれど、あたしの他に、この山村家の正統な後継者があるというのなら、そうするのが当然ですものね。」

「いけません、いけません、そんなに早まっちゃいけません。あんな男のいう事が信用出来るもんですか。」

「あんな男って、あなたまだその人を御存知ないでしょう。」

令嬢が眉《まゆ》をひそめるのを、静雄は押えつけるように、

「会ったことはありません。しかし、話を聞いただけでも、欺偽《かたり》だということが分るじゃありませんか。馬鹿馬鹿しい、あなたが亡くなられた奥様の本当の令嬢ではなくて、本当の令嬢はほかにあるなんて、そんな馬鹿げたことが信用出来るもんですか。」

「でも、向うには歴然《れっき》とした証拠があるのよ。お父様がお書きになったお手紙も持っているし、それに、あたしとその方を取りかえたという乳母も生きていて、いつでも証言するというんですもの。」

令嬢はもう諦《あきら》め果てたように、何んの感興もない声音でそう言った。

この奇怪な二人の対話の意味を了解していただくためには、話を三週間以前《まえ》に遡《さかのぼ》らねばならぬ。

その男が犯人です！

十一月のある日のことだった。

山村男爵家へ突然奇妙な客が訪れた。四十前後のでっぷりと肥えた、血色のいい男で、矢倉達平と刷った名刺の裏には、令嬢の件について是非お話したいと鉛筆の走書がしてあった。主人の男爵が生憎《あいにく》不在だったので、令嬢が代りに出て面会すると、その用件というのは世にも驚くべきものだった。

今から恰度二十数年前のこと男爵山村平三郎氏は本妻のほかもう一人寵愛《ちょうあい》している女があった。男爵も当時はまだ若くともすると、その愛妾《あいしょう》の愛に惹《ひ》かれがちだった。ところが、偶然といおうか、神の悪戯《いたずら》といおうか、男爵夫人と愛妾が殆《ほと》んど同時に懐妊《かいにん》したのである。当時妾《めかけ》に対する愛におぼれ切っていた男爵は、こうなると何んとかして、愛妾の腹に産れる子供を、山村家の後継者としたかった。そして其処《そこ》に恐ろしい陰謀が企《たく》まれたのである。

即ち、夫人の産んだ子供と、妾の産んだ子供を取りかえようという計画だ。それには是非とも腹心の者がいなければならなかった。それも男より女の方が、その場合適当だった。そこで男爵は妾の方に新に雇い入れたお秋という乳母を買収した。

その結果この計画は物の見事に成功したのである。何んという不思議な偶然だろう、同じ病院に入院していた夫人と愛妾の二人は、同じ夜の、殆んど同じ時刻にそれぞれ女の子を分娩《ぶんべん》したのである。だから、お秋がその二人の子供を取りかえるのは、何んの雑作もなかったわけだ。

こうして男爵家の本邸には愛妾の産んだ子供が入り込み、夫人のほんとうの子供は、妾の手に引取られたのである。

その後《のち》、暫《しば》くたって妾の方に何か不埒《ふらち》なことがあって、男爵はぷっつりと手を切ってしまった。そしてそれ以来、彼女は子供を連れたまま行方不明になっている。男爵は今更になって後悔したが追《お》っつかない。悪く騒ぎ立てると体面にも関わることだし、――止《や》むなくそのまま妾の産んだ子供を養いながら現在に及んでいる。

「つまり、そういうわけで、あなたはこの山村家の正統な後継者というわけにはゆかないのです。ほんとうの令嬢は今ほかのところにいます。しかし、目下のところ、彼女はまだ何も知らないのです。」

矢倉達平という男は一通りの説明を終ると気の毒そうに令嬢の顔を見ながら、そう言葉を結んだ。

青天の霹靂《へきれき》とは全くこのことだった。喜美子は初めて聞くこの恐ろしい秘密に、失神せんばかりに驚いた。何んという恐ろしい秘密だ！　何んという忌わしい秘密だ！　嘘だ！　嘘だ！　そんなことがあって耐《たま》るもんか……

一旦《いったん》はそう打消して見たものの、矢倉の見せた証拠は厳然たる事実を物語っている。愛妾並びに乳母のお秋に書送った父の計画、また、その計画の成功を喜ぶ父の祝辞。――父が書いたそれ等の手紙は、打消すにも打消せない厳然たる証拠だ。矢倉は猶《なお》その上に、必要とあらばいつでも証人として、乳母のお秋を連れて来ると附加えるのであった。――

「それで、お父様は何んと仰有《おつしゃ》るのです。やはりその事実を肯定なさるんですか。」

静雄は令嬢の口から聞いたこれ等の事実を思い泛《うか》べながら、遣瀬《やるせ》ない視線を窓外の青桐に落していた。

「ええ、――でも、父は今更になって又あたしとその方を取変えるなんてことは世間体もあるから出来ないと仰有るの。それでももう一人の方には相当の財産を分けることにして、あたしには依然としてこのままで居れと仰有るのですけれど、あたしはむしろきっぱりとした方がいいと思うのよ。」

「馬鹿な、そんな馬鹿げた事、考えるのはお止《よ》しなさい。」静雄は強い語調で喜美子をたしなめながら、「それで、もう一人の娘さんというのは一体何処にいるのですか。」

「さあ、――それはあたしには分りませんわ。でもあたしと同じ名で君子と仰有るのよ。唯字《ただ》が違うだけなの、でもね静雄さん、今日刑事が来たのは、そんなことより、もっと大へんなことなのよ。矢倉という人が殺されたのですって？」

「え！　矢倉が殺された！」

「そうなの。しかも犯人は分らないのですって？　警察で種々《いろいろ》と取調べた結果、最近度々この邸へ出入をしていた事が分ったので、何か心当りはないかとさっき訪ねて来たの。」

「殺されたって？……一体何処で殺されたのです。」

「湯本の温泉旅館なの。ほら、この間大地震があったでしょう。あの時ピストルで射殺されて、一緒だった乳母のお秋さんというのも、未《いま》だに行方が分らないのですって。何んでも同じ宿にいて、未だに行方の分らない白石稔《みのる》という人が疑われているという話ですけれど……」

突然静雄は椅子から腰を浮かした。見れば握りしめた拳《こぶし》がぶるぶると慄《ふる》えて、額にびっしょりと汗だ。やがて彼は、打ちのめされたように、呻《うめ》いた。と思うと、どたりと椅子の中に体を埋《うず》めた。

「まあ、静雄さん、あなたどうかなすったの？　気分でも悪いんじゃない？」

喜美子が驚いて駆け寄ろうとした時である。ふいに廊下の方でどやどやと入乱れた足音が聞えた。

突然扉《ドア》が開いた。

そして其処にはさっきの刑事を初め、数名の警官がいかめしく立っているではないか。その刑事の背後には若い女がおどおどとしながら立悸《たちすく》んでいる。さっきの女だ！　電車を降りる時静雄の顔を覗《のぞ》き込んで行ったあの女だ！

静雄はその時、突然女の顔を思い出した。女はお君だった。三河屋の女中のお君だった。お君は静雄の顔を指さすと、さも恐ろしそうに肩をすぼめて、しかし、言葉だけははっきりと言った。

「そうです！　この方が矢倉さんを殺したのに違いございません。あの地震の時、この方がピストルを握ったまま逃げてゆくのを、あたしははっきりと見ました。」

お君は力を罩《こ》めてそう言い放った。

お秋の出現

「喜美子、お前何処へ行くのだ。」

この頃の心労ですっかり老いが深くなった男爵は、喜美子の唯ならぬ様子に、驚いてそう引きとめた。見れば喜美子は、長の旅路へでも出るような身支度をしている。

「あたし、このお邸《やしき》を出て行きます。」

喜美子の声は冷く澄んで、無限の悲みを秘めていた。拭《ぬぐ》うべからざる屈辱と汚名――、それもこれも、父の過去に秘められていた罪業の結果だ。――自分だけならまだ我慢も出来る。しかし最愛の男まで、そのために、冷い牢獄《ろうごく》に呻吟《しんぎん》しなければならなくなったのだ。

――そう思うと彼女は、一刻もこの邸に止《とど》っている事は出来ないのであった。

静雄が拘引されてからもう二週間になる。そして総《すべ》ての秘密は明るみへさらけ出された。私生児、取変児《とりかえご》――町を歩いていても、あらゆる人々の眼がそう嘲《あざけ》っているかのように思われる。女中さえもが、影ではこそこそと悪口を言っているのではなかろうか。――

喜美子は、しかし自分の屈辱には耐えてゆくつもりだった。だが、自分のために、静雄があんな恐ろしい大罪を犯したのだと思うと、耐えがたい懊悩《おうのう》を感じるのだ。

監房へ投込まれて以来、静雄との交際は一切断たれてしまったので、彼が何んと申立《もうしたて》て
いるか分らなかったが、喜美子の眼から見ても、静雄の有罪は分りきっていた。
矢倉とお秋の後を追っかけて、同じ宿に、変名で泊り込んだというだけでも疑われる価
値は充分ある。ましてや、まだ煙の立っているピストルを握ったまま、現場《げんじょう》を徘徊《はいかい》してい
るところを見つけられたのだから、どう贔屓目《ひいき》に見てもこれを無罪と言えようか。
もっともほのかに聞くところによれば、変名を使ったのは別に深い意味があるわけでは
なく、自分には以前からそうした悪癖がある。また、矢倉という男も、お秋も未《いま》だかつて
会った事も見た事もなかったのだから、その後を追っかけて行きよう筈《はず》がない。同じ宿に
泊り合せたのは、全く偶然というより他にないと、静雄はやっきとなって弁解していると
いう話だが、今となっては誰《たれ》がそれを信じよう。――
警察では、一切の断定は下していたが、猶一層の証拠固めをするために、震災以来行方
の分らなくなっている乳母のお秋を探しているという話だ。お秋はどうしたものか、あの
時以来姿をかくして了《しま》った。中には静雄が殺して、何処かへ隠したのではないかという説
をたてる者さえある位だ。恐ろしい二人殺し。それもこれも自分を愛すればこそだ。そし
てその根本をいえば、みんな父の撒《ま》いた罪業の芽生えなのだ。――
「喜美子、それじゃお前この邸を出ようというのか。」
男爵は呻くように言った。
「この邸を出て、一体何処へ行こうというのだ。」

「それはあたしにも分りません。でも、何んとかして自分で生きてゆく途《みち》を見つけますわ。お父様には決して御心配はかけません。」

「喜美子、そりゃお前真剣なのか、もう一度何んとか考え直すことは出来ないか。」

喜美子はしかし、頑《かたくな》に唇を閉じたまま答えようとはしなかった。男爵は娘の決心を翻す事が出来ないと知ると、もう一度絶望的な呻き声をあげた。

喜美子は黙って玄関へ出ようとする。

その時、突然、表の方から慌てて入って来た男があった。

「男爵、ああ、令嬢も御一緒でしたか。早く来て下さい。大変です。お秋さんが……」

お秋という名を聞くと、男爵も令嬢も思わず顔色を変えた。

「ああ、楠山《くすやま》君。お秋がどうしたというのです。」

「私の方の病院にいるのです。とに角、愚図愚図していられません。生命の瀬戸際なんです。警察へも今電話をかけておきました。」

楠山というのは、日頃から男爵の世話をしている、さる病院の院長だった。彼の話によると、数週間程以前《まえ》、そうだ、丁度箱根の地震の直後、行路病者として担ぎ込まれた一人の女の世話をしていた。中々の重態で、口もろくに利けない有様だったので、何処の何者かすら分らないで、今日まで過ぎて来た。

「ところが、最近少しよくなったので、今日看護婦が新聞を見せたのです。すると突然発作を起しまして、それから男爵の名をしきりに口走っているのです。さっきやっと発作が鎮まったところですが、今度は是非あなたにお眼にかかりたいと言って肯《き》かないのです。何かよくよくの秘密があるらしく思われます。」

楠山院長にせき立てられて、親娘《おやこ》二人迎えの自動車に乗った時、院長は手短かに事の次第を物語った。

成程、お秋の行方は分らなかったのも無理ではなかった。彼女はつい眼と鼻の間の楠山病院に収容されていたのだ。しかし、ああ、彼女がいまわの際に語ろうとするのは、一体如何《いか》なる秘密だろうか。

それを考えると、喜美子は両手で頭を押えて、思わず自動車の中に顔を伏せた。

解かれゆく謎

「旦那《だんな》さま、——おお、たしかに旦那さまに違いございません。こちらはお嬢さまで、……まあ、何んと美しゅうなられた事でしょう。」

お秋は衰弱しきった体をベッドの上に辛うじて起すと、さも懐しげに喜美子の顔を打見守っている。その顔には最早《もはや》隠しきれない死の影がまざまざと深く刻まれて、ともすれば息が咽《のど》につかえた。

それを見ると喜美子は、恨みも何も打ち忘れて、なろう事なら側へよって、優しい言葉の一つもかけてやりたかった。しかし、今の場合、彼女を昂奮《こうふん》させるような言動は一切禁じられているのだ。

死のような病院の一室、――そこには男爵や、喜美子の他に警察の者が二三人いかめしい顔をして立ったり坐《すわ》ったりしていた。そして、この瀕死《ひんし》の病人の唇から洩《も》れる言葉を、一字一句も聞き洩らすまいと緊張している。

「旦那さま、――私は悪い女でございました。こうなるのもみんな、みんな天罰でございます。でも、でも旦那様、私はいつも二人のお嬢様のことだけは忘れたことがございません。」

お秋は細々とした声で語り始めた。ともすればからみつこうとする啖《たん》を切りながら、必死となって語ろうとする。それは見るも痛ましい努力だった。

「はい、はい、あの時、私は旦那様の仰せに従って、お嬢様を取変えたような風を致しました。しかし、――しかし、旦那様私は決して取変えませなんだ。ただ、取変えたといって、旦那様や奥様をお欺《だま》ししただけでございます。」

「え！」

その言葉を聞くと男爵と喜美子はさっと顔色を変えた。わけても男爵の驚きはひどかった。彼は思わず前へ乗出して何か言おうとしたが、医者に注意されて漸《よう》く自分を押える事が出来た。何んという意外な言葉だろう。男爵さえ、いままで知らなかった深い秘密がそこにあったのだ！

「いかに私が悪い女でも、何んでそんな恐ろしい事が出来ましょう。あの、何も知らない赤ちゃんを見れば、誰だってそんな恐ろしい事が出来るものではございません。それだのに、それだのに——。」

お秋は必死となって語りつづける。彼女は既に自分の死期を知っているのだ。そして死の前に是非とも語らねばならぬ秘密に、ともすれば言葉はあせりがちだった。

「——私は従弟《いとこ》の達平に近頃ついその事を洩らしたのでございます。達平は悪い奴でした。取変えてなくても、相手が取変えていると思っているなら、一芝居打とうと申しまして、それから、もう一人のお嬢様をお探しする事になりました。そして、そのお嬢様が湯本の温泉宿で女中をしている事を、どうしてか突止めて参りまして、それで私を引張って行ったのでございます。——お嬢様は確にそこにいらっしゃいました。——はい、旦那様が奥様にお送りなさいました、あの近江八景の入った珊瑚《さんご》の玉、——あれが何よりの証拠でございます。——でも、でも、あれが天罰というのでございましょうか。——その晩、がらがらというあの大地震で……。」

お秋はそこまで語ると、疲れきったように眼を閉じた。しかし、やがて、又うっすらとそれを開くと、

「あの地震で私たち二人は重い梁《はり》の下に押えつけられたのでございます。そのうち、火は近くなって来る。——呼べど叫べど誰一人助けてくれる人はございません。私はもうこれが最後かと思いました。みんな。みんな、悪い事をした天罰だと諦《あきら》めて居りました。するとその時、ふいに若い方が私たちの方へ近寄って来まして、私たちを見ると、大へん驚い

たように、いきなり側へよってくると、先《ま》ず私を梁の下から引出して下すったのでございます。はい、その方でございます。——今朝新聞に写真が載っていましたのは……」

お秋の言うのは間違いなく静雄のことである。彼女の言葉によれば、静雄はお秋を救ったことになるのだ。しかし、何故その後で達平を射殺したのだろう。人々は固唾《かたず》を呑《の》んで彼女の唇を見詰めている。

「私は今迄《まで》、その方がお嬢様のお許婚者《いいなずけ》とは夢にも存知ませんでした。その方も、私たちを全く知らなかった御様子で、御自分の危険も打忘れて、私たちを救《たす》けて下さろうとしたのでございます。だが、ああ、恐ろしい！」

お秋は突然、その時の事を思い出したように口を噤《つぐ》んで身を慄《ふる》わせた。愈々《いよいよ》、静雄の恐ろしい犯行の場面が語られようとするのだ。——

喜美子は耐えがたい苦痛のために、思わず低い呻《うめ》き声をあげた。

「——ああ、私は語らねばなりません。あの方は、——あの方は、そんな事を言っても、誰も信じないだろうと思って、わざと黙っていらっしゃるに違いございません。だから、だから——私が語らねばならないのです。——その方は必死となって達平を救けようとなさいました。しかし、何んという恐ろしい事でしょう。達平を押えつけていた梁はとても、一人や二人の力では動かす事が出来ぬ程重かったのです。——そのうちに火は段々近くなって来る。達平の脚にはもう火がついていました。

『救けてくれえ！　救けると思って一思いに殺してくれえ！』達平は苦しそうに七転八倒

しながら叫んだのでございます。『俺の懐にピストルがある。――それで俺の頭を撃貫《うちぬ》いてくれえ!』達平はそう言いながら、その方を拝んでいました。それを聞くと、その方も私もぎょっとしました。しかし、どうして彼を救う事が出来ましょう。いっそ、殺すのなら、あれの言うように一思いに殺してやった方が功徳ではございませんか。――私もそう申しました。すると、その方は暫《しばら》く躊躇《ちゅうちょ》していらっしゃいましたが、でも、到頭思い切ったように、その通りに、――はい、その通りに――なすったのでございます。――だから、あの人は――あの人は、人殺しでは、ございません。はい。殺したというものの、みなさま――」

だが、そこまで語って来た時、突然痛ましい最期の痙攣《けいれん》が彼女の全身に這《は》い上って来た。ビクビクと二三度すさまじく手脚を慄わせたかと思うと、やがて、かっと眼を見開いた。

誰の眼にも、それが断末魔である事が分っていた。

「みなさまよ、あの方は、――あの方は――ああ、男爵さま、――もう一人のお嬢様は湯本の三河屋に、――お君さま、――珊瑚の玉が証拠でございます。」

それきり、彼女はぐったりとベッドの上に固くなった。見れば、その顔には、総《すべ》てを語り終えて、ほっとしたような、平静な色が浮んでいる。

喜美子はそれを見ると、名状しがたい感情に身を慄わせた。激しい昂奮の後に来《か》た、大きな安堵《あんど》と、喜び。――それが彼女の小さな魂をひっくり返えしたのだ。

「お父様!」

彼女は漸くそれだけ叫ぶと、後は言葉もなく父の胸に顔を押しあてて、さめざめと泣き出した。

「もう脈は切れました。」

その時、お秋の腕を握っていた医者が、厳粛な声でそう言った。

蟹

一

近畿から中国、九州方面へかけて、約一ヵ月の予定で、演奏旅行をして廻《まわ》るという、レコード歌手の二宮駿吉《しゅんきち》を東京駅まで送っていった五郎は、それから二、三の友人に引っ張られて、銀座裏でしたたか飲まされ、どこをどう歩いたのか、それでも無事に牛込のアパートまで辿《たど》りついたのは、夜も十一時過ぎであった。

「東京の夜は危いそうだから、無闇に飲んで廻らないようにね」

と、田舎に居るとき姉にもいわれ、自分でもそのことはかなり固く戒しめていた筈《はず》だのに、何年ぶりかで昔の仲間にあい、

「馬鹿だなあ。田舎者はそれだから困る。新聞や雑誌にそんなことがちょっと出ると、それが東京全般の状態だと思ゃアがる。憚《はばか》りながらおれなんざ、三日にあげず酔っ払っているが、いままで一度だって間違いのあったためしはありゃアしねえ。いこういこう。田舎者に東京を見せてやろう」

と、そそのかされると、下地は好きなり、それにみんなの屈託のない様子を見ると、

「都会の夜の危険」も、大分割引きして考えなければならないだろうと、忽《たちま》ちその気にな

って二、三軒飲んでまわった。

「なにをそんなにビクビクしているんだ。なに、政令違反？　なにを馬鹿なことをいってるんだ。そんなことは小説家が、筋に困った場合に持出す場面に過ぎん。みろ、あの連中、どこで飲んで来たと思うんだ」

薄暗い銀座裏を蹣々跚々《まんまんさんさん》たる足取りで、歩いている連中を見ると、なるほどそんなものかとうなずかれ、

「こいつめ、三年見ぬ間にすっかり田舎者になりゃアがって、少し揉《も》んでやらなきゃならねえ」

「五郎ちゃんは昔から、小心ヨクヨクたるところがあったが、疎開してる間に、いよいよヨクヨク居士《こじ》になったと見える。まあ、少し敗戦後の都会の空気にふれるんだな」

と、昔馴染《なじみ》のありがたさ（？）は、いちいち註釈《ちゆうしやく》づきで、飲み屋から飲み屋へとひっぱり廻され、やっとアパートの附近までかえって来たころは、見るも危っかしい足取りだったが、その代り性根のほうは、矢でも鉄砲でも来いとばかりに大胆不敵になっていた。

秋のはじめの霧のふかい晩で、アパートの灯もほとんど消えていたが、霧の向うに月があると見えて、じっとりとうるおいを持った明るさのなかに、鉄筋コンクリートの大きな建物が、梃《てこ》でも動くまいという頑固さを見せて、どっしりと居据わっている。

五郎はフラフラする体を、アパートの壁で支えながら、横のほうへ廻っていった。何百世帯かを収容するというこのアパートは、裏門はいつもあいていて、門限というものがな

く、各自、おのれの部屋の戸締りに気をつけさえすれば、出入りはいつも自由であった。

五郎は裏門を入ると、コンクリートで固められた中庭から、自分の部屋へあがる階段に足をかけたが、そのとたん、ドキッとしたようにチラつく眼を、霧のかなたへ向って据えた。五郎が階段へ足をかけたとたん、霧のなかからユラユラと現れた人物が、パッと懐中電燈の光を、まともに浴せかけたからである。

「な、なにをする」

五郎は瞬間眼がくらんで、フラフラとする体を、あわててかたわらの壁でささえた。もう少しで尻餅《しりもち》の醜態を演じるところであった。

「あ、失礼しました」

相手はすぐに懐中電燈の光を消すと、

「人違いでした。お許し下さい」

「なに、人違い？」

「ええ、今夜ここへ帰って来る人を待っているのですが、……どうぞお構いなくおあがり下さい」

濃い夜霧のために顔がこっちはよく分らなかった。しかし、ボーッと霧のなかに浮出した輪廓《りんかく》からして、たいへん小さな男であることがわかった。一寸法師とまではいかなくても、非常な小男であるように思われた。それでいて、口のきき方のいやに落着きはらっているのが、妙に無気味な感じであった。

五郎は何かこう酷《ひど》い言葉を浴せかけてやろうと思ったが、適当な言葉が思いあたらないうちに、なんだか面倒くさくなって来た。相手は霧のなかで、早くあがれというように手をふっている。ソフトを眉深《まぶ》かにかぶり、合《あい》オーヴァーの襟を立てていたが、小男ながらもキチンとした服装をしているらしかった。

「チエッ？」

その舌打ちに、せめてもの敵意を吐出すと、五郎はくるりと背を向けると、ヨタヨタと這《は》うように階段をのぼっていった。五郎の部屋は四階のとっつきにある。

五郎はポケットから鍵《かぎ》を取り出すと、ドアの錠孔《じょうあな》にさしこんだが、すぐ、おやというように顔をしかめた。ドアはちゃんとあいている。

「はてな、部屋を間違えたかな」

五郎は酔眼を視張って、たよりなげにあたりを見廻した。しかし、階段をあがってとっつきの部屋は、いかに酔っているとはいえ間違えようがない。間違えたとすれば階の数を勘定しそこなったのだろう。しかし、生酔い本性たがわずで、五郎はどうしても階を間違えたとは思えない。酔っている自覚があるから、いっそう気をつけて、二階、三階と勘定しながらあがってきたのである。

五郎は体をフラフラさせながら、ドアのおもてにちかぢかと眼を寄せてみた。ドアのおもてには、

「二宮駿吉」

と、ちゃんと友人の名刺が貼ってあるではないか。

《なあんだ。やっぱりこの部屋じゃないか》

五郎は咽喉《のど》の奥でクックッわらった。そしてドアの把手《とって》に手をかけたが、すぐまたドキッとしたように瞳《ひとみ》をすえた。

出かけるとき二宮が錠をおろして、

「じゃ、この鍵は君に預けておく。向う一ヵ月は君がこの部屋のあるじだ。まあ、せいぜいそのあいだに画策するんだね」

と、自分の掌《てのひら》に鍵束を落してくれたことを思い出したからである。それにも拘《かかわ》らずドアはあいている。

《お客さん？》

五郎は急にひきしまった眼の色になった。新聞なんかで読んだ都会の夜の物騒さが、まざまざと脳裡《のうり》にうかんで来た。五郎は把手に手をかけたまま、ドアに耳をあてて、じっと室内の気配をうかがった。

いる、いる！　たしかに誰かいる。

ガタコトと何かをこじるような音、せわしげに何かを搔《か》きまわす音、それにまじって部屋のなかを歩きまわる音。――一番、奥の部屋らしいのである。

このアパートは戦時中かなり破損したものの、元来が頑丈に出来ていて、壁も厚く、一番奥の部屋にいると、廊下の物音はきこえない。お客さんはどうやらまだ、五郎がかえって来たことに、気がついていないらしいのである。

五郎はにやりと北叟笑《ほくそえ》んだ。酔っ払い特有の、前後脈絡のない、出たらめな、いきあたりばったりの勇猛心が、満々と身内にたぎり立って来た。

五郎はそっとドアをひらいた。

このアパートはだいたい三つの部屋に区画されている。ドアを入ったとっつきが台所や湯殿や便所のゴタゴタと狭い部屋、つぎが六畳、一番奥が八畳。二宮は六畳にベッドをおいて寝室に使い、八畳を書斎兼応接室として使っていた。いまどき、独身者にとっては、分に過ぎた住居だった。

部屋のなかは、さすがに電気を消していたが、開けはなった八畳のドア越しに、おりおりほのかな光芒《こうぼう》のいきかうのが見える。お客さん、どうやら懐中電燈を用いているらしい。

五郎は壁にぴったり背をつけたまま、ドアのそばまで忍びよると、そっと部屋のなかを覗《のぞ》いてみる。

いる、いる、お客さんは向う向きになって、二宮のデスクを掻きまわしている。薄暗いので姿形はよくわからない。しかし、こういう仕事には、まだあまり慣れていないと見えて、はっはっと吐く息使いが、切ないほどせわしげである。

五郎はするりと室内に滑りこむと、

「やあ、いらっしゃい」

と、声をかけながら、カチッと壁際のスイッチをひねったが、そのとたん、思わずあっと息をのんだ。

相手は女——それもまだ年の若い、眼のくらむような美人であった。

二

あとから考えると、すべてが酒のなすわざだったのだ。

友人にもからかわれたとおり、昔から小心ヨクヨクの五郎は、それだけにまた、石橋を叩《たた》いて渡るていの用心ぶかいところがあって、泥棒が入っていると知っていながら、相手を驚かしてやろうなんて、酔狂な真似の出来る男ではとてもなかった。

ところがその晩は、世の中万事、友人たちに寄ってたかって、小心ぶりを攻撃され、なるほどそういわれてみれば、自分みたいにヨクヨクと懼《おそ》れて暮すこともないのだと、反動的にデカダンスの気分をあおられて来た五郎は、いま、眼のまえに美しい無断侵入者を見ても、それがさほど奇異な出来事とも思えず、反対に、何かしら妙に甘い、くすぐるようないたずら心がこみあげて来るのを、どうすることも出来なかった。

「はっはっは！　こりゃア意外だ。まったく意外ですな。君みたいな美人から、深夜ひそかに訪問をうけるとは、わが光栄もここに極まれりですかな。あっはっは！」

だらしなく壁に身をもたらせた五郎は、帽子をうしろにズリ落ちそうなほどアミダにかぶり、長い脚でかわるがわるバタンバタンと床を蹴《け》りながら、酔っぱらい特有の、節度のない胴間声をはりあげてわらった。その声がいかにだらしなく、品位のないものであるかも気がつかず……。

女はデスクを背にして、すっくと立っている。紙のように蒼《あお》ざめて、全身が小刻みにブルブルとふるえている。五郎はそれを、猫が鼠をもてあそぶような興味で、ジロリジロリと眺めまわした。

年は二十四、五だろう。伸び伸びとした四肢は、爽《さわや》かなほどよく均整がとれていて、肌の美しさは上質の絹織物のように、底光りがしているかと思われた。薄い緑色のスワガーコートのまえがひらいているので、ピンクのドレスに、真珠の頸飾《くびかざり》をまいているのがよく見え、それが、またいかにもしっくり似合っていた。左の手頸には大きな黒革のハンドバッグをブラ下げ、そのハンドバッグのなかに右手をつっこんだまま、眼《ま》じろぎもしないで五郎の顔を視詰めている。

髪はもちろん断髪。――とにかく、世の常の泥棒ではない。

五郎はまじまじと相手の顔を見ながら、ずいぶん大きな眼だなと感心していた。まるで、おれの体を瞳のなかに、吸いこもうとでもいうような眼付きじゃないかと、脈絡のない頭でかんがえている。しかし、その眼のなかに、ドスぐろい憎悪のいろが、もえたたぬ陰火のようにひらめいているのを、酔っぱらいの五郎は気がつかなかった。

「ときに、何か御用ですかな」

五郎は壁に背をもたせたまま、ポケットから煙草を一本とり出して口にくわえた。それからカチッとライターを鳴らして火をつけると、フーッと煙を女のほうに吹きつけた。

こんな真似だって、素面《しらふ》のときの五郎なら、とても出来るしぐさではない。気障《きざ》で、ずうずうしくて、嫌味千万である。しかし五郎はそんなことにも気がついていない。三年間くすぶっていた土臭い田舎から、にわかに都会のドラマのなかへ放り出されたかんじなのだが、それがまた無闇に浮き浮きと愉快で、こんな女の一人や二人、おれにだって操縦出来るぞと、妙なところで得意になっていた。

「なんの御用ですって？」

女の眼には何んともいえぬ嫌悪のいろが走った。出来るだけ感情を抑制しようと努めているらしいが、それでも上ずった声のふるえるのをどうすることも出来なかった。

「なんの御用ですって？　たいていわかっていそうなものじゃありませんか、この悪党！」

最後の一句のなかに、女はあらん限りの憎悪をこめていた。

「この悪党？」

五郎はわざと大きく眼を瞠《みは》って、オーム返しにききかえすと、

「この悪党……あっはっは！　悪党かね、このおれが……」

五郎は相手が人ちがいをしていることに気がつくと、いよいよ愉快になって哄笑《こうしょう》した。

この女は今夜、この部屋のあるじ二宮駿吉が旅に立ち、しばらく自分が留守をあずかることになっているのを知っていないのだ。悪党というのは、二宮駿吉のことだろう。

二宮駿吉は戦後にわかに売り出した、新進のレコード歌手である。

音楽家志望の二宮駿吉と、小説家志望の野村五郎、それから今夜五郎を引っ張りまわした画家志望の佐伯《さえき》徹郎と、この三人は戦前、団子坂の裏長屋で、苦しい共同生活をしながらも、おのおの未来に虹《にじ》を描き、食うや食わずの生活のうちにも、若者らしい情熱を持ちつづけていた。いまから思っても、それは楽しい、愉快な生活であった。

ところがそのうちに、戦争が三人のこの共同生活を寸断してしまった。二宮駿吉は兵隊にとられて中国へおいやられた。画家の佐伯は軍需工場へ徴用でとられた。野村五郎も兵隊にとられたが、これは胸部に疾患があったので、間もなく解除になって、中国地方にいる姉のもとへ身を寄せ、ひまつぶしに女学校の先生になっていた。

ところがそのうちに戦争がおわって、二宮は中国からかえって来るし、佐伯も徴用から解除になって画《え》をかき出した。二人はさかんに五郎にも、東京へ出て来るようにといって来たが、戦後の変革で五郎の生家はすっかり参っており、昔のように仕送りを期待することは夢にも出来なかったし、そこへもって来て都会の食糧事情や経済状態が、臆病《おくびょう》な五郎を逡巡《しゅんじゅん》させた。

田舎にいればとにかく食っていけるという安易な考えから、五郎は上京をしぶっていたが、そのうちに二宮はレコード歌手として俄《にわ》かに売り出した。劇場や映画やラジオからひっぱり凧《だこ》になって、戦後芸能界における出世頭だろうなどと、新聞や雑誌のゴシップ欄に書き立てられるようになった。

佐伯は佐伯で、去年の秋の展覧会に出した画が大評判になって、戦後派画壇の驍将《ぎようしよう》などといわれはじめた。

こうなると五郎もじっとしていられなくなった。田舎の安易な生活に、妥協などしていられなくなった。久しぶりに筆をとって、かれは一篇の小説を書きあげて、昔の友人に送ったのが、それが雑誌に発表されると、幸いにも好評だった。この好評に気をよくしたかれは、ひきつづき二、三篇書いたが、そのどれもが当って、戦前同人雑誌へ書いた習作的な小説までが、改めて問題にされるようになった。

さすが石橋主義の五郎も、もうこうなれば東京へ出ても、生活がなりたたない事もないだろうと思っているところへ、二宮駿吉から手紙が来た。

自分は一ヵ月ほどの予定で演奏旅行に出るが、そのあいだアパートが留守になる。留守番かたがたやって来て、後図を策したらどうかというのであった。

五郎にとっては渡りに舟だった。そこで女学校のほうは辞職して、早速上京して来たが、二宮は五郎が着いた晩に東京を出発した。そして、いまそれを送って、友人の宿にはじめての夜を過そうとかえって来た五郎なのであった。

五郎はふとさっき、階段の下で出会った男を思い出した。するとはじめて思いあたるところがあって、思わず、

「あっ、なるほど」

と、口に出して呟《つぶや》くとニヤニヤ笑った。

あの男はあそこで、二宮のかえりを見張っているのだ。おそらく二宮がかえって来たら、口笛かなんかで合図をするつもりだったのだろう。その証拠にはこの部屋の、中庭に面した窓がひとつ開いている。

ところが二宮のかわりに自分がかえって来た。今日田舎から出て来たばかりの自分を、二宮の友人とは知らなかったし、ましてや自分がここ当分、この部屋のあるじになるなんてことを、夢にも知らなかったあの男は、怪しみもしないで通したのだろう。そして、いま眼のまえにいるこの女は、自分を二宮と思いこんでいる！

と、いうことは下の男は二宮を知っているが、この女は二宮を知らないことになる。……五郎はいよいよ面白くなって来た。この美しい女をなぶって、じらせて、楽しんでやろうといういたずら心がこみあげて来た。

「たいてい、わかりそうなものじゃないかって？……あっはっは、それはちと御無理でしょう。そりゃあまあね、泥棒の用件といやァ、どうせ物盗《ものと》りにきまってますがね」

「泥棒……？」

女は瞼《まぶた》にさっと朱をはいた。唇がいかりにワナワナふるえた。

チェッ、おこってやァがらア。なんて可愛いんだろう……。

「あっはっは、泥棒といっては悪かったかね。しかし、深夜、断りもなしにひとの部屋へ入って来て、そこら中をひっかき廻《まわ》しているところを見れば、誰だって泥棒と呼びたくなるじゃアないか。いったい、何が欲しいんだ」

五郎は掻《か》きまわされたデスクのほうへ眼をやった。女の探していたのは、主として書類ようのものであったらしい。五郎はすぐはは アと思った。

二宮駿吉という男は、友情にあつい、物吝《ものお》しみをしないよい男だが、その反面、女にかけてはとても凄腕《すごうで》だという評判がある。昔の苦闘時代から、二宮はよく女のことで問題を起したが、戦後、一躍人気者となるに及んで、かれのそういう病癖は、いよいよ昂《こう》じて来たらしく、雑誌などでもよくスキャンダルを叩《たた》かれていた。

この女もおそらくかれの凄腕に、眩惑《げんわく》されたひとりなのだろう。そして、逆上のあまり書いた恋文かなんかが、自分の生活の名誉に関係して来そうになったので、それを取りかえしに来たのだろう。それにしては、二宮の顔を知らないのが不思議だが……。

「出しなさい！」

女が鋭い、命令するような声でいった。

「出せって、だから何がほしいといっているんだ。おれは読心術を心得てるわけじゃねえから、ハッキリいってもらわねばわからねえ」

五郎は自分の言葉つきが、いよいよ野卑になっていくのに気がつかなかった。

「白ばっくれてもダメ！」

女の舌が鞭《むち》のように鋭く鳴った。

「あの写真を……写真を取りかえしに来たのです！」

「写真……？　写真たあ何んだね」

「卑怯者《ひきょうもの》！　あたしを女だと思って！」

女は地団駄を踏むような恰好《かっこう》をしたが、そのとたん、下のほうから鋭い口笛が聞えて来た。女はそれを聞くと、はっとしたように窓のほうへ眼をやったが、すぐデスクのそばをはなれて、ドアのほうへやって来た。

五郎が素速くそのまえに立ちはだかった。

「退《の》きなさい」

女は満身の怒りを瞳《ひとみ》に集めて、五郎を下から睨《にら》みすえながら、喘《あえ》ぐような声で命令する。

「あっはっは！　狡《ずる》いよ、狡いよ、おい、君、君はいったいどういう人なのだ。なにも、そんな、怖い眼をしなくてもいいじゃないか。そんな眼をしなきゃ、君はとても綺麗《きれい》な人なんだがなア。ぼく、君に参っちゃった」

「退きなさい」

「退かないよ、ぼ、ぼく……」

五郎はいきなり女の肩に両手をかけて抱きよせようとした。

「何をなさるの、悪党！」

女は身をひこうとしたが、五郎はがっきり肩を抱いたまま離そうとしない。五郎の腕のなかで、女がはげしく抵抗した。

「まあさ、そう、騒ぐな。よい晩じゃないか。せっかくこうして出会ったのに、このまま別れるって手はないだろう。おい、静かにしろよ」

「バカ！　バカ！　イヤらしい！　離してえ！」

揉《も》みあっているうちにスワガーコートが肩からすべって、

「あれ！　何をなさるの！」

ベリベリと引きさかれたアフタヌーンの肩を、女は急いでかきあげようとしたが、そのとたん、五郎ははっとするようなものを見た。女の左の肩にポッツリと、昔の一銭銅貨ほどの大きさで、赤い蟹《かに》が這《は》っている。それはほんとの蟹ではなかった。女の肩に、蟹の刺青《いれずみ》がしてあるのだった。

「あ、そ、それは……」

五郎があわてて女の顔を見直そうとしたとき、ブスッと異様な物音がしたかと思うと、かれは横っ腹に焼けつくような痛みをかんじて、そのまま、骨を抜かれたようにクタクタと、その場にへたばってしまった。

三

「まあ、運がよかったんだね。おれが終電車に乗りおくれてよ、仕方がねえからここへ泊めて貰《もら》おうと、君を追っかけて来たのがよかったんだ。ひと晩、あのままに放っておいてみろ。出血のために、どうなっているかわかりゃアしねえ」

「いや、ありがとう。おかげで助かった」

五郎は貧血のために青白んだ顔を、引き攣《つ》るように歪《ゆが》めて微笑むと、

「ところで君は、あの女に会ったといったね」

「うん、会ったよ。二階から三階へあがる階段の途中だった。うえから転げるように降りて来た女と、危くぶつかりそうになってね。変だとは思ったが、まさかこんな事とは知らなかったから、取りにがして残念だった。しかし、ありゃアいったいどういう女だ。おれは暗がりで、さっぱり様子がわからなかったが、君は少しは詳しく見ているのだろう」

五郎は白い枕カヴァーにもたれさせた頭を、かたく左右に振りながら、

「それがね、ぼくも咄嗟《とっさ》のことでよく見ていないのだ。部屋のなかに誰かいるなと思って、ドアをあけた刹那《せつな》やられたので、ろくに相手の顔を見るひまもないじゃないか。まだ若い女のような気がしたが……」

「ふうん」

画家の佐伯徹郎は、疑わしげな眼をして五郎の顔を見守っている。

「警察ではね、君のそういう陳述を、かなり疑問視しているようだがね。何か君にかくしていることがあるのじゃないかと……」

「バカをいっちゃいけない。ぼくに何もかくさねばならぬ理由なんかないじゃないか」

「そりゃまあそうだが、相手が若い女と来てるし、君はまた名うてのフェミニストだからね」

「阿呆《あほう》なことをいいなさんな。いかにぼくが女に甘いたって、自分を殺そうとした女をか

ばう筈《はず》はないじゃないか。それもいままでに、何かいきさつのあった女ならいざ知らず、三年も東京をはなれていて、やっと出て来た晩友人の部屋でやられたんだから、そんな女なんてある筈もないしね」

「そりゃアまあそうだ。その点についちゃ、おれも警察で力説しておいたから、だいたい諒解《りようかい》してくれたようだが……とにかく、君のような品行方正な男が、こんな災難にあうんだから、人間の運てわからないものだ。肝腎《かんじん》の本人の二宮のやつは、しゃあしゃあとして演奏旅行をしているんだから、あいつよっぽど悪運の強いやつにちがいない」

　品行方正——と、いわれて五郎は体中が熱くなるような感じだった。あの晩の、われながら浅間しい心の動きをかんがえると、こんな目にあうのも天罰だと、自分で自分を嘲《あざけ》りたいくらいだった。

「ところで二宮からは何もいって来ないかね」

「いや、あの記事が新聞に出ると、さっそく大阪から電報で見舞いをよこしたぜ。奴《やっこ》さんもかなり驚いているらしい。おれのところへも、仔細《しさい》を知らせて欲しいと電報をよこしたので、知ってる限りのことは知らせてやった」

「知ってる限りのことって……？」

　五郎がふいと不安そうな眼をするのを、佐伯は見て見ぬふりをしながら、

「なあに、あの晩、下で出会った男のことさ。君もいってたろう。霧のなかに立っていた、一寸法師のようなチンチクリン。おれはあいつにどこへ行くと止められたんだ。そこで、

二宮の部屋へ泊めて貰いに行くと答えると、あいつ口笛を吹きやがった。だから、女のほうはよく見なかったが、そういうチンチクリンの男と交渉を持った女に心当りはねえかと問うてやったのだ。もしあるんなら気をつけろ。野村はおまえに間違えられて狙撃《そげき》されたんだから、新聞で間違いだと知ったら、いつなんどき、そいつが追っかけていくか知れねえぞと、うんと脅かしておいてやったさ」

佐伯は咽喉《のど》をひらいて、太いバスの声で笑うと、

「しかし、二宮の女出入りもこうなると些《いささ》か深刻過ぎるな。あの男のことだから、いかに浮気をしても、生命まで狙われるような悪どい真似はやるまいと思っていたが……こうなると、少し考えなおさなければならない」

佐伯は深刻な顔をして黙りこんだ。五郎はボンヤリ枕に頭をつけたまま考えていたが、ふと思い出したように、

「佐伯。二宮はいまどこにいるんだ」

「さあて、今日あたり岡山じゃないかな。それから広島、下関と巡業して、九州へ渡る予定だが……」

「手紙をやるならどこへ出したらよかろう」

「うん、それなら福岡へくれといって来た。宿もここにあるが、おまえ何か、二宮にいってやることがあるのかい」

佐伯はさぐるような眼をして五郎の顔を見ている。五郎は軽く首をふって、

「いや、別に大したことはないが、宿の名前はそこへ書き残していってくれ」

「うん、よし」

佐伯は手帳をさいて、二宮の宿の名を書きのこすと、それから間もなくかえっていった。

あの夜から二週間目、五郎は今日やっと退院して、二宮のアパートへかえって来たばかりである。

あの晩、折よくここへやって来た佐伯に発見されて、それから大騒ぎになった。五郎はすぐに病院へはこびこまれたが、幸い弾丸は急所を外れていたので、怪我としては大したことはなかった。しかし、その後警官などに鋭い訊《じん》問《もん》を浴せられると、改めて心の傷がズキズキ傷《いた》み出すかんじだった。

女をあのようなデスペレートな行動に追いこんだのは、とりも直さずあの晩の、自分の不謹慎な行動にあったのだ。あのときの自分の向う見ずな言動を思い出すと、五郎は体中が熱くなるような自己嫌悪をおぼえ、女を憎むまえに自分自身を責めた。かれが警官の訊問に対して、出来るだけ女の輪廓《りんかく》を曖昧《あいまい》にぼかしたのは、そういう良心の苛責《かしゃく》から来る、罪ほろぼしの意味も多分にあったが、しかしかれがあくまでも、女をかばいたい気持ちになるのには、もうひとつ、誰にもいえぬ理由があった。

五郎は枕に頭をつけたまま、うつらうつらとそのことを考える。と、急に胸のなかが熱くなるのをおぼえるのだった。それは遠い遠い昔につながる、懐しい夢のような思い出だった。

五郎は神戸のうまれだが、十三の年、家庭の事情で半年ほど、中国地方にあるOという町の親戚《しんせき》へ、一人であずけられていたことがある。Oというのは瀬戸内海に面した小さい町で、畳表と製塩が町の主な財源だった。その両方の元締めみたいなことをやっている男に、山内総兵衛《そうべえ》という人物があった。総兵衛はほかにトロール船の漁業権も持っていて、O町で山総の旦那《だんな》といえば飛ぶ鳥も落す勢い、いまの言葉でいえば、さしずめボスというやつだったろう。

親戚のうちへ預けられた五郎が、小学校へ通う道筋に、この山総のひろい屋敷があって、その裏側をとおると、塀のうちがわに幾戸建かの白い土蔵がならんでいた。そこはO町でも山の手に当っていて、山から流れ出した綺麗《きれい》な小川が、山総の裏の塀外を走っており、いつも目高が群れていたし、春になると小川の岸は、蓮華《れんげ》だのタンポポだので、眼もさめるような色に塗りつぶされた。

神戸のゴミゴミとした下町にうまれた五郎には、そういう景色が珍しかったし、それに、移って来たばかりのこの町では、友達とてもなかったので、五郎はいつも一人で、わざとこの淋《さび》しい路《みち》をえらんで学校へ通っていた。馴染《なじ》みの浅い学校へいくのが苦痛なので、朝なども、出来るだけこの小川のほとりで道草を喰《く》うことにきめていた。

そういうある日のことである。例によって小川の目高を追っかけていると、

「あら、あの子、またあんなとこで遊んでいるわ」

と幼い声が呟《つぶや》くのがきこえた。

五郎がびっくりして顔をあげると、ちょうどそこだけ板塀がとぎれて、盛土のうえに低い灌木《かんぼく》をうえた垣根になっていたが、その垣根の向うの土蔵の窓から、九つか十くらいの可愛い女の子が、こっちを見てにっこりと笑っているのだった。

五郎はいまでも眼をつむると、その時の情景をありありと思いうかべることが出来る。まだ春先きのことで、南国の朝日がパッと土蔵の白壁をあたためていた。そしてその白壁に切りぬかれた小さい窓が、まるで額縁のように見え、その額縁におさまっている少女の半身が、世にも尊い名画のように見えたのである。

朝日が少女の髪の毛を、金色に縁取っていた。左に結んだ小さいリボンが、この上もなく可憐《かれん》で、貴重なもののように思われた。少女は少し痩《や》せていた。そして肌のいろは上簇《じようぞく》するまえの蚕のように、陽にすかせばキラキラとすきとおるかと思われた。円《つぶら》にみひらかれた黒眼がちの眼は、びっくりするほど大きく、睫《まつげ》がまた驚くほど長かった。

五郎は一瞬、雷にうたれたようにそこに立ちすくんでしまった。全身が快い陶酔で、ジーンとしびれるかんじであった。やがて何やら、甘い悲しみが胸もとにこみあげて来て、わっとその場に泣き出したいような衝動にかられた。やがて五郎はいちもくさんにその場から駆出していた……。

そんなことがあってから、五郎はその路を無関心ではとおれなくなった。土蔵のまえへさしかかると、胸をワクワクとさせて、わざと足早にとおり過ぎたりした。それでいて土蔵の窓に女の子のすがたが見えないと、掌中の珠《たま》をとられたように淋しかった。

五郎はいつかその少女が、山総の旦那の娘であることを知っていた。そして、体が弱いためにも学校へもいかず、いつもああして土蔵のなかで、淋しく遊んでいるのだということもきいていた。また、山総の旦那がどういうものか、その少女を憎んで、かまいつけないのだということも知っていた。五郎はそういう智識を重ねていくにしたがって、胸をしめつけられるような哀愁感におそわれた。

だが、そのうちに五郎はいつか、その少女と口を利きあうようになっていた。少女のいる土蔵は、すぐ垣根のうちがわにあったし、垣根は低くて、踏み越えるのにそれほどの困難はなかったので、五郎はおりおり、あたりに人のいないときを見計らって、そっと土蔵のそばへしのびよった。

「君、名前、何んていうの?」

「あたし、秋子というのよ。あなた、五郎さんというのでしょう」

少女は無邪気に首をかしげていった。

「うん、だけど、どうして僕の名を知ってるの」

「おうちの人にきいたの。野村五郎さんというのね。そして、あなた級長さんだって。とてもよくお出来になるんですってね」

五郎は体がゾクゾクするほど嬉《うれ》しかった。

「君は、だけど、どうして学校へいかないの。体わるいっていうけれど、ちっともそんなことないじゃないか」

五郎がそういうと、少女はいかにも悲しげに、長い睫毛《まつげ》を伏せると、

「ううん、悪いのよ。とても悪いのよ。だから学校なんかいけないの」

少女の眼から溢《あふ》れ出した泪《なみだ》が、ポトリと五郎の頰におちて、五郎はその部分だけが、焼けつくような痛みをかんじた。

だが、そのうちに五郎は妙なことを発見した。その少女はいつも頭に赤いリボンをつけていたが、日によって、左につけている日と、右につけている日とあった。そして左にリボンをつけている日は、たいへん優しくて好きになれるのだけれど、右につけている日はそれほどでもなかった。

ある日、少女が右にリボンをつけているのを見て、

「おや、今日は右にリボンつけているね。どうして左につけないの。僕、左にリボンつけてる君のほうが好きだよ」

と、いうと、少女はおこったような顔をして、そのまま土蔵の奥へひっこんでしまった。

そうしているうちに夏になった。ある夕方、五郎は蛍をとって、土蔵の少女に持っていってやったことがある。いつもは土蔵のうえと下とで話をしていたのだが、そのときは蛍を渡してやる都合上、五郎は空箱を二つほど土蔵の下につんで、そのうえによじのぼった。それでもまだ、土蔵の窓にはとどかなかったけれど、いつもよりちかぢかと少女の顔が見え、何やら甘ずっぱいような少女の匂いの嗅《か》げるのが、五郎はこのうえもなく嬉しかった。

少女もたいへんよろこんで、窓から体を乗り出して手をのばしたが、そのとき、さっと吹

いて来た一陣の夕風が、さっと、少女の浴衣《ゆかた》の袖《そで》をひるがえした。浴衣はまくれて、少女の八つ口から、腋《わき》の下がまる見えになった。

五郎ははっと体中が熱くなるような気がして、下からあわてて少女の袖をひっぱってやったが、すると今度は少女の左の肩がまる見えになった。

そのとき、五郎ははっきりと見たのである。少女の左の肩に、一銭銅貨ほどの蟹《かに》の刺青《いれずみ》があるのを。……

四

あの少女はどうしたろうかと、二宮のベッドに横になったまま、五郎はボンヤリ考えている。

五郎はその秋O町から、神戸の実家へ帰ることになった。別れるときの五郎は、赤い曼《まん》珠沙華《じゆしやげ》をいっぱい摘んで、土蔵の少女へ持っていってやった。少女は別れを惜しんで、いくどか五郎の名を呼んだ。五郎の手をとって離さなかった。

そうして五郎は神戸へかえったのだが、それから半年もたたぬうちに、五郎は世にも恐ろしい話をきいた。その話をきかせてくれたのは、たまたま神戸へ出て来たO町の親戚のものだったが、五郎がO町を去ってから三月ほど後のある夜のこと、山総の旦那は無残に斬りころされ、土蔵の少女はいずこともなく連れ去られたそうである。更に五郎は山総の旦那とその少女について、忌わしい話をきいた。

あの少女は山総の旦那の子ではなかった。山総の旦那が半年ほど旅行しているあいだに、おかみさんがみごもったので、誰の胤《たね》やらわからなかった。山総の旦那はそれを憎んで、ほとんどなぶり殺し同様にして、おかみさんを死なせたのだそうである。そしてあとに残った少女に対しても、実に人間とは思えないほどの、非道な虐待を加えていた。少女を土蔵へ押しこめて、一歩も外へ出さなかったのも、旦那の憎しみの現われであった。

山総の旦那を殺したのは、おそらく少女の実父であろうといわれている。そして、その犯人については心当りがあった。

その昔、山総の家の雇人に、蛭蔵《ひるぞう》という男があった。一寸法師とまではいかなかったが、人並はずれた小男で、しかも小男のくせになかなかの美男子で、それにたいへんなお洒落《しゃれ》であった。山総の旦那は剛腹磊落《らいらく》な人物だったが、こういう人物の常として、おのれの周囲に取巻きをおくことを好むものである。そして、西洋の昔の王様が、ピエロだのフールだのをおもちゃにして喜んでいたように、山総の旦那は、この蛭蔵をおもちゃにすることを、何よりも喜んだ。

山総の旦那にとっては、蛭蔵は人間ではなく、一種の玩弄物《がんろうぶつ》であった。どうかすると蛭蔵に、いうに耐えない、浅間しい所業をさせて手を打ってよろこんでいた。蛭蔵はまた蛭蔵で、常人ならば顔から火の出るような所業を、旦那から強要されればされるほど、エヘラエヘラとよろこんでいた。いってみれば、旦那のサド侯的傾向と、蛭蔵のマゾッホ的性情がひとつになって、そこにいうにいえない醜怪な遊戯が繰りひろげられていたのである。

しかし、山総の旦那《だんな》は知らなかったのだ。そういう蛭蔵の心の中に、旦那に対する憎しみが、しだいに昂《こう》じつつあったことを。……そしてこの憎しみは、山総の旦那の留守中に爆発した。ある夜、蛭蔵は旦那のおかみさんを犯して出奔したのである。少女はその時出来た子供であるということだった。

五郎はこういう話をきくにつけ、少女に対する愛情が、少しでもうすらぐどころか、何んともいえぬ物悲しさとともに、あの大きなつぶらの眼や、長い睫が日とともに、いよいよ深く、心のなかに焼きつけられていくのをかんじていた……。

五郎はふと、この間の夜、自分を狙撃《そげき》した女のことを思いうかべる。あの女の左の肩にあった蟹の刺青、それは忘れようとしても忘れることの出来ない、土蔵の少女の刺青と、すっかり同じ位置にあり、そしてまったく同じ形であった。

秋子なのだ。土蔵の中の少女なのだ。いつか蛍を送り、曼珠沙華を送った少女、そして自分の生涯に、消しがたい印象を烙《や》きつけた少女。……五郎はそれを考えると、身内が焼けただれるような苦痛をかんじずにはいられなかった。

五郎はその日、部屋のなかを隈《くま》なくしらべてみた。あの女は、写真をとりに来たといった。何んの写真か知らないが、それを探してみようと思ったのだ。あるいはまた、あの女の現在の身許《みもと》、居所がわかるような書類はないかと思ったのだが、捜査の結果はむだだった。あの女に関係のありそうな書類も写真も何一つ、発見することは出来なかった。

五郎はその晩、二宮にあてて長い手紙を書いた。かれはO町における思い出を、つつまず打明けたのち、あの娘を知っているなら、教えてほしいと頼んだのである。二宮から返事が来るまでには十日かかったが、その手紙と同時に、二宮の弟子から、二宮の災難に関して報《し》らせて来た手紙がいっしょにとどいて、五郎を驚かせた。

二宮の弟子から来た手紙によると、九州の興行地で二宮は暴漢によって狙撃され、幸い生命はとりとめるらしいが、目下重態であるというのであった。そして、その暴漢というのは、一寸法師のような小男だったが、兇行《きようこう》ののちいちはやく逃走して、目下その筋で厳探中というのであった。

五郎はその手紙を読んでから、急いで二宮の書いた手紙の封を切った。二宮はどうやらこの手紙を書いた直後に、やられたらしいのである。

封を切ると、まずなかから現れたのは一葉の写真であったが、五郎はそれを見ると、思わずギョッと息をのんだ。

写真の主はたしかにこの間の女。――五郎の想像にしてあやまりがなければ山内秋子であったが、その服装というのが、なんともかわっているのである。

秋子は軽業師のように、ほとんど全裸体であった。頭にはまがい物の宝石をちりばめた、巾《はば》のひろい髪飾りをつけ、乳当てと派手なズロース。それにも金銀宝石類がちりばめてあり、足には軽やかな布製の靴をはいている。明かにそれは、サーカスの女の服装である。そして写真ではよくわからないが、左の肩にポッツリと蟹の形らしいものが見えている。

五郎はしばらく驚きの眼を瞠《みは》って、この写真を見ていたが、そのうちにふと、妙なことに気がついた。

この写真はもとそれだけが全部ではなかったのである。おそらくその写真の左側には、これと同じ大きさくらいの写真がついていたのを、真ん中から二つに切ったのだろう。その証拠には、写真の左は断ち落しになっており、しかも、秋子の体は、この断ち落しとすれすれに立っているばかりか、体の一部などは写真の外にはみ出しているのである。

全体の構図から見て、そこには恐らく二人の人物が、並んでうつっていたのを、秋子の部分だけ切りはなしたものと考えられる。しかもその切口のまだ新しいところを見ると、ひょっとすると、それは二宮の仕業ではあるまいか。だが、それならば二宮はなんだって、こんなことをしたのであろう。……

五郎はそこで急いで手紙に眼をとおした。

五

その翌日五郎は国分寺にある、古峰外科病院というのを探《たず》ねていった。

このへんは戦災をうけていないので、周囲の環境もしっとりと落着いていたが、その代り、番地がとびとびになっているので、はじめて訪ねていく者にとっては、恐ろしく面倒なところであった。

二宮の手紙に国分寺の古峰外科病院を訪ねるようにとただそれだけ。それが秋子とどういう関係があるのか、また、古峰なる人物がどういうひとか、なんにも書いてなかった。だから五郎はこの訪問に、ちょっと躊躇《ちゅうちょ》したのだけれど、秋子にあいたいという一心が、その躊躇にうちかった。そこでかれは、わざわざこうして出かけて来たのだけれど、目差す古峰病院というのはなかなかわからなかった。

さんざん探しまわった揚句、諦《あきら》めて引揚げようかと思い出した時分、やっと酒屋の小僧さんらしい少年から、それならば向うの森のそばにある、小さな洋館がそうではないかと教えられた。

そのころにはもう日が暮れかけて、人を訪問するには不向きな時刻になっていたが、やはり秋子に会いたい一心が、五郎の胸をかき立てて、ともかくいってみようと決心した。なるほど、武蔵野の面影をとどめた森の下道を辿《たど》っていくと、一軒ポッンと離れたところに、小さい洋館が建っている。この道ならば、さっきも二、三度通ったのだけれど、まさかそれが探ねる家だとは気がつかなかった。それほどそれは病院らしくない、陰気で貧弱な構えだった。

ひょっとすると間違いではないかと、五郎は内心危ぶんだが、それでも念のために玄関まで入って表札を見ると、名刺の裏に古峰とただそれだけ、ペンで書いて貼ってある。なるほど、これではわからない筈《はず》だ。

五郎はちょっとためらった後、玄関のわきにある呼鈴を押した。呼鈴はジリジリと静かな家のなかにひびきわたったが、中からは誰もなかなか出て来なかった。五郎はまた呼鈴を押す。しかし、相変らず誰もなかなか出て来ない。

ひょっとすると留守ではあるまいか。……五郎がそう思ったとたん、家の中のどこかでガタンと何か倒れるような音がきこえた。すると、やっぱり誰かいるらしい。

五郎はみたび呼鈴を押した。そして、じっと聴耳を立てている。家のなかはシーンとしずまりかえって、何の物音もきこえない。それが何だか向うでも、じっと聴耳を立てているように感じられて、五郎は急に腹立たしくなって来た。そこでまたもや、五郎は呼鈴を押した。

と、その呼鈴もまだ終らぬうちに、だしぬけになかからドアがひらいたので、五郎はびっくりしてそのほうに振返ったが、そのとたん、思わずギョッと呼吸《いき》をのんだのである。ドアのなかに立っているのは、五尺に足らぬ小男だった。

「な、なにか用かね」

相手もなにかひどくビクビクしている様子である。眼が宙にういて、唇がワナワナふるえている。それでいて、必死となってそれをかくそうと努力しているのだ。

五郎はなんとなく不安がこみあげて来た。霧のために顔は見えなかったけれど、ひょっとするとこの間、アパートの外に立っていたのはこの男ではあるまいか。

「な、なにか用事かね」

男はまた訊《たず》ねた。五郎があまり黙っているので、向うのほうでも不安をかんじたのか、声がうわずってふるえていた。

「ああ、いや……」

五郎はあわてて、咽喉《のど》にからまる痰《たん》を切りながら、

「先生はいらっしゃいますか」

と、訊ねた。

「先生?」

男の声はあいかわらずふるえている。

「ええ、そう、古峰先生です」

小男はまじまじと五郎の顔を視詰めていたが、

「あなたは……」

と、ソワソワしながらききかえした。

「僕は野村五郎というものですが、先生がいらっしゃったら、ちょっとお訊ねしたいことがありまして……」

五郎がそういったとき、どこかで、あっというような低い叫び声がきこえた。

五郎は思わずドキッとする。たしかに誰かが玄関の、ふたりの応答に聴耳を立てているのだ。そのことが、五郎の不安をいよいよ搔立《かきた》てる。

小男も五郎の名前をきいたとき、ちょっと驚いたように眉《まゆ》をつりあげたが、

「で、……訊《き》きたいとおっしゃるのは……」

と、相変らずソワソワとした声だった。

「いや、そのことはじかに先生にお眼にかかって申上げたいのですが、先生はいらっしゃるでしょうか」

小男は黙って五郎の顔を見ていたが、やがて、

「じゃ、ちょっと待って、……聞いて来ます」

と、いうと、五郎の鼻先にピタリとドアをしめて、そのままゴトゴトと奥へ引っ込んでしまった。

妙なことをする。……五郎の不安はいよいよ昂《こう》じて来る。面会を断るのならともかく、きいて来るというのに、なぜドアをしめなければならないのだろう。

いっそ、このまま帰ろうか……五郎はよっぽどそう考えたが、やはり秋子に対する未練がそうさせなかった。それにさっき聞いた、低い驚きの叫び声である。たしかに女の声のようであったが、ひょっとすると、あれは秋子ではあるまいか。……そう考えると、いよいよ去りがたい心地である。

小男はなかなか出て来なかった。五郎はふたたびジリジリして来たが、するとやっとなかからドアをひらいて、

「どうぞ……」

あいかわらずソワソワとした声である。そして五郎がなかへ入ると、玄関にスリッパをそろえた。

五郎が通されたのは玄関のすぐそばにある狭い応接間だった。

「ところで……」

と、小男はあいかわらずビクビクとした調子を、出来るだけかくすように努めながら、

「先生に御用とおっしゃるのは、いったい、どういうことなのでしょう。実は……先生がお伺いしてみろとおっしゃるものですから……」

五郎はじっと相手の眼のなかを見ていたが、そのとき、ふとかすかな疑惑がかれの頭をかすめた。

ひょっとすると、古峰というのはこの男ではあるまいか。……そこでかれは思いきってこの男に、切出してみようと考えた。

「いや、お訊ねしたいというのは、この婦人のことですがね」

五郎はポケットから手帳を出すと、そのあいだに挟んであった写真を取り出した。いうまでもなくそれは、昨日二宮から送って来た写真の切れはしであった。

小男はそれをみると、ドキッとしたように大きく眼を瞠って、

「この婦人……？　いや、ああ、もし、先生がこの婦人について知っていたら、あなたはどうするつもりですか」

五郎はいよいよこの男が、古峰であろうと思いこんだ。

「はあ、実は……この婦人について僕は、最近たいへん、失礼な真似をしたのです。で、もし、先生がこの婦人を御存じならば、紹介していただいて、一度会ってよくお詫《わ》びをし

たいと思っているのです」

小男はじっと五郎の眼のなかをのぞいていたが、いくらか落着いた声になって、

「なるほど……それだけですか」

「はあ、いや、あの……」

と、五郎は口ごもりながら、

「それからもうひとつ。……ひょっとするとその婦人は、ずっと昔、僕が知っていた人ではないかと思うんです。そう、お互いにまだ子供の時分……で、そのこともたしかめてみたいような気持ちなんです」

小男はまた、まじまじと五郎の眼を見ていたが、

「しかし、そんなことを訊ねてみてどうしようというのです。もし、この婦人があなたの知っている娘だったとしたら……」

「いや、あの、別にどうしよう……と、ハッキリした考えはないのですが、一度お眼にかかって、よく話してみたいような気になって……僕にとって非常になつかしい思い出につながっているものですから……」

五郎はしゃべっているうちに、しだいに顔に血ののぼっていくのを感じた。

小男はじっと探るように五郎の顔を視詰めていたが、しだいに眼を伏せると、

「ああ、そう、……では、しばらくお待ち下さい。先生にお話してみましょう」

小男はあとずさりするように、ソロソロ部屋を出ていったが、それっきりまた、いくら

待っても出て来ない。五郎はしだいにジリジリして来たが、そのとき、ふとかれの耳をとらえたのは、どこかでシクシク、女の泣くような声である。

五郎はギョッとすると同時に、何かしら、またムラムラと不安がこみあげて来た。

何かある！　いま何事かがこの家のなかで行われている。……五郎は急にはげしい胸騒ぎをおぼえた。と、同時に居ても立ってもいられない強い衝動をかんじた。

五郎は急に、弾《はじ》かれたように椅子から立上ると、それでも足音だけは忍ばせて、ソッと廊下の外へ出た。

気がつくと、日はもうすっかり暮れているのだ。電気の消えている廊下はまっくらだった。その暗い廊下の奥にただひとところ、細い一筋の光がもれている。忍び泣きの声は、たしかにその方角からきこえて来るのである。

五郎は足音をしのばせて、そのドアのまえまでしのびよった。耳をすますと、女の泣声が、世にも切なげにもれて来る。それにまじって、低い男の声が叱りつけるようにきこえる。何をいっているのか、意味はわからなかったが、たしかに小男の声らしい。

五郎はなにかしら、はげしい怒りを掻き立てられて、いきなりドアを押しあけて中へ踏みこんだが、そのとたん、茫然《ぼうぜん》としてそこに立ちすくんだのである。

部屋のなかは血みどろだった。そして床にたまった夥《おびただ》しい血だまりの中に、男が一人倒れていた。男の年は六十くらい、白髪頭の、醜い顔をした老人だった。老人はあきらかに射殺されたのにちがいない。左の頬から物凄《ものすご》く血が吹き出していた。

だが、死骸《しがい》はそれひとつではなかったのである。部屋の隅のベッドのうえに、もうひとつ女の死骸がころがっている。その死骸は一糸もまとわぬ全裸体で、咽喉のあたりに紫色の指のあとが、食い入るように残っている。あきらかに絞殺されたのである。

「秋子！」

五郎の咽喉からせぐりあげるような声がとび出した。

そうだ、その女はたしかに秋子にちがいない。ああ、秋子は死んだ、殺された、おれの魂は光をうしなった。

五郎は突然、死体のそばに立っている小男のほうへ向きなおった。

五郎の眼にうかんだ殺気に気がついたのか、小男はあわてて二、三歩あとずさりをした。

五郎はギリギリと奥歯を嚙《か》み鳴らすと、猛然として小男めがけてつっかかっていったが、

「あっ、いけません、いけません、五郎さん、それは間違いです」

うしろから縋《すが》りつくような声をかけられて、五郎は驚いてふりかえったが、そのとたん体の中心をうしなったようにフラフラして、思わず眼をこすり直した。

眼に泪《なみだ》をいっぱいたたえて、何かを訴えるようにそこに立っているのは、何んと、秋子ではないか。……

五郎はベッドのうえの女の死体と、そこに立っている女とを、呆《あき》れたように見くらべながら、

「ふ、双生児《ふたご》だったの？」

ほとんどききとれないくらいの、しゃがれた、低い声だった。

女は悲しそうにうなずいて、

「御存じなかったの。あたしたち、悲しいシャム姉妹だったの」

女はそれだけいうと、その場に泣きくずれてしまった。

六

「おいおい、どうしたんだ。病院から出て来たと思うと、そのまま姿をくらましてさあ、今日でちょうど一週間目だぜ。さんざん、気をもませやアがって、いったいどこに沈没していたんだ」

佐伯徹郎だった。五郎がアパートのドアをひらくと、いきなりそう浴せかけたものである。五郎はしかし、それに答える気にもならず、よろよろとベッドのそばに寄ると、どたりとそのうえに身を投げ出した。

「おやおや、ひどくお疲れさまだね。すっかり毒気を抜かれたって顔付きじゃないか。君のような君子にも似合わない。……おい、何んとかいえよ。ひとにさんざん気をもませやアがって……」

「佐伯」

五郎はものうげな声でいった。

「なにもいわないでくれ。何もきかないでくれ。しばらくおれは一人でいたいんだ」

五郎は両手で頭をかかえた。

佐伯はそのさまをじっと視詰めていたが、やがて、真面目な表情になると、

「おれがいちゃあいけないのかい、邪魔かい？」

五郎は力なくうなずいた。

「そうか、よし、それでは出直して来よう」

「ああ、佐伯、ちょっと……」

と、五郎は呼びとめると、

「二宮はどうしたろう」

「二宮？　うん、幸い経過はいいそうだ。もう一週間もすると退院出来るといって来た」

「そうか、……それはよかった」

「おい、野村……」

「いや、いまは何もきかないでくれ。いずれ二宮でもかえって来たら話す」

「そうか、よし。では帰る。しかし、気をつけろ。なんだか顔色が悪いぜ」

バタンとドアをしめて佐伯が出ていったのを、五郎はふりかえりもしなかった。ものうげに頭をかかえたまま、まじまじと、光のない眼で虚空を視詰めている。

怪奇な恋の一週間……そうだ五郎のような道徳的に臆病《おくびょう》な人間にとっては、それは眼のくらむような恋の一週間だった。二つの死体を同じ家の庭に埋めたまま、秋子と暮した、

びれさせた。

ただれるような恋の一週間。それはさながら毒々しい色刷りの絵のように、五郎の魂をし

五郎はいま、その幻を追いながら、一方、さぐりあげるような悲哀に胸をかまれている。

五郎はふと、ポケットをさぐると、皺苦茶《しわくちゃ》になった数枚の紙をとり出した。それは幾度

も幾度も読まれたらしく、汗ばんで番号も狂っている。五郎はその番号をそろえながら、

また、はじめから読んでみる。それは秋子の置手紙であった。

……お目覚めになるまえに、取急ぎこの手紙したためます。あんな恐ろしいことのあっ

たのち、いつまでもこのような生活がつづけられるものではございませんので、秋子は

今日、父とともに姿をかくします。もう二度とお眼にかかることはございませんでしょ

う。どうぞ、わたしの行方をお探し下さいませんように。

……さて、去るにあたって、幾度かお訊《たず》ねにあずかった、秋子の過去をお話し申上げて

おきます。それはあまりにも浅間しく、けがらわしい話なので、とても口では申上げら

れなかったのです。

……父が山総の主人を殺し、わたしたちをO町から連出したことはあなたも御存じでし

たわね。わたしたちの悲しい放浪はその日からはじまったのでした。父はわたしたちを

箱につめ、荷物のように取りつくろって、中国へ渡ったのでした。そしてそこで十年以

上も、わたしたちは国籍をかくして、悲しい見世物の仲間に入っていました。わたした

ちは世にも珍しいシャム姉妹、体のくっついている双生児蟹《かに》娘として中国の北から南へと、流浪の旅をつづけました。むろん、それは悲しい、やるせない、恥かしい生涯でした。でも、それから後に起った、あのけがらわしい屈辱から見れば、まだまだ旅芸人でいた日のほうが、はるかに幸福のように思われます。

……わたしたちの災難、それはやはり戦争がもたらせたものでした。日華事変がはじまってから、沢山の日本軍が中国へ渡ってまいりました。父はああいう前科があるものですから、日本人を何よりおそれ、日本軍のいる町々へは、出来るだけちかよらないようにしていたのです。しかし、そのうちに、日本軍が中国の主要な都市のほとんどをおさえてしまったので、いつまでもわたしたちは逃げてばかりいるわけにはまいりませんでした。興行のなり立つような都市といえば、ほとんど日本軍がおさえていたのですから。

……そのうち父もだんだん大胆になってまいりました。何しろ十年にわたる中国の生活で、言葉なども自由ですし、もう日本人であることを、看破されるような心配はあるまいと考えたのでした。それがいけなかったのでした。

……南方の、日本軍のたくさんいる都市で興行中、とうとうわたしたちは正体を看破されたのです。それというのがその都市に、山総の親戚《しんせき》にあたる者が来ており、しかもその男は、軍でも相当重要な地位にいたのでした。わたしはいま、その男のことを思い出すのもけがらわしい気がしますので、名前もかりにKとしておきましょう。Kは蟹娘、体のくっついた双生児のことをきき、そして、その双生児の肩に、蟹の刺青《いれずみ》のあることを知ると、すぐにわたしたちの素性を看破《みやぶ》ってしまいました。Kはそれを種に父を脅迫し、わたしたちを酒宴の席によびよせると、ああ、何んということでしょう。無理無体にわたしたちを……いえいえ、もうこれ以上のことは書きたくございません。あの頃、現地にいた軍人のなかには、立派な人もありましたが、このような恥知らずの男もあったのです。

……それ以来、わたしたちは、幾度この屈辱を味わわねばならなかったか知れません。春子……それが蟹娘の他の半身であることは御存じでしたね、……とわたしはその浅間しさに、どんなに泣いたか知れません。歎《なげ》きはやがて怒りにかわりました。そしてとうとうある夜、わたしたち、わたしと春子の二人で、その男を殺してしまったのです。これには父も驚きました。当時はまだ日本が敗けようなどとは思っていませんでした。その日本軍人を殺したのですから、とても逃げおおせるとは思えません。いえいえ、逃げるにもこの体では、どこへいっても人眼につきます。ところがそのとき思い出したのは、そのことがある少し以前、同じく日本人の外科医で、古峰博士という人が、珍しがってわたしたちの体を調べてくれたことがあり、そのとき古峰のいうのには、同じシャム姉妹でも、内臓の器官を共有しているものは、絶対に切りはなすことは出来ないが、わたしたちのはそうではなく、ただ腰のあたりの筋肉でくっついているだけだから、いつでも切りはなすことが出来るというのでした。

……その時には、切りはなされてしまっては、見世物にならず、忽《たちま》ち糊口《ここう》にも窮するわけですから、父は強く反対しましたが、こうなってみると、切りはなされて、二人の人間になるより逃げるに術《すべ》はありません。そこでわたし達はひそかに古峰博士を訪れました。

……博士はすでにわたしたちがKを殺したことを知っているようでしたが、それでも意外にやさしく、わたしたちの頼みをきいてくれました。わたしたちは極く簡単な手術で、うまれてはじめて二人の人間になりました。そのとき、わたしたちはどのように、古峰に感謝したか知れません。あの男に、Kと同じような野心があるとも知らずに……そうなのです。古峰もKと同じような要求をわたしたちに持出しました。わたしたちは一人の女として、否応《いやおう》なしに古峰の妻にならなければなりませんでした。ああ、どこまでも呪われたシャム姉妹！　こうしてわたし達は内地へかえって来ると、畜生のように浅間しい生活をつづけていましたが、そのうちにまた、わたしたちの過去を知っている人が現れました。それが中国から復員して来た二宮さんで、二宮さんは中国でうつした蟹娘の写真を持っていたのです。二宮さんはそれを種に、春子にいいよったのですが、不思議なことに、春子はこの二宮さんに恋をしてしまったのです。

……わたしたちはそれを恐れました。こういうことから、秘密が曝露《ばくろ》しはしないかと、父もわたしもそれを心配したのです。その結果が、いつかのアパート襲撃となって現れたのでございました。そして、一度も二宮さんに会ったことのないわたしは、あなたを二宮さんと間違えて狙撃《そげき》したのでした。

……だが、翌日の新聞を見たときのわたしの驚き！　わたしの狙撃したのは二宮さんではなかったばかりか、あの懐しい思い出の人。ええ、わたしはあなたの名前を、片時も忘れたことはございませんでした。あの土蔵の中と外とで囁《ささや》きかわした、幼い頃のあの思い出！　それはいつもいつも、わたしの胸に楽しく抱かれていたのでした。

……春子は春子でこの記事を読むと、ひどく驚くと同時に、もうこのような生活にたえていけなくなったのです。古峰のもとを出奔して、九州路まで二宮さんを追っかけてまいりました。いまではわたしも春子のこの思い切った行動をよろこびます。例え僅《わず》かの間でも、恋しい人といっしょに暮すことが出来たのですもの。

……しかし、その時はわたし達は当惑してしまいました。なかでも怒ったのは古峰で、父にむかって、二宮さんを殺して、春子を連れ戻すようにと命じたのです。ああ、悲しいわたし達。古峰の命令とあらばどんなことでもきかねばならぬわたし達だったのです。

……父は命令されたとおり、二宮さんを狙撃し、春子をつれ戻しました。だが、それが春子の最期でした。嫉妬《しっと》に狂った古峰は、春子を折檻《せっかん》しているうちに、とうとう絞殺してしまったのです。春子が死んだと知ったとき、わたしは何んともいえぬ絶望と怒りにかり立てられました。怒りと同時に勇気が出ました。わたしはその場で古峰を射殺してしまったのです。そして、折も折、そこへあなたがいらっしゃったのでした。

……五郎さま、これで何もかも申上げてしまいました。たった一週間ではございましたが、秋子はうまれてはじめて、世にも嬉《うれ》しい時を過させていただきました。これ以上、何を望むことがありましょう。

……では、もういきます。向うで父が待っています。ああ、可哀そうな父よ！……わたしたちのこれからが、どういうことになるか存じません。しかし、双生児、それも体がくっついた双生児として生れた二人のうち、一人が死んでしまったからは、わたしの生命ももう長いことではないのでしょう。では、さようなら。終りにのぞんで二宮さんにお伝え下さいと申します。可哀そうな春子は、二宮さんの名を呼びつづけながら死にました。わたしもきっと、死ぬときは、あなたの名前を呼びつづけているでしょう。

五郎は手紙を読みおわると、ポケットから二枚の写真を取り出した。それこそ、二つに引き裂かれた春子と秋子のシャム姉妹、蟹娘の写真であった。

五郎は二枚の写真をつぎあわせると、長い間眼《ま》じろぎもしないで、この不仕合せな二人の顔を視詰めていた。……

心

一

「その男が警察に入って来たときには私も驚きましたよ。菜っ葉服も靴もボロボロで、いや、ボロボロだけならまだいいが、泥だらけのうえにところどころ血さえついている。それがいきなり人殺しをして来たと、こういうんですから、これや大事件だと思いましたね」

浅原さんはこう話の口火をきると、眼尻《めじり》に皺《しわ》を寄せて、人懐っこい微笑をうかべた。

浅原さんというのは、私のいま疎開している岡山県の農村から一里ほど西の、総社という町にある警察で昔刑事をしていた人だが、十年ほどまえに職を退き、村へ入ってもっぱら食糧増産にいそしんでいる。気さくな、話ずきな好々爺《こうこうや》で、私のためによく昔の思い出話をしてくれる。ここに掲げるのもその一つだが、事件はいまから十年ほどまえ、即ち昭和十二年に起った出来事である。

「見たところ人品もいやしからず背も高いし体格も堂々としているんです。しかし、妙に丈のあっていない労働者みたいな菜っ葉服といい、もじゃもじゃとした無精髭《ぶしょうひげ》といい何んとなくうさん臭いのです。髪もくちゃくちゃに縺《もつ》れて、しかも大きな血のかたまりがこびりついている。頭にひどい怪我をしているんですね。それにその眼付きというのがどうも怪しい。妙に光沢をうしなって放心したようにとろんと濁っているんです。そういう男が警察へのりこんで来て、人殺しをしたというんですから、これや私どもが驚いたのも無理はござんすまい」

事件の少い、平和な田舎の警察では、かりそめにも殺人といえば大事件だった。居合せた署の人たちは、たちまちピーンと緊張して、その男を訊問《じんもん》室につれこんだ。

「人殺しをしたって、誰を殺したのだ」

「従兄《いとこ》です。従兄の順平を殺したんです。登山用のアルペイン・ステッキでぶん殴ったら、順平の奴ひとたまりもなく死んじまった」

不思議な男は咽喉《のど》の奥でかすかに笑った。見たところその男、年齢は五十恰好《かっこう》なのである。小鬢《こびん》にも白いものがちらほらしている。それにも拘《かかわ》らずかれの口の利き方には、どこか書生っぽのような若々しさがあった。

「一体それはいつの事だ。そして、どこでやったのだ」

「昨日ですよ。昨日いっしょに霧ヶ峰へ登って、池のくるみの松林の中でやったんです」

署長は司法主任をふりかえった。

「君、霧ヶ峰というのを知っているかね」

「知りませんね。聞いたことありませんねえ」

署長は不思議な男のほうへ向き直って、

「その霧ヶ峰というのはどこにあるのだね」

男は驚いたような署長の顔を見直した。

「署長さんは霧ヶ峰を御存じないのですか。霧ヶ峰はこのすぐうしろの……」

「冗談じゃない。このへんにはそんな山なんてないぜ」

不思議な男の妙に光沢を失った眼が、急にギラギラ光り出した。

「署長さん、あなたは僕をからかうつもりですか。上諏訪《かみすわ》にいて霧ヶ峰を知らないなどと……」

「上諏訪？　上諏訪たあ何んだ」

男は急に凶暴な眼付きになった。

「署長さん、あなたはそんな事をいって、まだ僕をからかう気なんですか。ここが上諏訪じゃありませんか。信州の……長野県の、諏訪湖のある……」

署長と司法主任は驚いたような顔を見合わせた。そばで聴いていた浅原さんも、眼を丸くして男の顔を見直した。

「署長、これや少し気が……」

「ふむ、いや……」

署長は当惑したように、じろじろ相手を視詰めていたが、急に体を乗出すと、

「君の名は？」

「西沢大伍《だいご》といいます。大伍とは……」

男はデスクの上に指で書いてみせたが、その指は芸術家のように華奢《きゃしゃ》であった。

「年齢は？」

「二十六です」

司法主任と浅原さんとは、危くふき出すところだった。しかし署長はすばやく二人に眼配せすると、あくまでも生真面目なかおで、「ふむふむ、それで君は従兄を殺したというのだね。従兄の名は？」

「井川順平、年齢は私より三つうえの二十九歳です」

「で、どういう動機で従兄を殺したのだね。喧嘩《けんか》でもしたのかね」

「あいつは悪魔です。あいつは鬼です。あいつが生きていたら僕は何度でも殺してやります。あいつは僕を霧ヶ峰へひっぱり出して殺そうとしたんです」

「ふむ、すると君が従兄を殺したのは、正当防衛だというんだね。しかし、従兄はどういうわけで君を殺そうとしたんだね」

男は急に黙りこんだ。落着かない様子でもじもじとした。顔が青年のように赧《あか》くなった。

「君、それを話してくれなくちゃいけないじゃないか。それがわからないと、正当防衛だという君の主張も通らないかも知れないぜ」

「いいえ、あいつは僕を殺そうとしたのです。うまい事いって、僕を登山にひっぱり出し、誰もいないとこで急に僕を殺そうとしたんです。あいつははじめからそのつもりだったんです」

「だから、どういうわけで君を殺そうとしたのか、それを聞いているんだよ」

「署長さん、従兄は僕を誤解したんです。あいつは時子さんを虐待するんです。打《ぶ》ったり、蹴《け》ったり、殴ったり、それはもうしょっちゅうの事なんです。あまり気の毒なものだから、僕はいつも陰になり日向《ひなた》になり、時子さんを慰めたんです。それを……それを……従兄の奴は誤解したんです。時子さんと僕とのあいだに、何か怪《け》しからん関係でもあるかのように疑ったんです」

「ああ、なるほど。時子さんというのは、君の従兄の細君なんだね」

「そうです、そうです。しかし時子さんは従兄を愛してなんかいないのです。従兄に騙《だま》されて結婚したんです。いまではそれを後悔して従兄を憎んでいるんです。だからいっそう従兄は僕たちを疑ったんです」

「なるほど、それで君を騙して登山に連れ出し、ふいを襲って君を殺そうとした。それを逆に君が殺してしまったというんだね。時に君の怪我をしているのは？　その時、従兄にやられたのかね」

「いいえ、これはちがいます。僕はうまく従兄の襲撃をさけたから、怪我なんかしなかったんです。これはきっとかえりに崖《がけ》から落ちて怪我をしたのに違いないのです」

「違いない？　違いないというのは曖昧《あいまい》だね」

「ええ、僕にもよくわからないのです」

不思議な男は惑乱したように額に手を当てると、じっとデスクのうえを視詰めながら、

「従兄が死んだのを見て、池のくるみを逃出したところまではよく憶《おぼ》えているんですが……それから後は記憶がぼやけて……今朝気がつくと変なところに倒れていて、そしてこんな怪我をしているんです。おまけに誰か着物を擦りかえていったと見えて、こんな変な服を着ているんです」

男はいかにも気味悪そうに、自分の着ている服を見廻《みまわ》し、二本の指でそっと上衣《うわぎ》の裾《すそ》をつまんでみせる。浅原さんと司法主任はまた眼を見交わしたが、署長はあくまで真面目なかおで、

「なるほど、それは災難だったね。時に君、西沢君といったね。西沢君、君が従兄を殺したのはいつのことだね。昨日というような文字は調書では使わないんだ。正確に何年何月何日といって貰《もら》いたいんだがね」

「はい、それは大正五年七月二十六日の午後三時ごろのことでした」

司法主任と浅原さんは、思わずあっと驚きの叫びをもらした。さすがの署長も、ぐいと眉《まゆ》をつりあげると、穴のあくほど相手の顔を見据えている。大正五年といえばその時からかぞえてちょうど二十二年前になる。それだのにこの不思議な男は、それを昨日というのであった。

二

「私も長いこと刑事生活をしていましたが、こんな妙な自首に出遭ったのははじめてでした。二十二年まえといえば、その男の告白が真実であったとしても、もう犯罪は時効にかかっているのかも知れません。しかしその時分の署長さんという人が、非常に職務に熱心な人で、物事を中途半端ですまされない人でした。そこでともかくその男を留置所に収容すると、すぐに上諏訪のほうに照会することにしたんです。それから、これはいい忘れましたが、その男の住所をきくと、東京の早稲田鶴巻町だという。何んでも自分の殺した男の家に同居していたらしいんですね。そこでその方へも、照会状を出しました」浅原さんはこう語りつづけるのである。

こうして長野県と東京へ照会する一方、総社の警察でもその男の身許《みもと》調べに躍起となった。

「僕はこう思うんだがね」

署長は浅原さんや司法主任をまえにおいて、こんなふうにいうのである。

「あの男が二十二年まえに従兄を殺したというのは、おそらく真実に違いない。それをあの男が昨日の出来事と思いこんでいるのは、従兄を殺害してから二十二年間逃避生活をつづけていた。それが何かのはずみで、忽然《こつぜん》として、なまなましく二十二年まえの記憶がよみがえって来たんだね。そのはずみというのはおそらくあの怪我にあるんだろうが、あの男がどこであんな怪我をしたかというのが問題だね」

「それにしてもあの男は、二十二年という長いあいだ、どこで何をして暮していたんでしょう。まさか早稲田にそのままいたわけじゃないでしょう」

「むろん。おそらく偽名でもして、どこかに逃避していたんだろうね。君はあの男の手を見たかい。あれは労働者の手じゃない。それに容貌風采《ようぼうふうさい》からいっても、相当の暮しをしていたにちがいないと思う」

「しかし署長さん、あの男はその二十二年間の生活、つまり近頃の自分の生活というのを忘れているんでしょうか」

浅原さんは妙にうつろな、あの男の眼つきを思いだしながらそんな事を訊《たず》ねた。

「そうなんだよ。それを憶えていれば、まさかこんなふうに自首してなんか出やあしない。逃避生活の二十二年間、あの男の心の底には、絶えず従兄《いとこ》を殺したことについての良心の呵責《かしやく》があったんだね。それが何かのはずみにふいと心の表面にとび出して来た。と、同時に二十二年間の逃避生活は、意思の底に沈んでしまったんだ。あの男の口の利き方を見たまえ。まるで二十六歳の青年そっくりだ。つまりあの男はいよいよ従兄を殺した当時の自分にまで若返っているわけだよ。不思議なのは人間の〝心〟だ。恐ろしいのは人間の〝心〟だよ」

署長は厳重なかおをしてこんな事をいったが、すぐ持前の陽気な表情に戻ると、

「しかしわれわれはいまそんな事をいっていられない。あの男には気の毒でも、ちかごろどこでどういう生活をしていたか、また偽名を用いていたとすれば、どういう名前を使っていたか、それを一応調べておかねばならん。浅原君、君はあの男の着衣を調べたかね」

「ええ調べました。しかし、持物は何一つないんです。洋服にも名前もなければマークもありません。あれや出来合いでどこでも売っている菜っ葉服ですから、それから手懸りをつかむというのはむつかしいと思うんですよ。それに第一、あの服も靴も、あの男のものじゃないのじゃないかと思うんですがねえ」

「そういえば体にあってないようだねえ」

「そうなんですよ。それで思い出すのですが、あの男は今朝気がついてみたら、こんな穢《きたな》い服を着ていたといって、とても気味悪そうにしていたでしょう。だからどこかこの近所で怪我をして、気を失っているところを、悪い奴がいて、洋服をすりかえていったんじゃないか、ひとつそれを調べてみようと思うんですがね。そうすればあの男が前に着ていた洋服がわかる。持物なんかも出て来やあせんかと思うんです」

「ふむ、それはいい考えだ。それじゃ一つそのほうを調査してくれたまえ」

　ここで浅原さんの活躍をこまごま述べていると長くなるから、それらは一切省略して、調査の結果わかったところだけを述べるとこうである。その男は伯備線で米子から倉敷の方へむかって旅をしていたらしい。ところがあやまって落ちたのか、それとも誰かに突落されたのか、多分前者であろうといわれているが、とにかく汽車から転げおちたところが、ちょうどそこが高梁《たかはし》川の支流にかかっている鉄橋のうえだったので、そのまま川の中へ顚《てん》落《らく》し、頭にあのひどい打撲傷を受けて失神してしまったらしい。ところがそこへ通りかかったのが、このへんでも有名なならず者で、そいつは相手が失神しているのを見ると、持物一切うばった挙句、悪い奴もあればあるもので、洋服まで脱がせて自分の奴とすりかえてしまったのである。浅原さんは偶然のことからこのならずものをつかまえ、そいつの口から以上のような事実を推定したのだが、そこですぐに倉敷駅へ手配をすると、果して遺失物保管所に、その男の持物であったらしい鞄《かばん》が保管されているのを発見した。その鞄や、さてはまたならず者の盗んだ紙入などからして、あの不思議な男が、神戸に住む森井信哉《しんや》という人物であるらしいことがわかったのである。

「それでどうしましょう。この事を神戸の警察へ移牒《いちょう》してもらいましょうか」

浅原さんからこの報告を受けた署長は、しばらく無言のまま考えていたが、やがてこんなように浅原さんに命令した。

「いや、それよりも君自身出向いて見てくれたまえ。しかし一言注意しておくが、森井信哉という男に、たとえ家族があったとしても、なるべく驚かさないようにね、それとなく近所の者に訊《き》いてみるんだね。いまこの留置所にいる男が、果して森井信哉という男であるかどうか、それからもしそうであったとしたら、森井という男がどんな生活をしているのか、唯《ただ》それだけのことを調べて来てくれたまえ。あまり余計なことは誰にもしゃべらないようにね」

署長がなぜそのような心使いをするのか、浅原さんにもよくわからなかったが、とにかくその日すぐ浅原さんは神戸へむけて出発したのである。

三

「森井という男の住所は、神戸の北長狭通といって、山の手の住宅街なのですが、そのへんへ行ってたずねるとすぐわかりました。そして近所できききあわせてみたところが、森井という男はながらくアメリカにいたが、十年ほどまえに帰国して、神戸で貿易商をはじめた。それがかなり成功したので、北長狭通に家をたて、家をたてると同時に結婚したんですね。結婚したのは、その時分から七年ほどまえでしたが、結婚当時森井は四十前後、妻の美智子は二十ぐらい。つまり夫婦は二十も年齢がちがっているんですが、それにもかかわらず恋愛結婚だという評判でした。

それというのが、森井という男は熱心なクリスチャンで、日曜毎に教会へいく。美智子というのも同じ教会の信者で、そこでたびたび会っているうちに、年齢の差のこえた恋におちたのですね。私は自宅の近所の人たちや、海岸通にある森井商会の使用人、さてはまた取引先などへききあわせましたが、どこへ行っても評判のよい人物なのです。まあ、いってみれば典型的な紳士なんですね。最後に私は、でたらめの口実をもうけて、森井の留守宅を訪れてみましたが、細君の美智子というのがまた、実にきよらかな感じのする婦人なんです。夫婦《おっと》のあいだには五つ六つになる可愛い女の子がひとりありました。むろん美智子さんは、良人の過去について、なんの疑いもいだいていないらしい。それとなく主人の行先をきいてみると、松江のほうにある信者の人に、非常に困っている人があるので、その人の相談相手になるために出かけたというんです。これでいよいよ森井信哉こそ、あの不思議な男、過去において殺人の秘密をもっている男であることが、いよいよたしかになって来たんですが、さてこれだけのことを調べあげたときの私の気持ちを申上げると、それは何んともいえない、暗い、重苦しいものでした。いつも調査がはかどったときに感ずる、あの愉快な、晴々とした気持ちには少しもなれないんです。さて、そういう調査に三日ついやして総社へかえって来ると、そこではちょうど、この事件のクライマックスともいうべき場面の幕がいままさに切って落とされようとするところでしたよ」

総社から上諏訪と東京の警察へ、それぞれ調査を依頼したことは前にもいったが、上諏訪からの返事によると、だいたいつぎのようなことがわかった。

大正五年七月二十六日に、霧ヶ峰池のくるみでそのような事件が起ったというような記録は当方にもない。しかしそれから三年後の大正八年の夏、池のくるみで白骨死体が発見されている。その白骨の頭蓋骨《ずがいこつ》に大きな傷があったところから、他殺ではないかといわれていたが、着衣その他、白骨の身許を示すような証拠物件は、なにひとつ発見されなかったので、そのまま迷宮入りしているというのであった。

さて、もう一つ、東京からの報告によるとこうであった。井川順平という男が住んでいた早稲田鶴巻町の付近は、大震災の際に焼けたので、調査に非常に困難をおぼえたが、それでも苦心捜査の結果、ようやくつぎのようなことが判明した。大正五年ごろたしかにそこに、井川順平という画家がすんでいた。順平には時子という妻があり、ほかに西沢大伍という順平の従弟《いとこ》になる男が寄宿して、苦学しながら早稲田へ通っていた。ところが大正五年の夏、順平と大伍は日本アルプスへ登山するといって家を出たきり、消息をたってしまった。おそらく二人はアルプスのどこか人眼につかぬところで遭難したのであろうといわれている。さて、妻の時子だが、三年あまり帰らぬ良人と良人の従弟を待ってそこに住んでいたが、大正八年ごろそこを引払って他へ移った。その後杳《よう》として消息がわからなかったが、この度、御地よりの御照会によって、鋭意その行方を調査したところが、はからずも彼女が江東で母子寮を経営していることがわかった。この母子寮というのは全部彼女の出資で、彼女は貧しい母や子供たちを集め、非常に奉仕的な仕事をしており、付近の人たちからも聖母のように敬愛されている。彼女はキリスト教に帰依し、順平の失踪《しっそう》後いまにいたるも独身である。ただここに一寸《ちょっと》不思議に思われるのは、彼女の経営している母子寮の財源だが、それについて彼女はある篤志の方の寄付によるとのみ、多く語るを好まない。ただわかっていることは、その寄付ははじめアメリカのほうから来ていたが、十年ほどまえから阪神地方より来ているらしい。なお、御地においてどのような事件が発生したのか知らないが、該女史が有力な証人となるらしいから、特に女史に請うて御地へ出向いて貰《もら》うことにした。云々《うんぬん》……。

浅原さんが総社の警察へかえって来たときには、ちょうどこの時子が到着して、これからいよいよ、あの不思議な男に突合わせようというところであった。

浅原さんはそのまえに署長にあうと、調査の顚末を手短かに、しかし要領よく報告すると、署長は終始くらい顔をして聞いていたが、調査の結果についてはひとことも批評がましいことはいわなかった。ただ最後に重苦しい口調でこんな事をきいただけであった。

「それで君は、そういう調査がなんのために行われているか、誰にも話しはしなかったろうね」

「いいえ、誰にも話しません」

するとと署長は更に念を押し、

「警察の調査の手が働いているというようなことを誰も気付きはしなかったろうか」

「そんなことはないと思います。私はかなり要領よくやったつもりですから」

署長はそこではじめて満足そうにうなずくと、つぎに待たせてあった井川時子女史を呼び入れたのであった。

「井川女史というのは年輩五十ぐらいの、半白の老婆で、質素な洋装をした婦人でしたが、その顔をみるとすぐに、神に奉仕している人間とはこんなものかとうなずけましたよ。いってみれば、体中の汚濁を洗い落とした、眼、肉体からも魂からも、一切の罪業をはらいきよめた人間の姿――そういう一種厳粛なまでに清浄なかんじのする婦人でした。井川女史はまだ自分がなんのためにここへ呼出されたか、はっきり知ってはいないようでした。しかし、何かしら重大事件の証人として、自分が必要らしいということは、うすうす感づいているようでした。その時署長はこんなふうに井川女史にいったのです。ちかごろ偶然のことから自分たちの手に落ちた人物が、ある非常に重大な事件の犯人であることを告白した。そのためにあなたの鑑定が是非必要であったので、遠いところをわざわざ来ていただいたわけである。しかしあらかじめ断っておくが、自分たちはその男の告白を全面的に信用しているわけではない」

浅原さんはそこまで語ると、じいっと眼を閉じた。私はたまりかねてこちらからこう切り出した。

「で……？　井川女史はその男を……？」

「井川女史ははじめちょっと不思議そうな顔をしてその男を視詰めていましたよ。すると署長は横からこういったのです。井川さん、あなたはこの男を御存知じゃありませんか、御存知でしたら正直にいって下さいと、その正直という言葉に、一種持前の力をこめて言ったのです。そこで又井川女史は改めてその男の顔を見直しましたが、するとみるみるうちに女史の顔からさぁーっと血の気がひいて……」

「そして、そして女史は言ったのですか。その男を知っていると……？」

「いいえ、女史は知らぬと言いましたよ。そしてそのあとであわてて十字を切りましたよ。妙ところが、その時、非常に不幸なことが起ったのです。あの不思議な男は依然として、妙に光沢をうしなった眼で、ぼんやり部屋へ入って来たのですが、その時床のうえに長く電話のコードがのびていたのに足をひっかけて、よろよろと前へのめる拍子に、デスクのうえに物凄《ものすご》く額をぶっつけたのです。あれがデスクの角だったら大怪我をしていたところでしょう。われわれは驚いて側へ駆け寄りましたが、幸い大したこともなかったと見えて、その男はすぐに起上ったのですが、その顔を見たとき、私は思わずはっとしました。いままで鈍く濁っていた眼に、急にいきいきとした光がよみがえって来たかと思うと、その男はいかにも不思議そうにきょろきょろあたりを見廻《みまわ》すんです。そしてこんなことをいうんですよ。ここはいったいどこだ。私はどうしてこんなところにいるのだと……。私は呼吸《いき》をのんでその男の顔を見守っていました。その男は不思議そうに署長を見、私を見、そして最後に井川女史に眼をやりました。と、突然、その男の眼がいまにもとび出しそうになったのです。小鼻をふるわせ、息を弾ませ、あっ、あなたは時……だが、その瞬間でしたよ。署長がいきなりその男に躍りかかり、肩をつかんで、それこそ立板に水を流すようにこんなことをしゃべりまくったのです。森井さん、森井さん、気がついたのですね。あなたは汽車から落ちてここ数日間正気じゃなかったんですよ。そしてその間ずいぶん変なことをいってわれわれを悩ませましたよ、はっはっは、御自分の年齢を二十六だなんて、はっはっは、あなたは一時的に精神錯乱におちいっていたのですね。われわれはあなたの話をまに受けて、わざわざ井川女史に東京から来てもらったんですが、女史はあなたを知らぬといっていますよ。見たこともない人だといってますよ。井川さん、そうでしたね。いや、御苦労さま、どうぞもうお引取りになって下さい。さあ、森井さん、あなたの鞄《かばん》も洋服も懐中物もちゃんと取り揃えてありますから、早くお家《うち》へおかえりなさったらいいでしょう。しかし今後、あまり変なことをいってひとをからかうもんじゃありませんよ。われわれ馬鹿な警察官は、すぐまに受けてとんだ人騒がせをしますからな。はっはっは……」

浅原さんは一気にそこまでしゃべると、それきりしいんと黙りこんでしまった。そして、何か甘美なものでも味わうように、その時の署長の言葉を、口の中で繰りかえしているらしかった。

この時の署長のはからいを、私はどういってよいか知らない。それはわれわれの批評の限界ではない。しかしそういう大岡裁きめいた結末にも拘《かかわ》らず、この話を聞いたとき、私は非常に恐ろしいものを感じずにはいられなかった。それは人間の「心」というものである。人間のこころの頼りなさ、はかなさ、ガラスのような脆《もろ》弱さ、それを思うと私はぞっとするような恐ろしさを感じずにはいられないのであった。

双生児は囁《ささや》く

発端　ハートのクイーン

太平洋戦争のはじまった翌年のことだから、昭和十七年の春のことである。

牛込山吹町の横町にある、菊月というおでん屋へ、ある晩妙な客がやって来た。

この菊月というのは、名前をきくと小綺麗《こぎれい》だが、見るときくとは大違いで、とてもお話にならないほど、きたならしいおでん屋である。お客もまた、それに相当した連中ばかり、職人だの仕事帰りだのといった種類の人たちばかりで、かりにもネクタイをしめるような客のあることはめったになかった。

ところが、その晩、菊月へやって来た客というのが、なんと女、しかも洋装のまだうらわかい娘だったから、これには亭主の亀三郎や、おかみのお菊が驚いて眼をまるくしたのも無理はない。

それは八時すぎのことだった。いつもなら一番客のたてこむ時間だが、その日は宵から降り出した雨が、いつか霙《みぞれ》になって、そういう天候のせいか、その時、菊月にはほかにひとりも客はなかった。亭主の亀三郎もおかみのお菊も、さっきから生欠伸《なまあくび》をかみころしながら、こんな晩にねばっていても仕方がない。電気が惜しいばかりだから、そろそろ暖簾《のれん》をひこうかと話しているところへ、はいって来たのがその女である。

「いらっしゃいまし。さあさ、どうぞこちらへ」

いつもの客のつもりで、おかみはなにげなくお愛想をふりまいたものの、入って来た客のすがたをよくよく見るに及んで、思わず眼をまるくして、亭主と顔を見合せた。

その女は見事な毛皮の外套《がいとう》にくるまり、見事な毛皮の襟巻をしていた。亀三郎やお菊にとっては、そういうすがたは雑誌の挿絵か、映画でみるくらいのもので、まるきり別の世界の人物のようにいままで考えていた。それがいま、ひょっこり店へ入って来たのだから、ふたりとも自分の眼を疑わずにはいられなかった。

お菊はすっかりどぎまぎして、

「あのう……どういう御用でございましょうか」

と、あわててさっきの挨拶《あいさつ》を取消すようなことをいった。きっと道でもききに入って来たのだろうと思ったのである。ところが意外にもその女は、

「いいえ」

と小声でいうと、お菊や亀三郎のすぐ鼻先へ来て腰を下ろしたから、二人はまた、顔を見合わせずにはいられなかった。するとやっぱりこの女は、おでんを食べに来たのであろうか。

「あのう……それと、それを下さいませんか」

女は鍋《なべ》のなかを覗《のぞ》きこみながら、手袋をはめた手で指さした。女の指さしたのはがんも

どきとふくろである。女はどうやら、そういう名前も知らぬらしい。ここでまた、亀三郎とお菊は三度顔を見合わせずにはいられなかった。すると女はやっぱり、おでんを食べに来たのである。

「はあ、あの、がんもどきとふくろでございますね」

どうも変なぐあいであった。

いつものがらがら連中を相手にするのとちがって、おかみの舌もこわばるらしい。第一、ございます言葉でがんもどきを売ったのは、これがはじめてであった。

女はおかみが皿に盛って出した、がんもどきとふくろを、食うでもなく、食わぬでもなく、箸《はし》のさきでつつきながら、黙ってうつむいている。その様子からみると、やはりおでんを食いに来たのではないらしい。しかし、おでんを食いに来たのでないとすると、いったい、どういう用事があるのだろう……亀三郎もお菊も何んとなく気味が悪くなって、言葉もなく、まじまじと女の様子をながめていた。

それにしても、いったいどういう女なのだろう。顔が見えればいいのだが……いや、ああして顔をかくしているのが第一怪しい……亀三郎とお菊が、それでいっそう無気味に感じたというのは、女は濃いヴェールをかぶっていて、殆《ほと》んど顔が見えないのである。しかし顔は見えなくても、声や身のこなしでだいたいわかる。年齢は二十前後だろう。

女は相変らずうつむいたまま、箸のさきを動かしている。がんもどきもふくろも、箸のさきでこなごなに砕かれたが、女はその一片も口へ運ぼうとはしなかった。亀三郎とお菊は無言のまま、箸のさきを眺めている。そしておりおり、気味悪そうに顔を見合わせた。白けた、ぎこちない沈黙――と、ふいに女は箸をおくと、ヴェールをかぶった顔をあげて、亭主の方へ向き直った。

「あの……そちら、ここのマスターですの」

「え？　へえへえ、あっしがここの亭主ですが……」

亀三郎がどぎまぎしながらこたえると、

「それではあの……彫亀さんというのはあなたでございますわね。刺青《いれずみ》なさるという……？」

亀三郎はぎょっとしたように、眼をみはって、女のヴェールを見直した。何から何まで不思議な女である。おでんを食いに来たのでないことは、はじめからわかっていた。何かほかに用事があるのだろうとは察していたが、それにしてもいまの質問はあまりにも予想外だった。

菊月の亭主の亀三郎は、彫物師が本職なのである。彫亀といえばその道では名人とまでいわれたものだが、いまは時勢が悪かった。刺青はきつい法度である。警察の取締りもきびしかった。しかし、それでも以前はちょくちょくと、物好きな兄哥《あにい》連の注文もあったが、事変がはじまり、それが太平洋戦争へと移行するにしたがって、そういう物好きもきっぱりなくなった。軍隊では刺青をやかましくいうから、いつなんどき兵隊にとられるかも知れない若い者は、たとい物好きを起しても、見合わせることになるのである。

彫亀もこれがよい機会だと思った。危い橋を渡るような彫物師稼業からこの機会にきれいさっぱり足を洗おうと思っていた。

そういう矢先きへ妙な女から、忘れかけていた稼業のことを切出されたのだから、驚いて眼をまるくしたのも無理はない。

「へえへえ、彫亀はあっしですが……」

女の意をはかりかねて、亀三郎が言葉尻《じり》をにごすと、女はそれを遮るように、

「そして、もう彫物はおやりになりませんの」と、いくらか早口で訊《たず》ねた。

「へえ、やろうたってやれませんや。何しろ警察の取りしまりがきびしゅうがすからな。それにちかごろじゃ、とんとそういう物好きもありませんし……」

「でも、警察には絶対にわからないで、そして、そういう物好きな人があったら、やっていただけるんでしょう」

亀三郎は驚いて、また、女のヴェールを見直した。

もしこの時、相手がふつうの男なら――つまり亀三郎の客になりそうな相手だったら、かえって、きっぱりと断ったかも知れない。ところが相手があまりにも、刺青などと縁のなさそうな人物だったので、亀三郎は俄《にわ》かに好奇心をそそられた。そこで女房のお菊が袖《そで》をひくのもかまわずに、

「へえ、それやア……こっちも稼業ですから、絶対に危くないことがわかっていれや、まんざらやらぬこともありませんがね」

と、つい、そういってしまったのである。

「ああ、そう、それじゃお願いしたいんですけれど……いいえ、あたしじゃありませんわ。ほかの人なんですけれど、ちょっと彫ってもらいたいものがあるんです。いいえ、極く小さい、簡単な刺青なんですの」

「なるほど、そしてそのひとは、いくつぐらいのひとですか」

「今年二十ですが……」

「二十……？　お嬢さん、それやいけませんや。二十といやアすぐ兵隊だ。検査のときに見つかってごらんなさい。とんだことになる」

するとと女はかすかに笑って、

「あら、そんな心配はありませんわ。だってそのひと、女なんですもの」

亀三郎はそこでまた眼をまるくした。

「なアるほど、女なら兵隊にとられる心配はねえ。ところで図柄はどういうのが御所望なんで」

「あら、それじゃ引受けて下さいますのね。いいえ、図柄はそのときになってお見せしますわ。こちらにお手本がありますから。極く小さい、簡単なものなんですのよ。でも……そのひと、自分でこちらへ出向くわけにはいきませんのよ。どうしてもこちらが出向いていただかなきゃならないんですけれど……その代り、お礼はうんといたしますわ。一寸角ぐらいの刺青で、五百円というのはいかがでしょうか」

その頃の五百円といえば大金だった。だが、その時は、彫亀が心をひかれたのは、金の問題よりも、なんとなく意味ありげなこの取引きに好奇心をそそられたからである。つまり、秘密というものの魅力がかれをひきつけたのである。そこでかれはしだいに深入りしていった。

「へえ、それや出向くことはなんでもありませんが、いったい、どちらへ……」

「いいえ、それもそのときになって申しますわ。では、ここに手附けとして二百円お渡しておきます。あとは刺青が出来たとき……ね、それでいいでしょう」

「へえ、それやア、手附けなんかいただかなくたっていいんですが、いったい、いつ……」

「明日の晩、お願いしたいと思うんですの。明晩かっきり八時に、江戸川の停留所のところまで、自動車で迎えに来ておりますから……決して御迷惑になるようなことはいたしませんから、是非お間違いのないように。……明晩、八時……わかって下さいましたわね。では、いずれその節……」

「ちょ、ちょ、ちょっとお嬢さん」

亀三郎はあわてて呼びとめたが、そのときすでに、女は格子の外へとび出していた。あとでは亀三郎と女房のお菊が、呆気《あっけ》にとられたような顔。

「おまえさん、あんなこと引受けていいのかい。あたしゃア何だか気味が悪いよ」

「おれだって何も、引受けるつもりはなかったんだが、話が妙だから、もっと手繰り出してやれて思ってるうちに、こんな破目になっちまったんだ」

「おまえさん、お止《よ》しよ。何だかふつうじゃないようよ。つまらない係り合いになっても馬鹿らしいじゃないか」

「それもそうだが、こうして手附けまでおいていったんだから」

「そんなもの、向うが勝手においていったんじゃないか。四の五のいってくれば、かえすまでのこと。ねえ、ほんとに止しておくれよ。あたしゃなんだか薄っ気味が悪いんだもの」

「ふん、まあ、そのときの事にしようよ」

亀三郎はお茶をにごしてその場はすんだが、翌晩になると、やっぱりかれは出掛けずにはいられなかった。

「篦棒《べらぼう》め、まさか煮て食おうの、焼いて食おうのとはいうめえ。乗りかかった舟だ。最後まで見届けなきゃ、肚《はら》の虫がおさまらねえ」

泣いてとめるお菊を叱りとばして、江戸川まで出て来ると、果して自動車が待っていて、ヴェールの女が窓から手招きしていた。その事について、亀三郎が後日人に語るのに、

「そのとき、車体番号でも見ておけばよかったんだ。しかしまさか、あんなことになろうたア思わなかったので、ついうっかりしていたんだが、いまになってみると、それが残念でたまらねえ。ええ、その自動車というのは、ハイヤーやなんかじゃなくて、たしかに自家用の立派なもンでしたよ」

亀三郎のいうあんなことというのはこうである。自動車にのると間もなく、女が目隠しをさせてくれといい出したのである。

「これにはあっしも驚きましたが、あまり尻ごみするのも意気地がねえような気がして、ええい、ままよ、こっちも江戸っ子だ。こうなりゃどうでも勝手にしやがれと、つい女のいうなりになっちまったんです」

こうして目隠しをされた亀三郎は、どこをどういうふうに走ったのか、まるで見当もつかなかったが、やがて半時間ほどのちに、漸《ようや》くお許しが出て目隠しをとったとこは、いままで見たこともないような立派な洋館だった。

「さあ、それじゃ早速やって頂戴《ちょうだい》。道具はもって来ているんでしょうねえ」

「へえ、道具はそろっておりますが、刺青をするというのは？」

亀三郎がそういうと、女はつかつかと部屋の隅にあるベッドのほうへいった。そのベッドにはピンク色の重たげなカーテンがかかっているので、女がそれをそっとめくってみせるまでは、亀三郎はそれがベッドだとは気がつかなかったくらいである。女はカーテンのあいだから、上半身をなかへ突込んで、しばらくもぞもぞしていたが、やがて亀三郎のほうをふりかえると、

「さあ、どうぞ」

と、いった。

見るとカーテンのわれ目から、白い、むっつりとした女の左腕がのぞいているのである。

「いたいのはいやだからって、眠り薬をのんで寝てますのよ。だから、薬のさめないうちに大急ぎでやって頂戴」

「へえ、承知しました。で、図柄は？」

「ちょっと待って頂戴《がいとう》」

女はそういうと外套をぬぎ、ドレスのホックを外して、肌ぬぎになりはじめたから、これには亀三郎も驚いた。

「ちょ、ちょ、ちょっと待って下さい。刺青《いれずみ》をするというのはお嬢さん、あんたですか。それともここに寝ているひとですか」

だが、女はそれにも委細かまわず、ドレスから左腕をぬき出すと、

「さあ、この通りに、一分一厘の狂いもなしに彫って頂戴」

と、さし出してみせた女の二の腕を見て、亀三郎はあっと舌をまいて驚いた。この女も刺青をしているのである。それは縦八分くらいの可愛いトランプのカードで、札はハートのクイーンであった。

「で、あっしゃア結局その通り、ほとんど一分一厘の狂いもなしに、ベッドの女の左の腕に刺青して来たんですが、それでいて、あっしゃ、刺青された女がどんな女か、また、刺青させた女がどういう女か、まるきり知っていねえんです。それというのがヴェールの女は、はじめからしまいまでとうとうヴェールをとらなかったし、ベッドの女はカーテンのわれ目から、腕だけ出してたってわけでしょう。あっしゃなんとかして、寝てる女の顔を

見てやろうと思ったんだが、ヴェールの女が油断なく見張ってるんだからどうにもならねえ。それでも一度、すきを見て、素速くカーテンの中をのぞいてみたことは見たんですが、女は顔にきれをかぶって寝ていました。よっぽど正体を看破されるのをおそれて用心していたんですね。さて、無事に刺青が終ると、また例の目隠しでさ。そして江戸川まで送りかえされて、あっしが降りたと思ったとたん、自動車の奴、テールライトを消して逃出してしまいやアがった。で、いまだにあっしゃ二人の女の二人とも、どこの何者とも知らねえんですが、考えてみるとどうも気味が悪くってね。何んだってふたりの女が同じような刺青をしたのか、寝てたほうは、ほんとうに自分から刺青をする気になっていたのか、ひょっとすると、ヴェールの女に眠り薬をのまされて、無理無体に刺青をされたんじゃあるまいか、そうだとすると、ヴェールの女は、何んのためにそんなことをやらかしたのか、何かしら、そこに恐ろしい悪企《わるだく》みがあるんじゃなかろうか、——と、そんなことを考えると、ときどきゾーッとするほど恐ろしくなることがあるんですよ」

以上が彫亀こと、清水亀三郎の思い出話である。亀三郎はその後、戦災で女房をうしない、いまでは中野にあるアパートに、ただひとり、親戚《しんせき》もなく、淋《さび》しく老いの身をかこっている。……

そして、物語は終戦後にうつるのである。

第一章　檻の中の男

終戦後のデパートは、売るべき品の不足から、どこでも建物全部を売場に使っているところはないが、平和デパートでもやはりそのとおりである。

ここの七階はいま、小さな演芸場と、喫茶室と、それからいろんな展覧会などをやるホールとになっていた。

終戦後二年目の夏そのホールではちょっと変った催しものがあって、それが人々の話題になっていた。

催しもの——と、いっては悪いかも知れない。貿易再開をひかえて、真珠の展覧会がひらかれているのである。しかし、それだけならば、特別にひとの注意をひくこともなかったろうが、そのやりかたが変っていて何んとなく、ひとの好奇心をひくように出来ていた。出品された真珠は全部、檻《おり》の中に陳列されているのである。

檻——まったく、それは檻というよりほかにいいようがないだろう。大きさは畳二十畳じきぐらいあるだろうか。四方も天井も、全部太い鉄の格子になっていた。そして、唯一つついている出入口には、いつも内あるいは外側から、厳重に錠がおりていた。この檻の中に男が一人いて、時々、真珠の説明をするのである。

これがひとびとの好奇心をあおった。新聞でも「檻の中の男」などと書立てるものだから、いっそう世間の注意をひいた。

ところで、何故、こんな大袈裟《おおげさ》なことをやったのかといえば、それはこうである。そこに出品されている真珠は、全部加納大吉という人のもちものなのだが、この人は極端に用心ぶかいひとであった。何しろちかごろのように物騒な時代には、いつ何時、どういうことが起ろうとも知れぬというので、どんな大胆な泥棒でも、手の下しようがないように、こういう奇抜な趣向を案出したのである。なるほど、こうしておけば、どんな大胆な強盗がどんな凶器をふるおうとも、真珠には指一本さすことは出来まい。

陳列された真珠はすべて、檻の外から手のとどかぬ位置にあった。それに四方見透しの檻のことだから、中でどういうことが起ろうとも、直ちに人眼につく筈《はず》である。なるほど、よくかんがえたものだというのが一般の定評だった。

「それにしても、檻の中の男こそいい面の皮じゃないか。動物園の虎やライオンじゃあるまいし、いい男が檻の中へ入ってさ。あんまりよい役廻《やくまわ》りじゃないぜ」

「そういえばそうだね。いったいあの加納大吉という男は、御木本《みきもと》とならび称せられるという真珠王だが、やる事が少しけちだね、あれだけの真珠を持っているんだ。少しゃ盗《と》られてもかまわないというふうに出られないものかね」

「あっはっはっは。馬鹿なことをいってらあ。ひとのもんだと思ってそんなことをいうが持主にしてみればそんなわけにゃいくもんか。それに加納があれほど大事をとるというのは、もうひとつわけがあるんだ」

「わけ？……、わけってなんだい」

「ほら、檻の中央にあるあの模型人形ね。あいつの首にかかっている頸飾《くびかざり》があるだろう、あれや加納自慢のしろもんで、あれだけ粒のそろった真珠の頸飾は、世界にもそう沢山はないそうだ。加納はあれを『人魚の涙』と名づけているんだそうだが、あの頸飾に対して、垂涎《すいぜん》おくあたわざる人物があるんだ」

「誰だい、それやア……」

「白井順平だ。ほら、戦後ぐんぐんのして来て、新興財閥なんていわれてる男さ。あいつがとてもあの頸飾にほれこんで、金は何万……何万て金はちかごろじゃ問題じゃないが、とにかく、いくら高くてもいいから譲ってくれといってるんだそうだ。おおかた二号か三号に、あの真珠に御執心の奴があるんだろう。ところが、どっこい加納のほうでは、これぱかりはいくら金を積まれても絶対に手放さぬ。長く家宝にするというわけで、なかなか首を縦にふらない。そうなると、白井のほうも意地ずくだ。よし売らぬというのなら買わぬ。その代りどんな非合法的手段を弄《ろう》してでも、きっとあの頸飾を手に入れてみせるといきまいてるそうだ」

「非合法的手段というのは、つまり盗むということかい」

「うん、まあ、そうだろうね。ところであの白井順平という男、あれは有名な横紙破りだからね。いったんこうと云い出したら、必ずやってみせるという男だから、さてこそ加納大吉も、戦々兢々《せんせんきようきよう》としているわけだ」

「ふうん、しかし白井も変だねえ。それやいったん云い出したことを貫くのはいいが、盗んだ品じゃ、可愛い女の頸にかけさせるわけにもいかんじゃないか」

「なに、それはもう問題じゃないんだ。問題はもうそこを通り越して、どっちも意地になっちまってるんだ。頸にかけるかけないではなく、どっちがあの頸飾を所有するか、意地くらべということになっているんだよ」

真珠の檻から少しはなれたところに喫茶室がある。その喫茶室の一隅で、わかい男が三、四人茶をのみながらそんな話に余念がなかった。この喫茶室に腰をおろしていると、真珠の檻が見える。「檻の中の男」の説明はいましも終ったところと見えて、見物がゾロゾロと檻の周囲から散っていった。と、そこへやって来たのは三人連れの男女であった。

一人は六十ぐらいのずんぐりとした男、胡麻塩《ごましお》頭の、一見田舎の村長さんみたいなかんじの男だが、下唇の厚く、大きく突出しているところが、いかにも因業そうなかんじであった。その男のあとにつづいているのは、二十七八の若者だが、これはまた、精巧な美術品のような、華奢《きやしや》なからだつきをした人物だった。色は抜けるほど白く、いや白いというよりも檻の中の真珠ときそうばかり、冷い、ひそやかな光沢をたたえている、鼻はそいだように高く、瞳《ひとみ》がさえざえとして、唇は紅をさしたように赤い。こう書くと、大変な好男子のようだが――そして、事実また好男子でもあるが、体があまり華奢なので、何んとなく、いまにもポキリといきそうな脆《もろ》さをかんじさせる。

さて、その青年と話しながらやって来たのは、二十五六のわかい女だったが、これは文字通り美人であった。背もすらりと高く、小麦色の肌に、純白のレースのドレスがすがすがしい。薄いヴェールを顔にこらしているが、そのヴェールの奥からのぞいている双の瞳が、星のように綺麗《きれい》にかがやいている。

三人は見物の散った檻のまえまで来ると立止まって、檻の中の男に声をかけた。すると、檻の中の男がすぐ入口にちかづいて来て、うやうやしく中から錠をひらいて扉をあけた。三人はすぐ檻の中へ入っていった。

「おい、見たかい。噂をすれば影だ。あれが加納大吉だぜ」

「ふん、おおかたそうだろうと思ったが、あの若い男はなんだい」

「あれが加納の一人息子龍吉さ」

「息子かい、あれが……親爺《おやじ》にちっとも似てないじゃないか。親爺はあのとおりの御面相だのに、息子はまた馬鹿に綺麗じゃないか。役者にだってあんなのはいないぜ」

「そう、綺麗なことは綺麗だね。ところがあれで少し足りないんだ」

「足りない？、頭《オツム》がかい、あれで……」

「なに、そうじゃないがね。何んてっていいか、つまり発育が遅れてるんだね。あの年になって発育がおくれてるってのも変だが、とにかく少し変わったところがあるんだよ。なんでも月足らずかなんかでうまれて、ガラスの箱の中で育てられたということだから、そういうところが影響してるんだろう。全然、生活力というものを持たない、まあ、一種の甘えん坊だね。年は二十八だが、いまだに子供さ。ところが親爺にしてみれば一粒種、しかも手がかかる子ほど可愛いというわけで、甘やかし放題に甘やかしてるンだからいよいよいけない。まるっきりねんねえみたいなものさ」

「ふうん、名士に二代なしか。ところであの女、あれや何者だい。なかなか別嬪《べっぴん》じゃないか」

「ふん、あの女か。実はあの女のことで、いまひと悶着《もんちゃく》起きてるんだがね。さすがの親爺も、あの女のことじゃ、だいぶ息子に対してお冠をまげてるてえ話だ。あれや三輪芳子といって、もとは親爺の会社のタイピストだったんだが、龍吉の奴が手をつけてしまったんだね。そんなことはいままでにも、たびたびあった事だから、はじめのうち、親爺も大して気にとめていなかったらしい。いずれまた、金で解決をつけるつもりだったんだろう。ところが今度ばかりは少し様子がちがっていて、龍吉も一時の出来心じゃないらしいんだ。どうしても芳子と結婚するって、きかないんだそうだ。そして、事実もう夫婦気取りで、女をうちへ引っぱりこんでいるんで、これには親爺も手をやいているらしい」

「だって、いいじゃないか。そんなこと……見たところ、綺麗でもあるし、息子がそんなに気に入っているのなら、夫婦にしてやったらいいじゃないか。加納だってもとは職工あがりかなんかなんだろう。女の素性をとやかくいった義理じゃあるめえ」

「ふん、それはそうだが、あそこまでのしてみると、やっぱりれっきとしたところから嫁を貰《もら》いたいんだろう。わが息子の欠点はわからないものだからねえ。それにもうひとつ、どうしても、あの女――、芳子という女が気にいらん理由もある」

「へえ、どんな理由だい」

「君、芳子という女の左腕を見なかったかい。見なかったのなら今度出て来るところを見てみたまえ。太い金の腕環《うでわ》をはめているから……」

「腕環？　腕環がどうかしたのかい」

「そうよ、その腕環の下がたいへんなんだ。あの女、そこに刺青《いれずみ》をしてるんだそうだよ。何んでもハートのクイーン、つまりトランプのカードだね。そういう刺青があるんだそうだ」

「刺青――あの女が？――」

聴きては頓狂《とんきよう》な声をあげたが、そのときもうふたりこの話に、さっと緊張した人物があった。

この喫茶室の他の一隅に、腰をおろして、さっきからきくともなしにこの話をきいていた二人の男。年齢はともに二十五六である。二人ともタキシードを着て、一人は色が浅黒く、一人は色白だが、眼鼻立ちがおそろしくよく似ている。双生児なのである。双生児のタップダンサーで、いま、この七階の演芸場に出演している。名前は星野夏彦に星野冬彦、夏彦は白くて、冬彦は黒いのである。

「夏ちゃん、いまのをきいたかい」

冬彦はテーブルから身を乗出すと、そっと夏彦に囁《ささや》いた。

「冬ちゃん、きいたよ。ハートのクイーンの刺青といったね」

夏彦もテーブルから身を乗出して、そっと冬彦に囁いた。

「そうそう、ハートのクイーンといえば、彫亀さんの話と同じだぜ。ひょっとすると……」

「叱《し》っ、黙っていたまえ。まだ、何かいってるぜ」

ふたりが利き耳を立てていると、向うではまだその話がつづいていた。

「……でね、芳子のいうのに、自分では全然知らぬ間に、そんな刺青をされちまったと、こういうんだ。知らぬ間に刺青をされるというのも変な話だが、何んでも彼女の話によるとこうだそうだ。いまから五年か六年まえのことだがね、当時彼女はまだどこかの学校へいってたそうだ。学校って夜学だがね。そこでタイプを習っていたんだね。ところがある晩、母親が急病だから、すぐこの自動車でかえれといって学校へ自動車の迎えが来たんだそうだ。当時、彼女は母一人娘一人で住んでいたんだね。そこで芳子は驚いて学校のまえのくらがりにとまっている自動車にとびこんだところが、驚いたことに中にはヴェールをかぶった女が乗っていた。はっと思った芳子は、車を間違えたんだろうと思って、あわてて外へ出ようとした。するといきなりヴェールの女が猿臂《えんぴ》をのばして、彼女のからだを抱きすくめると、ハンケチかなんかを鼻にあてがったそうだ。すると芳子はそのまま気が遠くなって……それからあとのことは憶《おぼ》えていない。今度気がつくと、家のちかくの路上に寝かされていたが、そのとき、左の腕がチクチクするので、家へかえって調べてみると、そんな刺青をされていた……と、それが芳子の話だそうだ」

「へへえ、それじゃ、君、まるで探偵小説じゃないか」

「そうさ。だから加納の親爺が信用しやあしないさ。女だてらに刺青のある花嫁なんてまっぴら御めん、というわけで、さてこそ、これぱかりは、いかに息子が頼んでも、うんと首を縦にふらないんだそうだ」

「ふうん、それやアご無理もないねえ。あの女がねえ、刺青をねえ」

「あっ、出て来た、出て来た、君、あの腕環をよく見たまえ」

若者たちが騒いでいるとき、

「冬ちゃん、いこう」

「うん、夏ちゃん、いこう」

あわてて勘定をすませて、喫茶室からとび出したのは双生児の夏彦と冬彦である。ちょうどそのとき加納父子と三輪芳子の三人が檻《おり》の中から出て来るところだった。

夏彦と冬彦とは、ポケットに両手をつっこんで、口笛でも吹きそうな恰好《かっこう》で、ぶらぶら三人のほうへ近づいていく。

加納大吉と息子の龍吉は、何か小声で争いながら、二人の側を通りすぎていく。少しはなれてそのうしろから、三輪芳子がなにか悲しげなかおをして、うなだれがちについて来る。

双生児の夏彦と冬彦とは、芳子のまえまで来ると急にからだを左右にひらいた。いきおい芳子は、ふたりのあいだを通らなければならなくなった。

そのときである。夏彦がだしぬけにこんなことを囁いた。

「そうそう、冬ちゃん、彫物師ではなんたって、彫亀さんが一番だよ」

「そうとも、そうとも、夏ちゃん、ぼくもそう思ってる。彫亀さんは刺青にかけちゃ、天下の名人だからね」

冬彦も囁くように相槌《あいづち》をうった。芳子ははっとしたように足をゆるめた。そして、にらむような眼をして、ちらとふたりの顔を仰いだが、そのまま、足早にいきすぎていった。

双生児の夏彦と冬彦とは、うしろすがたが見えなくなるまで見送っていたが、やがてにんまり顔を見合せると、

「どうだい冬ちゃん、反応ありというべきだろうか、なしというべきだろうかねえ」

「さあ、ぼくにもよくわからないねえ、夏ちゃん、これやアどうしてもアパートへかえったら、彫亀さんに話をする必要があるね」

「そして、あのひとに首実検をして貰おうか。しかし、残念なことに彫亀さんも顔は知らないんだからね」

「うん、刺青が見られると文句はないんだが……」

「そうだよ、それについて冬ちゃん、ぼくはこう考えるのだがね」

夏彦が何やら囁くと、

「なあるほど、そいつは面白い。それじゃ一つ、やってみるかな。あの女はほとんど毎日、ここへやって来るからねえ」

「よし、やろう、やっつけよう。彫亀さんもこれで納得がいくよ、今後安心しておられるからねえ」

「そうそう、枕を高くして寝られる。うふふ、何だか、これ、面白くなって来そうだねえ」

甚だ妙な双生児である。双生児の夏彦と冬彦は、そこで顔を見合せると、いたずらっぽく笑ったが、いずくんぞ知らん、かれらのこのいたずら心より、思わぬ大事件にまきこまれる破目になろうとは。――神ならぬこの双生児、知るよしもなかったのである。

第二章　人魚の涙

さて、ここで一応問題の檻について語っておこう。

まえにもいったとおり、檻のひろさは畳じきにして二十畳ぐらい。四方も天井も太い真鍮《しんちゅう》の格子になっているから、光線のかげんで、どうかすると燦然《さんぜん》とかがやきわたることがある、とんと巨人の国の黄金の鳥籠《とりかご》である。

平和デパートの七階へあがってくるひとびとは、誰でもまず、この巨大な黄金の鳥籠に眼をうばわれるのだが、やがて格子のそばへちかづき、檻のなかを見るに及んで、しばらく茫然《ぼうぜん》としてわれを忘れ、やがて世にもはかなげな溜息《ためいき》をつかずにはいられぬという。

まったくそれは、豪華だの絢爛《けんらん》だのという文字を、いくら書きつらねてみたところで、とてもうまく表現出来ないであろうほどの、世にも妖《あや》しい夢幻境であった。

檻のなかには大きな大理石の皿がある。檻の内部のほとんどをしめるくらいの、大きな、美しい、大理石の皿である。皿のなかは神秘な海だ。海のなかには突兀《とっこつ》たる岩がそびえている。岩をかむ波は、砕けて、飛んで、霰《あられ》となって散乱している。岩にはひとすじの銀の滝。滝のふもとは、波がはげしく渦をまいて、滝のなかから上半身をのぞかせているのは髪ふりかざした裸身の女。女は人魚なのである。上半身から少しはなれたところに、たくましい尾が水面をうって、ぴんと空に跳ねかえっている。さて、人魚は高く片手をさしあげているが、その指にからませているのが、首にかけた頸飾《くびかざり》。人魚はいかにもほこらしげに微笑している。岩のうえには円い月。

それが檻のなかに描き出された夢なのである。もちろん、ただそれだけのことならば、さほど珍しいことでも、駭《おどろ》くべきことでもなかったであろう。その昔、浅草の花屋敷へいけば、これより奇抜な活人形《いきにんぎょう》を、いくらでも見ることが出来たものである。

それにも拘《かか》わらず、ひとびとが、この檻のまえに立つと、しばし恍惚《こうこつ》としてわれを忘れ、やがて世にもはかなげな溜息を吐かずにはいられないというのは、そこに用いられている材料のためである。

そこには真珠王加納大吉の真珠が、惜しみなく、ふんだんに用いられている。いや、用いられているというような言葉ではなまぬるい。その夢幻境全体が、真珠によって描かれているといったほうがあたっている。

檻のなかの巨大な皿、その皿にもりあがっている海というのは、これことごとく真珠であった。いったい、どのくらいの厚さに敷きつめてあるのか知らないが、たといそれがひとならびにしたところで、二十畳の檻いっぱいの皿である。それを埋めつくした真珠の数は夥《おびただ》しいものといわねばなるまい。岩にかかったひとすじの滝、砕ける波、飛散る飛沫《しぶき》、さらに人魚の鱗《うろこ》から、振りみだした緑の黒髪をつづる水玉にいたるまで、ことごとく真珠ならざるはない。試みに思え。これらの真珠が照明の関係で、あるいは青く、あるいは紫にかがやきわたる光景を。――見るひとがことごとく魂をうばわれ、やがて世にもはかなげに溜息をついたというのも、まことに無理のない話である。

だが、新聞の報道するところによると、それらの夥しい真珠の海も、人魚が首にかけ、誇らしげに指にからませているあの一聯《いちれん》の頸飾と比較するとき、ものの数ではないということである。その頸飾こそは、世界に二つとない上質の粒揃いで、この一聯だけでも、ゆうに王侯の富と比較することが出来るという。名づけて人魚の涙。そしてこの頸飾こそ、戦後の新興財閥といわれる白井順平が、垂涎《すいぜん》おくあたわざるもので、いかなる非合法的手段によっても、きっと手に入れてみせると、宣言しているところのものである。

さて、檻のなかには、いつも一人番人がいる。番人の名は諏訪《すわ》三蔵といって、真珠王加納大吉腹心の部下である。年齢は三十前後、痩《や》せぎすの、色の浅黒い男で、いつも黒っぽいセミドレスを、身だしなみよく、きちんと着ている。

この諏訪三蔵は真珠の檻の番人であるのみならず、また、教説者でもある。日に数回、見物の集まったところを見はからって、輸出真珠についての教説を試みるのである。

さて、前章に述べたようなことがあったその翌日の、時刻はちょうどお午《ひる》過ぎ。

平和デパートのこの部分は、その時刻において一番閑散となる。檻の番人諏訪三蔵も、さっき第何回目かの教説をおわってどこかへ出ていった。多分中食でもしたためにいったのだろう、檻の中にはいま誰もいないが、ドアには厳重な錠がおりているので、盗難の心配はない。このドアの鍵《かぎ》は、諏訪三蔵が一つ、加納大吉が一つそれぞれ持っているきりである。それにいかに閑散とはいえ、すぐまえに喫茶室があり、絶えず誰かの眼がそそがれているから、檻を破って入るなどということは思いもよらぬ。

さて、そのとき喫茶室には数名の男女が茶を飲んでいたが、ここにこの物語に関係のある人物だけを拾いあげていくことにしよう。まず、向うの隅にいるふたりだが、これはいうまでもなく、双生児のタップダンサー星野夏彦と冬彦である。きょうは揃いの派手なチェックの洋服に、小意気なネクタイをしめている。ふたりとも悠然として、コーヒー茶碗《ぢゃわん》をかきまわしながら、おりおりテーブル越しに、何やらヒソヒソ囁《ささや》いている。何かしら楽しみなことがあるらしい。かれらの腰をおろしているところから見ると、真珠の檻が真正面に見える。この檻の左右から、巾《はば》のひろい布が、斜に高く、向うの壁まで張りわたしてあって、布のうえには映画のタイトルみたいな気取った文字で、真珠の宣伝文句が書いてある。

さて、双生児の夏彦と冬彦から、少しはなれたテーブルに和服の男がひとり坐《すわ》っている。

硬そうな髪を短く苅《か》った男で筒袖《つつそで》の浴衣《ゆかた》がかなりくたびれている。角帯に白足袋《たび》、どちらもかなりお寒い代物だが、それでもどっか疳性《かんしよう》らしく、きりっとしたところもみえる。色の浅黒い小柄な男。——刺青《いれずみ》師の清水亀三郎である。ところが、この亀三郎から少しはなれたところに、もうひとり、妙に眼付きの鋭い男が座をしめている。年齢は亀三郎と同じくらいの初老の男だが、何んとなくうさん臭い風態《ふうてい》である。軍隊からの払いさげらしい洋服をいかにも暑苦しそうに着て、無精たらしく煙草をななめにくわえたまま、さっきからぼんやりと新聞を見ている。しかし見るひとがあって、この男の様子に注意していたら、かれの眼が、決して新聞を読んでいるのでないことに気が附いたろう。ときおりかれはそっと眼をあげ、探るように亀三郎を見る、すると亀三郎はまた、物問いたげな面持ちで、双生児の夏彦と冬彦を見る。双生児は相変らず、面白そうに囁いているが、亀三郎がふりかえるたびに、軽く首を横へふる。そして、おりおり壁にかかった柱時計をふり仰ぐ。

双生児の夏彦と冬彦と、そして刺青師の亀三郎と妙に眼付きの鋭い男と。——この四人のあいだには何かしら連絡があるらしい。しかもかれらはその連絡を、誰にも気附かれないように、めいめいさりげなくふるまっているのである。

かっきり十二時半。柱時計がボーンとひとつ、眠そうな音を立てたときである。中食にいっていた諏訪三蔵がかえって来たが、みるとかれにはつれがある。真っ白なレースのワンピースに、薄い紗《しや》のヴェールをかけた女だ。その女の、むき出しになった左の腕に、大きな腕環《うでわ》がはまっているのを見ると、亀三郎は思わずどきりと眼をとがらせた。双生児の夏彦と冬彦が、意味ありげに咳《せき》をしたのもそのときである。眼付きの鋭い男はそれをきくと、新聞をたたんでポケットにねじこんだ。それからスーッと席を立った。亀三郎も少しおくれて席を立つ。双生児の夏彦と冬彦だけは、相変らずそしらぬ顔で、なにか楽しげに囁きあっている。夏彦は白くて、冬彦は黒い。……さて、こちらは檻《おり》の番人諏訪三蔵とつれの女である。

「……でね、どうしてもそれを持って来てくれって、そう社長さんがおっしゃるのよ。それであたしがこうしてお使いにあがったんですけれど……」

「妙ですね。今朝お眼にかかったとき、社長、少しもそんなことといってなかったですがね。……まあ、お入りなさい」

諏訪は鍵を出してドアをひらくと、檻のなかへ入っていった。女もそのあとにつづいて入りながら、

「だから、急に思い立たれたんでしょうね。なんだかとても心配そうな御様子でしたから、ひょっとすると……」

「ひょっとすると……？」

「例のほうのことね。ほら、白井順平というひと……あのひとのことについて、何かきいて来られたんじゃないでしょうか」

「白井……？　白井順平に何が出来るもんですか。こうしていつも厳重な錠はおろしてあるし、それに衆人環視の檻のなかだもの、指一本指させるわけはありませんよ」

「ええ、それはそうですわ。あたしも、だから、そう申上げたのです。あのままにしておくほうが、却《かえ》って安全じゃないでしょうかって。……ところが社長さん、どうしてもおき入れにならないんですのよ。何んだかよっぽど心配なことがあるらしかったわ」

「大将、どうも神経質になり過ぎているんだ。白井のこけおどしを真に受けすぎる。僕ならあんなこと、問題にしないんだがね」

「ええ、でも、考えてみると社長さんが神経質になるのも無理はないわ。相手はなにしろあのとおり、無鉄砲な男だし……どっちにしてもあたしはただの使いだから、あれを貰《もら》ってかえればいいのよ。諏訪さん、ちょっととって頂戴《ちょうだい》な」

諏訪三蔵は大理石の縁に片脚をついて、不安そうに人魚の頸飾を見守っている。

「どうも変だな」

「あら、変てなんのこと……？　諏訪さん、あなたひょっとすると、あたしの言葉を疑ってらっしゃるんじゃない？　まあ、ひどいわ、ひどいわ。そんなにあたしが信用出来ないのならば、電話をかけてごらんになるがいいわ」

「いや、そ、そ、そういうわけじゃありませんが、そんなことをして、かえって白井の奴に乗じられやしないかと、それが心配なんです。三輪さん、あんた大丈夫ですか。こんな貴重なものを持って、ただひとりで……？」

「大丈夫ですわ。ここから事務所まですぐですもの。それに社長さんが自動車を貸して下すったから……」

「ああ、そう、社長の自動車で来たのですか」

諏訪はそれでやっと、疑いが晴れたかおいろだった。社長と三輪芳子の関係をよく知っている諏訪は、こんな大事な使いに彼女をよこしたことについて、かすかな疑念をかんじていたのだが、自動車まで貸してよこしたとすれば、社長にも何かかんがえるところがあるのだろう――諏訪はそう思い直したのである。

「そう、じゃ、ちょっと待って下さい。いまとってあげますから」

諏訪は大理石の縁をまわって、こさえものの岩の向うへまわっていく。そのうしろ姿を見送った女の瞳《ひとみ》が、そのとき妙に妖《あや》しくひかって、唇のはしにかすかな笑いがうかんだが、女はすぐにそれを揉《も》み消すと、急ぎあしで、これまた岩の向うへまわっていった。

檻のまえには刺青師の亀三郎と、眼付きの鋭い男とふたり、少しはなれたところに立って、さりげなく中をのぞいている。檻の周囲にはこのときばったり人足がとぎれて、そこにいるのはこのふたりきりだった。向うの喫茶室では、相変らず双生児の夏彦と冬彦が、楽しげに囁きあいながら、しかし、その眼は油断なく、檻の方を見張っているのである。

やがて岩のかげから諏訪のすがたが現れた。靴をぬいで靴下はだし、おっかなびっくりという恰好《かっこう》で、真珠の海をわたって来ると、人魚の首にかかっている頸飾《くびかざり》をとり外した。

「三輪さん、あなた何かこれを入れるものをお持ちですか」

「ええ、あたし、ハンドバッグを持っていますから」

岩の向うから声だけきこえた。

五彩に輝やく頸飾を、諏訪はくるくると手の中にまるめると、また、真珠の海をわたっていく。檻の外では眼付きの鋭い男の眼が、そのとき、ひときわ鋭くかがやいた。刺青師の亀三郎は、なんとなく不安そうに、その男の横顔を見守っている。

「そう、では、たしかにお預かりいたしましたから。……あたし、急いでいますから、これで失礼いたします」

諏訪がそれに対して、何んと答えたのか、声はこちらまできこえなかった。

やがて女が足早に、岩のかげから現れた。大理石の像をまわってこちらへ近附いて来る。そのとたん、眼付きの鋭い男の眼が、すばやくあたりを見廻《みまわ》した。亀三郎は緊張のためか、すっかり蒼褪《あおざ》めて、しきりに乾いた唇をなめている。

ドアには錠がおりていなかった。女はそれをなかからひらいて、そそくさと外へ出て来たが、そのときなのである。ドアのすぐ外に立っていた、眼付きの鋭い男が、スーッと女のほうへからだを寄せたので、一瞬ふたりのからだがからんだようにもつれあった。

「あら、何をなさるの……」

女の鋭い叫びごえ。——と、同時にからんと音を立てて、床のうえにころがったのは、太い黄金の腕環である。腕環はコロコロ腕廻しのようにまわりながら、喫茶室のほうへころがって来る。双生児の夏彦と冬彦が、つと席から立上った。

一瞬、それは活人画だった。

女は本能的に、ハンドバッグをぶら下げた手で、腕環のあとをおさえると、大きく見ひらいた眼で、腕環のあとを追うている。頬からさっと血の気がひいて、憤りと羞恥《しゅうち》に、全身が黒い炎のようにゆれている。刺青師の亀三郎は、片手で格子をつかんだまま、及び腰になって、女の左腕を見詰めている。一瞬の印象だったが、たしかにそこには小さなトランプのカードが……ハートのクイーンがくっきりと……

眼付きの鋭い男は、素早く女からはなれると、二三歩いったところでジロリとあとをふりかえったが、すぐまた踵《きびす》をかえして、階段のほうへ飛ぶように走っていく。

双生児の夏彦が足下へころがって来た腕環をつと拾いあげた。

「もしもし、お嬢さん、これ、あなたンじゃありませんか」

腕環を持ったまま、二三歩女のほうへ寄る。女はきっと唇をかんだ。

「有難う」

無愛想な声でいうと、ひったくるように腕環を受取って、ハンドバッグをひらいたが、そのとたん、女は弾《はじ》かれたように一歩うしろへたじろいだ。

「あっ、頸飾が……」

だが、すぐ気がついたように手袋の甲で口をおさえると、階段のほうへまっしぐらに。

……亀三郎はそれを見ると、脱兎《だっと》のごとく追うていく。

あとには双生児の夏彦と冬彦が、にやりと顔を見合せている。

「夏ちゃん、どうやらうまくいったね」

「うっふふふ、腕環を外されたときの女の顔ったらなかったね」

「ところで、どうだろう、あれ、亀さんに刺青《いれずみ》されたほうだろうか、それとも亀さんを誘《ゆう》拐《かい》して、自分と同じ刺青を、別の女にさせたほうだろうか」

「さあ——ね。そのことはいずれ、亀さんにきけばわかるだろう。亀さん、何んだか自分の彫った刺青に、印をつけておいたということだからね」

「とにかく、これ、妙な事件だよ。ところで夏ちゃん、君、気がつかなかった？　さっきハンドバッグをひらいたときね、あの女、何んだかとてもびっくりしていたじゃないか。それに、あっ、頸飾が……と、いうようなこと口走ったんじゃない？」

突然、夏彦がぎくっとしたように眼をすぼめた。

「冬ちゃん、冬ちゃん、ひょっとすると……」

「ひょっとすると……？」

「あの掏摸《すり》め、いきがけの駄賃とばかりに人魚の涙を……」

「夏ちゃん、これはたいへんなことになった」

「冬ちゃん、これは大変なことになった」

ふたりが茫然《ぼうぜん》として顔を見合せているところへ、やって来たのは加納大吉と息子の龍吉である。龍吉は相変らず、親爺《おやじ》の腕にぶら下るようにして、何やらしきりに甘えている。

大吉は檻のドアがひらいているのを見ると、びっくりしたようにそばへ駆寄った。

「諏訪！　諏訪！　どうしたんだ。ドアをあけっぱなしにしたまま……」

夏彦と冬彦とはまた顔を見合せた。ふたりとも、さっきの一幕劇に気をとられていたので、檻《おり》の番人のことは、すっかり失念していたのである。そういえば、ああいう騒ぎがあったにも拘《かかわ》らず、諏訪は岩のかげから出て来ない。

大吉は息子の龍吉を檻の中へひっぱりこむと、中から厳重に錠を下ろした。

「諏訪！　諏訪！　どこにいるんだ。何をしているんだ」

大吉の声はしだいにいら立って来る。しかし、岩のかげからはなんの返事もない。

夏彦と冬彦は、ふっと怪しい胸騒ぎをかんじた。小走りに格子の外をまわっていくと、例の宣伝幕の下をくぐって、檻の背後へ突進した。檻の中では加納親子が、これまた不安をかんじたらしく、急ぎあしに岩の背後へまわっていく。そして殆《ほと》んど同時に四人の男は、

「あっ！」

と、叫んで、檻の内外で立ちすくんだのである。

諏訪三蔵は檻の床に、うつぶせになって倒れていた。その背中には、メスのような細身の短剣がぐさっとささって、山鳥の尾のように、銀色の柄をふるわせている。

諏訪三蔵は刺殺されているのである。だが、いつ……？　誰に……？

第三章　廃屋の女

何しろこれが白昼の、しかも、人眼の多い百貨店での出来事だから、わっとばかりに世間が震撼《しんかん》したのも無理はないがしかし、ここでひとまずこの事件はお預けとしておいて、

刺青師亀三郎のその後の行動から述べていくことにしよう。

亀三郎がデパートの横の入口から飛出したとき、ヴェールの女は、表に待っていた自動車に飛乗るところであった。彼女がさっき諏訪三蔵にむかって、自動車を待たせてあるといったのは嘘ではなかった。しかし、その自動車は加納大吉の自動車ではなかったのである。

自動車の運転台には、四十がらみの、小ぶとりにふとったあから顔の男が乗っている。派手なスコッチの洋服に、鳥打ちを目深にかぶって、ハンドルを握った指には、太い金の指輪が悪どく光っている。彫りの小さい、目鼻立ちのくっきりとした、いかにも精悍《せいかん》そうな男だが、同時にまた、植民地的な匂いも多分に持った男である。これがいま、新興財閥といわれる白井商事の主、白井順平である。

女が助手台に乗りこむと、白井はすぐにスターターを入れた。ところで、刺青師の亀三郎だが、あらかじめこういう場合を予期していたと見えて、近所の自転車預かり所へ、自転車をあずけてあったらしい。幸い、あたりの雑踏で、自動車のスピードはそれほど早くはない。亀三郎はゆっくり自転車に乗ってつけはじめた。

さて、こちらは自動車のなかである。

「どうした。うまくいったかね」

白井は男性的な、よいバスの声を持っている。どっかひとを圧倒するような声である。

女はかすかに首をふると、ぎゅっと唇をねじまげた。

「駄目、まんまとしてやられちゃった」

投げ出すような調子である。

「駄目？」

男はギロリと眼を光らせると、

「諏訪のやつが渡さないのかね」

「いいえ、そこはうまくいったのよ。諏訪のやつ、はじめちょっと渋っていたんですけど、それでもとうとう渡したわ。ところが、檻を出て来たところで……」

「檻を出て来たところで……？」

「変なやつがあたしにぶつかって来たのよ。あたし、そのことについて、どうもわからないことがあるのよ。あれ、ただの掏摸とは思えない。何か、ほかの意味があって、あたしを狙っていたにちがいないわ」

女はそこでまた、ぎゅっと唇をかむと、考えぶかい眼をして、じっと前方を見詰めていたが、やがて、どうしたものかぶるぶるとはげしく身ぶるいをした。

「掏摸……？」

と、白井は横眼で女の顔を見詰めながら、

「それじゃ、掏摸にやられたのかい」

「ええ、そう、ちょっと妙なことがあって、あたしがそれに気をとられているあいだに、まんまとハンドバッグの中から抜かれたらしいの。鷹《たか》に油揚《あぶらげ》をさらわれたって、まったくこの事ね。あたしそれと気附いたけれど、まさか掏摸だ掏摸だと騒ぐわけにもいかないでしょう。こっちだって、脛《すね》に傷持つ身なんですものね」

女は咽喉《のど》の奥で、捨鉢なわらいをあげる。白井の顔が急にけわしくなった。

「おい、それ、ほんとうな事だろうね。まさか君、いまになっておれを裏切るんじゃあるまいね」

「あなたを裏切るって、あなたを裏切ってどうしようての。あたし、あなたにあの頸飾《くびかざり》をぬすんでみせると約束したわね。そして頸飾とひきかえに、十万円いただく筈《はず》だったわね。なんのためにあなたを裏切って、目のさきにぶら下っている十万円をふいにする必要があるの。馬鹿なこといわないでよ」

女はハンドバッグをひらいてみせた。そのついでに煙草を出してくわえると、カチッとライターを鳴らして火をつける。すっかりふてくされた様子である。

「ふむ、すると、ほんとに掏摸にやられたというんだね。しかし、三輪君」

と、白井が語気を強めたところを見ると、この女はやっぱり龍吉の愛人、三輪芳子なのだろうか。

「それじゃ困るじゃないか。ああして加納のやつの手にあるあいだは、いつか何んとかして手に入れてみせるという希望があった。それをどこの誰とも知れぬ掏摸にしてやられたとすると、このさき再び手に入れる希望はなくなった。いったい、これをどうしてくれるんだ」

「どうしてくれるって仕方ないじゃありませんか。あたしだって何もわざと掏《す》られたわけじゃなし、みすみす十万円取りにがした、あたしの身にもなって頂戴《ちょうだい》よ」

「金の問題じゃない」

白井が突然、鋭い声でさえぎった。

「三輪君、おれを誤解しないでくれ。おれが今度のことに熱中してるのは、決して慾得《よくとく》ずくじゃないんだ。おれには妙な道楽があってね、一度言い出したことは、どうしても押通さずにはおかないんだ。加納の奴が素直に頸飾を譲っていれば、おれだってこうも夢中になりゃしない。ところがあいつがあまりに渋るものだから、こちらもすっかり意怙地《いこじ》になってしまった。頸飾そのものは、おれにとっちゃもう問題じゃない。人魚の涙なんて馬にくわれてしまやアがれだ。だが……だが、……男の意地として、どうしても一度はきっと手に入れてみせずにゃおかないんだ」

妙な執念だった。この男にはどこか偏執狂的なところがあって、物に熱中しはじめると、前後の見境いも分別も、すっかりなくなってしまうらしいのである。

「ところで、三輪君、その掏摸だが、そいつどういう男だかわからないのか」

「そいつの居所がわかったら、どうなさるおつもりなの？」

「むろん、買いとるつもりだ」

「そんな場合、このあたしはどうなって？」

白井はちょっと小首をかしげていたが、

「よし、君がその掏摸《すり》を見付け出して、おれのところへ連れて来たら、約束だけの金は出そう。しかし、君にはそいつを探し出せる自信があるのかね」

「ないこともないの。ちょっとうしろをごらんなさい」

「なに？」

「デパートを出たときから、あたしたちのあとをつけて来る自転車があるのよ。あたしその自転車の主を知ってるの。たしかにさっき、あたしが掏摸にやられたとき、そばにいあわせた男なの。ああ、駄目、自動車をとめちゃ……このまま、ゆっくり走らせて……なるべくあいつの尾行し易いようにね」

「ふうん、そしてあいつ掏摸の仲間なのかい」

「どうだかわからない。しかし、たしかに何かあたしに用事のある男なのよ。ひょっとするとあいつが掏摸を使って、あたしの……」

女はそこではたと口をつぐんだ。白井は不思議そうに女の横顔を見詰めながら、

「君の……？」

「いいえ、何んでもないの。それは今度のことに関係ないこと。でも、とにかく一応あいつを叩《たた》いてみる必要がある。いいえ、駄目、自動車をとめちゃいけないわ。あなたが乗出したらぶっこわしよ。すぐ逃出してしまう。たといつかまえても、ほんとうのことをいやあしないわ」

「じゃ……どうすればいいのだ」

「ちょっと待って。あたしに考えさせて……」

女はきっと唇をかんで考えこんだ。

白井は不思議そうにその横顔を見詰めながら、妙な女だと考える。

この女のことをよく知らないのである。一週間ほどまえ、突然事務所へやって来て、人魚の涙が御執心ならば、自分の力で手に入れてみせると切出したのである。白井もそのときは、正直なところ、かなり驚いた。かれも二三度この女が、加納の息子といっしょにいるところを見たことがある。また、大吉がこの女を息子の嫁にすることに、真正面から反対しているということも、うすうす噂で知っていた。だからきっと、それに対する面当てから、自分のほうへ寝返りを打つのだろうと考えたのである。

「決してあなたに御迷惑のかかるような真似は致しません。その代り、首尾よくあたしが頸飾を持って来たら、器用に十万円出して下さい」

女はひどく積極的だった。この切出し方が気に入ったので白井は一も二もなく承諾したが、すると今日、電話がかかって来て、いよいよ決行するから、ひるすぎ平和デパートの、横の入口へ自動車をまわしておいてくれといって来た。そして、いま、こうして一緒に自動車を走らせているわけである。

「よし、それじゃ万事君にまかせた。どうすればいいんだね」

それから小一時間ほど後のことである。刺青《いれずみ》師の亀三郎は牛の歩みのごとくのろのろと、東京の町から町へと走っていた自動車が、ふと、行手の坂のふもとでとまるのを認めた。

自動車のなかから、ヴェールの女が飛出して来た。

「じゃ……また後程ね」

女はかるく手をふって、さっさと坂をのぼっていく。自動車はすぐ向うへ立去っていく。

「しめた！」

亀三郎は心のなかで叫びながら、急いで坂のふもとへ自転車をのりつける。気がつくとそこは原宿の附近で、昔はそのあたり、大きなお屋敷が立ちならんでいたところだが、戦災ですっかりやられて、いまでは瓦礫《がれき》の堆積《たいせき》である。白ちゃけた煉瓦《れんが》や、焼けただれた庭樹のうえに、真夏の烈日がかっと照りかえって、咽喉の奥がいがらっぽくなるような風景である。女はそういう炎天下を、かげろうのように歩いていく。あまり急な坂でもなかったので、亀三郎も自転車を押してつけていく。坂をのぼると道が三方にわかれている。その辺も一面の焼野原で、あちこちに焼崩れた土蔵が、盲目のひとのようにうつろの眼をみはっている。あたりには人影もなかった。

女は通いなれた路《みち》を歩くように、さっさとハイヒールで乾いた土を蹴《け》っていた。やがて焼野原の行手に、唯《ただ》一軒、不思議に焼けのこった家が現れた。焼けのこったとはいっても、むろん完全な姿ではない。塀はあらかた焼けくずれ、庭の樹木など無残に裸になっている。建物の屋根にも、ところどころ穴のあいたところがあり、その後、一度もつくろった様子のないところが、とんと化物屋敷であった。

女はそれでも、形ばかりのこった門をくぐって、さっさと中へ入っていった。亀三郎もしばらくたって、そっと中へ忍びこんだことはいうまでもない。

塀の中はいよいよ化物屋敷だ。終戦後まる二年、手を加えぬ庭はあれ放題にあれて、あちこちにまだ爆撃のあとがまざまざとのこっているが、それでも昔は、相当のお屋敷であったことが想像される。

亀三郎は雑草のなかに立って、しばらくあたりの様子をうかがっている。雨戸はぴったりとしまっていて女のすがたはどこにも見えない。第一、人の住んでいるのかいないのか、それさえも見当がつかないのである。亀三郎はしだいに不安をおぼえて来る。いっそこのまま引返そうかとも思ったが、好奇心がかれの脚をしっかりと引きとめているのである。

ふいにどこかでピアノの音がした。コロコロコロン……ただ、無意味に、鍵盤《けんばん》のうえを撫《な》でていったような音である。ピアノの音はそれきりやんだ。あとはまた、真夏の白昼の、胸の悪くなるような静けさである。

亀三郎はどきりとしたように、雑草のなかに立ちすくんだが、それがかえって一種の刺《し》戟《げき》剤になったらしい。

「ええい、構うものか」

と、心のうちで呟《つぶや》きながら、そっと雑草のそばをはなれると、さきほどより眼をつけておいた、台所のくぐりからなかへしのびこんだ。雨戸をしめきった家の中は、むんむんするような湿気である。しかしところどころ屋根に穴があいておるので、中は思ったよりは明るいのである。

亀三郎は爪先立《つまさきだ》って、さっきピアノがきこえて来た、洋間のほうへ忍んでいく。洋間のドアはあいていた。そっと中をのぞいてみると、ピアノの蓋《ふた》がひらいている。してみると、女はたしかにこの部屋にいた筈《はず》なのだが……そう思って、もう一度あたりを見廻《みまわ》したときである。亀三郎は思わずゴクリと唾《つば》をのみこんだ。

部屋の隅にベッドがある。ベッドには緋色《ひいろ》のカーテンがかかっている。そして、そのカーテンの割れ目から、むき出しになった女の白い腕がのぞいている。しかも、その腕には見おぼえのある刺青が……

すべてがいつかの時と同じだった。この家なのだ、数年以前《まえ》、眼かくしされて連れこまれたのは……

亀三郎は女の刺青をたしかめようと、思わず部屋に踏みこんだ。この部屋にも、一種異様な廃屋の湿気が立てこめている。その湿気のなかに混っている、何やら甘酸っぱいような匂いが、つうんと亀三郎の鼻をつく。しかし、はげしい好奇心のとりことなっている亀三郎は、あまり深くそのことについて考えてみようともしない。ベッドのそばへ寄って、女の腕をのぞきこもうと身をまげたが、そのときだった。ふいに柔い手がうしろから来てぴったりかれの両眼をおさえてしまった。

「ほほほほほほ、とうとうつかまえたわよ」

突き刺すような女の笑い声、亀三郎ははっとして、女の手をふりほどこうとしたが、飴《あめ》のように粘着力を持ったその掌《てのひら》は、ぴったりと亀三郎の両眼に吸いついたままはなれない。

亀三郎はこみあげて来る恐怖に、

「はなせ、馬鹿！　はなさないか」

声をふるわせ、身をもがいたが、そのはずみに、男女二つのからだはからみあって、どうとばかりに廃屋の床に倒れたのである。

しかも、床に倒れながらも、女の掌はまだ亀三郎の眼からはなれない。からみついた女の肉体の熱さが、浴衣《ゆかた》をとおして亀三郎の肌に焼きつくようだ。亀三郎は舌がからからになるような、妖《あや》しい恐怖に身内のうずくのをおぼえるのである。

第四章　憎しみの坩堝《るつぼ》

それはまるで、巨大な女郎蜘蛛《じょろうぐも》の巣にひっかかったようなものであった。もがけばもがくほど、しなやかな女のからだは、粘っこく、ぴたっと全身にからみついて来る。松の幹にまきつく蔦《つた》のように、しなしなしながら、それでいて、どんな雨風にも金輪際はなれぬ強靭《きょうじん》さ。――そういうしつこさをもって、冷い女の手はぴったりと亀三郎の両眼を覆うているのである。

亀三郎は床のうえをころげまわった。

「馬鹿、馬鹿！　畜生、離さないか」

だが、女のからだはいよいよ粘っこくからみついて来る。うしろから抱きついたまま、女もごろごろ床のうえをころげまわった。しかも女はひっきりなしに、咽喉《のど》の奥でわらっている。

「うっふふふ！　うっふふふ！」

亀三郎迄《まで》えたいの知れぬ恐怖にとらわれた。この女、馬鹿かおかしいのか。いやいや、性の知れぬ魔物にでも取りつかれたような気持ちである。

「た、助けてえ！」

亀三郎はついに悲鳴をあげた。甚だ意気地のない話だけれど、何しろ相手の正体がわからないだけに気味が悪いのである。この女、いったい自分をどうするつもりだろう。……

亀三郎は髪の毛が白くなるような恐怖にうたれたのである。

「助けてえ！　誰か来てえ！」

見栄も外聞もうち忘れて、亀三郎がふたたびみたび叫んだときである。廊下を足早にちかづいて来る靴音がきこえたかと思うと、誰かが部屋のなかにとびこんで来た。

「あっ、こ、これやどうしたんだ」

深い、ひびきのある男の声である。亀三郎はやれ嬉《うれ》しやと胸をとどろかしたが、すぐつぎの瞬間、奈落《ならく》の底へ突落されるような絶望感におそわれた。

「うっふふふ、やっぱりやって来たわね。きっとあなたが尾行して来ると思っていたのよ。ちょっと、そこの箪笥《たんす》のうえに、小さい瓶があるでしょう。それをとって頂戴《ちょうだい》」

入って来たのはどうやら女の識合《しりあ》いらしい。亀三郎はそれをきくと、追いつめられた手《て》負猪《おいじし》のように、必死の力をふりしぼってあばれまわったが、女のからだは依然として、強いバネのようにがっちりと、うしろからかれのからだを羽搔《はが》いじめにしている。

「うっふふふ！　駄目よ、駄目よ、そんなにあばれちゃ……もう暫《しばら》くの辛抱だからおとなしくしていらっしゃい。あなた、あって？　うん、それそれ、それをハンケチにしめしてね、このひとの鼻のところへあてがって頂戴。うっかり自分で嗅《か》いじゃ駄目よ」

「おい、この男をどうしようというんだ。いったい、この男は何者なんだい」

「なんでもいいから、あたしのいうとおりに早くやってよ。あたしやっとこの人を思い出したのよ。この人にきけば人魚の涙の行方もわかる。それまでちょっと眠っていて貰《もら》おうと思うの」

「それじゃ、人魚の涙を摸《す》ったというのはこの男か」

「ちがいます、ちがいます。旦那《だんな》、あっしじゃありません。あっしゃ何も知らねえンで」

ぴったり女に眼かくしされた亀三郎には、男の姿は見えなかった。しかし、言葉の様子から、さっき女といっしょに自動車に乗っていた男だろうと思った。

「あっしじゃねえンで。あっしゃはなから、そんなつもりは毛頭なかった。ただちょっと、確かめてみたいことがあっただけのことなんで……人魚の涙を摸りとったとしたら、それはおおかた源の野郎のいたずらにちがいねえ。旦那、助けてえ……助けて下さい」

「あなた、何をぐずぐずしてンのよう。早くしないとあたしの腕が抜けてしまうわよ。ちょっと、刺青《いれずみ》師の亀三郎さん、あなたの話はいずれあとでゆっくりきくわよ。それまでちょっと眠っていてね。あなた、あなたったら、何をぐずぐずしてンの。意気地なし！」

女の舌は鞭《むち》のように鋭いのである。

「よし！」

男もやっと決心がついたらしい。黙って何やらしていたがやがてプーンと匂いが室内に漂うのがかんじられた。

亀三郎はそれに気がつくと、

「あっ、だ、旦那、お嬢さん、かんにんして下さい。あっしゃ……あっしゃ……」

必死の力をふりしぼって、女の腕をふりほどこうとする亀三郎の鼻先きへ、ふいにじっとり湿ったものが押しつけられた。

「あっ、あっ、た、助けてえ、くそ、畜生、だ、誰か来てえ……ああ、ああ、ああ……」

亀三郎の運動は、しだいに緩慢になって来る。ばたばたさせていた手脚の動きから、だんだん生気が抜けて来たかと思うと、やがてすすりなくような息を吐き、ついにぐったり、泥のように床にのびてしまった。

「おい、死んでしまったんじゃないだろうな」

さすがに男の声はふるえていた。

「大丈夫よ。あなたも案外意気地がないのね。人魚の涙を手に入れるためには、どんな非合法的手段も辞せぬと豪語してる人にしてはさ」

ぐったりと床のうえにのびている、亀三郎のからだを離れて、よろよろと起きあがった女は、満面紅潮して、瞳《ひとみ》が鬼火のように炎《も》えている。

「あっはっはっは」

乱れた髪を駄々《だだ》っ児《こ》のように左右にふると、女は男のように哄笑《こうしよう》して、

「とんだお茶番だこと。あなた、驚いた？　びっくりした？　いいえ、さぞ、呆《あき》れたことでしょうねえ。あっはっはっは」

女はまた男のようなわらいかたで哄笑した。

白井順平はしめったハンカチを床にすてると、からだを起して、はじめて女のほうを振りかえった。そして、ぐったりのびている刺青師の亀三郎と、女の顔を等分に見くらべながら、

「おい、君はいったいどういう女なのだ。それからあの……」

と、カーテンの割目からはみ出している、女の片腕を顎《あご》でしゃくりながら、

「あれはいったいどうしたんだ。あのベッドのなかに寝ているのはいったい誰だ」

「ふふふふ！　気になって？」

女は乱れた髪をかきあげながら、

「気になったら、カーテンのなかを覗《のぞ》いてごらんなさいな」

そういい捨てると、くるりと向うをむいて洋箪笥のほうへ歩いていった。そして観音びらきの扉をひらくと、何やらゴソゴソ探している。

白井はじっと、そのうしろ姿を見送っていたが、やがて心をきめたようにベッドのそば

へちかよっていくと、カーテンをひらいて、そっと中を覗きこんだ。

ベッドのなかには女がひとり、靴をはいたまま横たわっている。まだわかい洋装の女だが、上半身は無残に裸にされてむっちりとした乳房がひとつのぞいている。白井はまるで眩《まぶ》しいものにでも眼を射られたように、あわてて眼をそむけかけたが、そのはずみに女のかおかたちがふとかれの注意をひいた。

「おや……」

そむけかけた顔をもとに戻して、白井はまた、女の顔をのぞきこんだ。と、かれの顔にはしだいに驚きのいろがひろがって来る。カーテンの隙間《すきま》から顔を出すと、白井はぎょっとしたように、洋簞笥のまえに立っている女をふりかえった。女はにやにや面白そうにわらっている。

白井はまたベッドの女に眼をやった。こうしてしばらくかれは、二人の女を見くらべていたが、やがて口をつぼめて、笛を吹くような音をさせた。

「おい、あの女はいったいどうしたんだ」

「眠っているのよ、御覧のとおり。……いま、あなたがこの男にしたようなことを、ちょっとあたしがしてやったのよ。心配しなくてもいいわよ。まだ一時間やそこいら、眼のさめる気づかいはないから」

「しかし、あれやア……いったい誰なんだ」

「三輪芳子よ。ほら、加納大吉のタイピストで、そしていまじゃ息子の龍吉のおもい者になっている……」

そういう女の声には、何ともいえぬドスぐろい毒々しさがあった。

「三輪芳子？　この女が？……それじゃ君はいったい何者なんだ。君は三輪芳子じゃなかったのか」

女は声を立ててわらった。

「馬鹿ねえ、あなたも思いのほか頓馬《とんま》ねえ、三輪芳子がふたりいる筈《はず》がないじゃありませんか。ええ、あたし三輪芳子じゃありません。ただ身代りをつとめていただけなのよ。でも似てるでしょう？」

白井順平はもう一度、洋簞笥のまえに立っている女と、ベッドのなかの女を見くらべた。似ている。たしかに似ているのである。むろんふたりこうして眼のまえに並べてみると、見違えるというほどではなかった。眼もと口もと、注意してよくよく見ると、細かいところにかすかな相違のあるのに気附く。年齢もベッドの女のほうが、少し若そうである。似た女がふたりいることを知らないものが見たら、きっとしかしこれを別にして、こういう一方を他の一方と間違えるだろう。

「いったい、この女は……いや、この女と君はいったいどういう関係があるんだ」

「双生児……じゃないのよ。姉妹なのよ。その女はあたしの妹なの。だけど、ほんとはあたしの敵なのよ」

「敵……？」

「ええ、そう、敵みたいなものよ。あたしその女を、この世から抹殺してしまいたい！」

女の顔にうかんだ殺気に気がついて、さすがの白井順平も、ぎょっとしたように息をのんだ。

「抹殺……？」

「ええ、そう、そう思ってるのよ。だけどまさか、殺しゃあしないから安心して頂戴《ちょうだい》。どう？　一杯めしあがらない？」

女は洋簞笥《ようだんす》のなかから、洋酒の瓶とふたつのグラスを取出して、それについだ。どうも呆れた女である。白井順平も新興財閥などといわれているくらいだから、ずいぶん悪どいこともやって来た。度胸の点ではたいていのものにひけを取らぬつもりでいる。しかし、この女にかかると、まるで鼻面とってひきまわされているような心地だった。

「いったい、そういう君はどういう女なんだ。いったい君は誰なんだ」

「まあ、いいじゃありませんか。いかにあたしが悪い女だって、まさかあなたに毒を盛ろうとはいやあしなくってよ」

「いったい、君は誰だ」

白井順平はもう一度同じことを訊《たず》ねた。女はグラスを舐《な》めながら、

「うっふふふ、そのことならあなたももう御存じじゃないの？　誰かにきいていらしたんじゃなくって？」

白井はちょっと鼻白んだように口籠《くちごも》った。

「ほっほっほ。やっぱりそうだったわね」

女はあざわらうように、

「あたしあなたがここへ尾《つ》けて来ない筈はないと思っていたのよ。だから、この男にからみついたまま、あなたのいらっしゃるのを心待ちにしていたのよ。だけど、あなたずいぶんおそかったわよ。きっと途中で誰かをつかまえて、この家のことや、あたしのことをきいていたのね。ね、そうでしょう」

白井はいよいよ女に翻弄《ほんろう》されている自覚が強くなった。まったく女のいうとおりだからである。それにしても何んという賢い、眼から鼻へ抜けるような女だろう。白井が言葉を出しかねているのを見ると、女はまた、たからかに声を立ててわらった。

「どう？　図星でしょう？　で、そのひと何んといった？　この家のことを？」

「ふむ、それは……元の陸軍少将で、矢代多門というひとの屋敷だとか……」

「ほっほっほ、そのとおり、やっぱりきいて来たのね。そしてその矢代多門というひとは？」

「うん、そのひとは太平洋戦争がはじまった直後、脳溢血《のういっけつ》かなんかで急死したそうだ」

「ええ、そうよ。そこまで聞いて来たぐらいなら、家族のことも知っているでしょう。矢代多門少将の死後には、どういうひとが残ったの」

「矢代少将には妻がなかった。で、家は少将の姉にあたる未亡人が取りしまっており少将の遺児としては、娘がたった一人いるきりだった……」

「その娘の名は？」

「珠子《たまこ》、今年二十四になるという。……それが君なんだね」

女はそこでまた高らかに声をあげてわらった。

「それだけ？　あなたの聞いていらしたのは？」

「いや、まだ、もう少しある」

「じゃ、ついでにいっちまいなさいよ。何も遠慮することないわよ」

「よし、じゃ、いってしまおう。その珠子というのは、女学校時代から、手のつけられぬ莫連《ばくれん》娘だった。銀座の不良でも頭株だった。ことにおやじの少将が死んでからは、いよいよ手がつけられなくなった。戦争中もずいぶんいかがわしい噂が多かったが、そのうちに戦災をうけて、家はこのとおりめちゃくちゃになった。おまけに戦争が終ると、おやじについていたあらゆる特典がなくなったばかりか、封鎖や財産税でにっちも三進《さっち》もいかなくなった。これにはさすがの珠子も少しは眼がさめたのか、爾来《じらい》神妙にしていたが、そのうちに大変なことが起った。ある晩、三人組の強盗が侵入して、伯母《おば》を殺し、眼ぼしいものは片っ端からうばって逃げた。珠子はそれでいよいよにっちも三進もいかなくなったが、それから間もなくこの家を、遠い親戚《しんせき》のものにまかせて、自分はどこかへ行ってしまった。それがいまから半年ほどまえのことである。……」

女は三度、高らかに声をあげて笑うと、

「ほっほっほ。さすがはあなただ、わずかの間によくそれだけのことを調べて来たわね。

もっとも、あたしの悪名は天下にとどろいているから……それから」

「おれの話はそれだけさ。今度はおまえの話すばんだぜ」

「あたしの話すばん？」

「そうだ。いったい、そこにいる女はどういう女なのだ。君はさっき妹だといったね。しかし矢代少将には、子供はひとりしかなかったといっている」

「そうよ、そうよ、あたしも父の子はじぶん一人だと思っていた。それだのに……それだのに、父にはもう一人あんな娘があったのよ。あれ、父のかくし子よ」

白井順平は穴のあくほど女の顔を見詰めている。それから軽く息を吐くと、

「わかった。君の敵だというのはそういう意味なんだね」

「ええ、そう、誰だってひとり娘だと威張っていたものが、ほかにも娘が……それも自分と同いどしの娘があるとわかってごらんなさい。いったい、どんな気がするか……ええ、臨終のときに、父ははじめてそのことを打明けたのよ。あたし突然、奈落《ならく》へつき落されたような気持ちだったわ。だって自分ひとりで独占していたと思っていた父の寵愛《ちょうあい》は、あたしよりもかえってその女のほうにより多くそそがれていたんですもの。あたしかっとしたわ。でも、そのときは父にむかってきっとその人と姉妹《きょうだい》づきあいをすると約束したわ。ええ、あたしもそのつもりだった。胸をさすって、父の遺言を守るつもりだった。ところが……父の死後、いったいどんな女だろう、あまり変な女だと困ると思って、あたしそっとその女の様子を見にいったのよ。そしたら……そしたら……」

「そしたら……」

「そしたら、あのとおりなのよ。ね、わかって？　あたしに生写しなのよ。あなた、そんな場合の女の気持ちというものわかって？　あたしかっとしたわ。何んともいえぬ憎らしさだったわ。だって、だって、あたし日頃から父に生写しだといわれるのを、何よりも自慢にしていたのよ。それだのに、あの人と来たら、あたしよりももっともっと父に似ているのよ。その日から、あたしあのひとの敵になることにきめたのよ。いいえ、あのひとがあたしの敵になったのよ」

白井順平は呆《あき》れかえったように女の顔を視詰めている。女心はわからないものときまっているが、それにしてもわからないのは珠子の心理である。珠子のこの恐ろしい憎悪、どすぐろく炎《も》えあがる焔《ほのお》のようなこの敵視。——それは何んともえたいの知れないものだった。

しかし白井がもし心理学者であったなら、いくらかこういう憎悪の原因ものみこめたろう。女の子というものは、多くおのれの父に対して思慕の情を抱いているものである。男の子の最初の恋人が母親であるように、女の子の潜在意識的な最初の恋人は父であるという。珠子の場合はわけてもひとり娘として、父の愛を独占していただけに、その感情はいっそう強かったのだろう。それが突然裏切られたばかりか、もう一人の父の娘が、自分よりもはるかに父に似ていることを識《し》って、はげしい憎悪と嫉妬《しっと》をあおられたのであったろう。

だが、白井順平にはそんなむつかしい理窟《りくつ》はわからなかった。

「それで、君たちは名乗りあわなかったのかい」

「誰が……あたしはもう怒りに眼がくらんでいたんですもの。そのまま逃げるようにかえって来たわ」

「そして、相手は自分の素性を知っているのかね」

「そんなことわからない。でも、あの人のおっ母《か》さんてひと、とても慎しみ深い女だったというから、何も打明けてないかも知れないわ。そのひとはあの女をはらんだまま他家へかたづいて、そして産んだ娘もそこの子にしてしまったという話なの」

「じゃ、あの娘は、君という異母姉妹のあることを知らないかも知れないんだね」

「ええ、そうかも知れない」

「そして、君はあの女の身代りになってどうするつもりなんだ」

女の瞳《ひとみ》にはそのときまた、きらりと兇暴《きょうぼう》ないろが走った。女は世にも毒々しい微笑をうかべると、

「わかっているじゃないの。そんなこと。……第一はあなたのために人魚の涙を手に入れること。あたしお金がほしいんだもの。それから第二の目的は、その罪をあの女にかぶせること。ひょっとするとその方があたしのほんとの目的だったかも知れないわ。だって、あたしあの女が、幸福になるの見ていられないんだもの。ねえ、あなたも手伝ってくれなきゃ駄目よ。あの女が眠っているあいだに、どこかへ持っていっておいて来る。あの女、

眼がさめたら、何も知らないでフラフラと、加納の家か平和デパートへかえっていくわ、そしたら御用というわけよ。ほっほっほ、いい気味だこと！」

白井は何かしら、冷いものが背筋をつらぬいて走るかんじであった。女のあくまでドスぐろい憎悪と決意が、鉛のように重っくるしくのしかかって来る。……

第五章　双生児の討論

「夏ちゃん、人殺しだ」

「うん、冬ちゃん、人殺しだ」

「たいへんだねえ」

「うん、たいへんだ」

たいへんだ、たいへんだといいながら、双生児はいかにも楽しそうである。まるで甘美なものでも味うような口ぶりでしきりにさっきから、人殺しだと繰返している。

檻《おり》の中には報《し》らせによって駆付けて来た警察官が、ひしめきあうように右往左往している。その側には加納の親子が、それぞれちがった顔付きで、黙りこくって立っている。息子の龍吉のほうは、あっけにとられたような顔色だが、親爺《おやじ》の大吉は苦虫を噛《か》みつぶしたような渋面である。たとい相手が警察のものでも、加納大吉にとっては信用が出来ないのである。一粒でも大事な真珠がなくなってはたいへんだ……そういった顔付きなのである。

ひとしきり檻の周囲にむらがっていた野次馬も、警官の到着とともに、ことごとく追っぱらわれたが、双生児の夏彦と冬彦だけは、七階にとどまることを許された。――と、いうよりも大事な証人として、七階にとどまることを命じられたのである。

双生児の夏彦と冬彦は、例の喫茶室の一隅に腰をおろして面白そうに、警察官の活動ぶりを眺めている。

「ああ、冬ちゃん、いま来たのが検事だぜ、きっと。……」

「うん、そうだ。そして検事にむかって何やら話している男あれが警部だ。捜査主任というのかも知れない」

「うんそうだ。さっきから刑事連中をがみがみ叱りとばしているからね。ああ、医者が来たよ。あれ、警察医というんだね」

「ああ、鑑識の連中もやって来たよ。ね、ごらん、変な道具を持っている」

「うん、写真をとるんだね。屍体《したい》の位置やなんか、そのまま写真にとっておく必要があるんだよ。ほうら、ごらん！」

夏彦が叫んだとたん、さっと閃光《せんこう》が檻のなかをつんざいた。鑑識の連中が屍体の位置を写真にとったのである。双生児はそれでしばらく口をつぐんでいたが、やがてまたべちゃくちゃと喋舌《しゃべ》り出した。

「だけど夏ちゃん、君、あの屍体を見た？」

「うん、見たよ、冬ちゃん、どうして？」

「だって、あの短刀の位置、少し妙だったよ。まるで背中に平行にささっていたね」

「うん、それ、ぼくもかんがえているんだよ。あれ、左の肩のあたりだったね。うえのほうから背中に平行に、ぐさっと突っ立っていたね。あんな風に短刀を突きさすのは……」

「うん、冬ちゃん、それについて何かかんがえがあるのかい」

「ああ、ないでもない」

「いってごらん、きいてあげるから」

「はっはっは、夏ちゃん、威張ってるね。いいね、ぼくのかんがえというのはこうなのさ。殺された男ね、あれ、皿のふちに腰をおろして、うつむいて靴の紐《ひも》をむすんでいたんだよ。そこを犯人がうえから狙って短刀をふり下ろした」

「だけど、冬ちゃん、それなら短刀は背中を真直に入る筈《はず》じゃないか。いや、直角に入らないまでも、もっと違った角度になるよ」

「うん、だからさ、ぼくのいうことをしまいまでお聞き。途中で話の腰を折っちゃ駄目だよ。つまりだね。犯人が短刀をふり下ろす。それと同時に男がびくっと体を起す。そこで短刀がすべって、ああいう角度に突っ立ったのさ」

夏彦はそこでしばらく黙っていた。椅子のはしに両脚の踵《かかと》をかけて、膝《ひざ》を抱いてからだを前後にゆすぶりながら、思案顔に天井を見ていたが、

「うん、殺されたとき、被害者が靴をはいていたことはぼくも賛成だよ。靴、まだ片っ方しかはいていなかったからね。だけど……冬ちゃん、君、あの短刀を見た？」

「うん、見たよ。もっとも柄だけだけどね。何んだか細い短刀だった。まるで外科医の使うメスみたいに……」

「うん、そして山鳥の尻尾《しっぽ》みたいに、プルプルふるえていたね」

夏彦はそこでまた黙りこんでしまった。そして何やら思案をまとめようとするようにしきりに天井を視つめていたが、

「ときに冬ちゃん、犯人はやっぱりあの女だろうか」

「それや……きまってるじゃないか。あのとき檻のなかにいたの、被害者とあの女のふたりきりだったもの。被害者が人魚の涙をとって岩の影にかくれたろ。そして、しばらく二人の姿が、岩の影にかくれてしまった。そのとき女がやったんだよ」

「そうかしら。……」

「そうかしらって、夏ちゃん、何を考えてるんだ。あの女よりほかに、そういうチャンスを持った人間、誰もいない筈じゃないか」

「うん、それはぼくにもわかっているんだが……あのとき、檻の外にも誰もいなかったしねえ」

「檻の外……？」

冬彦は眼をまるくして、

「なるほど、檻はあのとおり格子になっているんだから、外からだってやれないことはないが、それじゃ屍体の位置が承知しないよ。いかに手の長い人間だって、檻の外からじゃ

とてもあそこまで手がとどきゃしないよ」

「うん、それにあのとき、檻の外には誰もいなかったんだしね。いえね、冬ちゃん、ぼくがなぜ、そんな妙なこと考えたかっていうとね、檻の中から出て来たときの女の顔色なのさ。それやあなんだかとても急いでいたようだけど、まさか人殺しをして来たって顔色じゃなかったものね」

「ふうん」

今度は冬彦がかんがえこんだ。かれもまた夏彦にならって両脚の踵を椅子のはしにのっけると、膝をかかえて上体をふらふらさせながら、

「人殺しをして来た人間って、どんなかおをしているものか知らないけれど、そういうとちょっと妙だね。あの女、たしかにあわててることはあわててた、だけど……ふん、これやあ夏ちゃんのいうとおりかも知れない」

「……だから。だから妙に思っているのさ。もっとも少し考え過ぎてるのかも知れないけれどね。考え過ぎて、わざと複雑にこんがらかせているのかも知れないけれどね」

「ううん。……いや。そうじゃないかも知れん。これ、もっとよく考えてみたほうがよいかも知れないよ」

甚だ妙な双生児であった。ふたりとも同じように両脚の踵を椅子のはしにかけ、膝をかかえて天井をにらみ、からだをふらふらさせながら、しきりに何かかんがえこんでいたが、

「君、君。……」

と、声をかけられて、双生児は急にぎょくんと体を起した。眼のまえに立っているのは、さっき二人が検事と警部であろうとふんだ人物であった。二人の値踏みに間違いはなくて、ひとりはまさしく検事で、もう一人は警部である。名前は佐伯《さえき》に千々岩。佐伯というのが検事で、千々岩というのが警部である。

「君たちがあの事件の起った際、ここから檻を見張っていたというんだね」

言葉をかけたのは千々岩警部のほうである。双生児はしゃっきり椅子から立ち上ると、にやっと顔を見合せた。それから警部のほうへ向直ると、

「いや、ぼくたち別に檻を見張っていたわけではありません」

「それに、あの事件がいつ起ったのか、正確に知ってるわけじゃありませんしねえ」

こんな際としては、些《いささ》か人をくった返答だった。警部はぴくりと太い眉《まゆ》を動かすと、

「いや、そんな屁理屈《へりくつ》はどうでもいい。それより、君たちの識《し》ってることを、ここで正確にいって貰《もら》おう。いや、そのまえに、君たちの身分姓名は？」

「ぼく、星野夏彦」

「ぼく、星野冬彦」

「そして、われわれは双生児のタップダンサー、いまそこの演芸場に出演してます」

「どうぞよろしく」

そして二人はペコリと頭を下げた。まるで舞台でするように。

警部はまた、太い眉をピクリとさせると虫の好かん奴だというように渋面をつくって、

何かいおうとしていたが、そのまえに素速く口をはさんだのは佐伯検事である。にこにこしながら、

「よし、わかった。それじゃ君たちの目撃したことを、ここで話してくれませんか。別に急ぐ必要はない。ゆっくり思い出しながら、出来るだけ正確にね」

おだやかな言葉に双生児は顔を見合せると、またにやっと笑った。それから検事のほうへ向き直ると、露骨に警部を無視してかかりながら、さっきのいちぶしじゅうを話し出した。但《ただ》し、刺青《いれずみ》師の清水亀三郎を知っていることや、かれを嗾《け》しかけて、きょうここへ呼出したのだというようなことはむろん口には出さなかったが……

「なるほど、するとその女、三輪芳子という女が被害者に人魚の涙をとらせた。そして二人の姿が岩のかげにかくれたというんですね。それから女が檻《おり》から出て来たという話ですがその間どのくらい時間がたってましたか。つまり、二人の姿が岩のかげにかくれていたそのあいだですね」

夏彦と冬彦とは顔を見合せたが、

「さあ、それはごく短い時間でしたね。ねえ、冬ちゃん、君はどう思う」

「そう、ぼくもそう思う。あの男――檻の番人が岩のかげにかくれると、すぐに女が出て来たように思うな。正確なことはおぼえていないけど……」

「なるほど、それで女が檻の外へ出て来たところで、変な男にぶつかったというんですね。いったい、その変な男というのは何者ですか」

「さあ……」

と、二人はまた顔を見合せて、

「どうも掏摸《すり》じゃないかと思うんですがねえ。とっさのことで何が起ったのかぼくにもよくわからなかったけれど……」

「掏摸だとすると、そいつ、女が人魚の涙を持出すことを、あらかじめ知っていたということになりますが」

「さあ……」

双生児は顔を見合せると、素速い目配せを交わしながら、曖昧《あいまい》に言葉を濁した。警部の眉がまたぴくりと大きく動くと瞳《ひとみ》が怪しく光った。そして何かいおうとするのを、検事がかるく制しながら、

「それから、その掏摸のほかにもう一人、変な男がうろうろしていたというじゃあありませんか。それは誰です」

「知りません」

「嘘を吐くな！」

とつぜん側から、たまりかねたように雷を落したのは警部である。

「白を切っても駄目だ。おまえたち、――おまえたち双生児とその変な二人の男のあいだに、何かしら連絡があったらしいことはちゃんとわかっているんだ。おまえたち四人、事件の起るだいぶまえから、ここに陣取っていてしきりに何やら怪しい眼配せを交わしてい

たというじゃないか。ちゃんとわかっているんだぞ」

さすがずうずうしい双生児も、これにはちょっと色をうしなった。

「誰です。そんなことをいうのは？」

「ここの喫茶店の主人さ」

警部はせせらわらって、

「その主人のいうのには、何んとなくおまえたちの態度はうさん臭かった。何か企《たくら》んでいるように見えた。いったい、何をしでかすのかと思って、それとなく注意していると、果してあんな事件が持上った。だから、きっとおまえたちはこの事件については何か知っているにちがいない。……と、こういっているんだ。おまえたち、それについて何かいうことがあるか」

極《き》めつけられて双生児の夏彦と冬彦は、いよいよ顔色をうしなった。

「夏ちゃん」

「冬ちゃん」

「こいつはいけねえ、まんまと看破《みやぶ》られちゃったい」

「仕方がない、それじゃ神妙に、あのことを申上げようか」

あっさり兜《かぶと》をぬいだふたりが口をひらこうとしたときである。突然、階段のほうが騒がしくなった。何気なく二人はそのほうへ眼をやったがふいに大きく眼をみはった。左右から刑事に手をとられて、よろよろしながら階段をあがって来たのは、まぎれもなく三輪芳子である。

第六章　右向きクイーン

三輪芳子のすがたを見たとたん、平和デパートの七階は、一瞬、心臓の鼓動をとめたように見えた。

双生児の夏彦と冬彦は、唖然《あぜん》として芳子の顔を視詰めている。檻のなかでは加納大吉と息子の龍吉が、これまた、呆気《あっけ》にとられたような顔をして、まじまじと芳子の姿を見守っている。

芳子はなぜここへかえって来たのか。自らおかした罪の現場へ、なんだって彼女はかえって来たのだ。ひょっとすると彼女は気でも狂っているのではあるまいか。……

その時、七階にいあわせた人々が、いちようにそういう疑問を抱いたのも無理はない。

うつろに見開かれた芳子の眼は、ほとんど何も見ていないようである。左右から刑事に手をとられた彼女のあしどりには、どこか盲《めし》いた人のような頼りなさがあった。何かしら、魂のぬけたようなおつきだ。

佐伯検事と千々岩警部は、すぐに彼女が何人《なんぴと》か気附いたらしい。双生児のそばをはなれると、つかつかと芳子のほうへ近寄っていった。

「これが……、例の女なのかい？」

「へえ、そうなんです。ひょっこりここへ帰って来やあがったんです。ところがどうもおかしいんです。何を訊《たず》ねてもぼんやりして、ろくに答えるすべも知らないらしい。少し頭がどうかしてンじゃありませんか」

芳子はうつろの眼を見開いて、ぼんやりと検事と警部の顔を見詰めていたが、やがてふと、檻のなかにいる龍吉に眼をとめると、

「あっ、龍吉さん……」

いまはじめて、眼がさめたような声だった。

「どうかしたんですの。何かあったんですの。どうしてこんなに人がたかってるンですの。そしてまた、どうしてこの人たちは、じろじろあたしの顔を見るンですの」

龍吉はおびえたような顔をして、檻のなかであとじさりした。この精神虚弱症の青年は愛人をかばおうという勇気もないらしい。うったえるように検事と警部の顔を見ると、臆《おく》病《びょう》そうなうすわらいをうかべて、かるく首を左右にふった。自分はこの女と同腹ではないという意味らしい。

「君が……三輪芳子だね」

千々岩警部がかるく芳子の肩を叩《たた》いた。芳子はびっくりしたように、警部の顔を振りかえると、

「ええ、そう……そうですわ。でも、何かありましたの。警部さん、あなた、警部さんでしょう。何かここで持上ったんですの。ねえ、何かここで……」

「ははははは、君の口からそれを聞こうたア意外だね。ここで何が持上ったか、君は知らないというのかい」

「知りません。存じません。いったい、何が起ったんですの。何んだって、そんなにむつかしい顔をして、あたしを御覧になりますの。龍吉さん、教えて、……何がいったい持上ったというの」

「おい、白ばっくれるのは止《よ》せ！」

警部の声が急にとがった。芳子はまるで、むちで打たれでもしたように、ギクリと体をふるわせると、

「白ばっくれる……？　あたしが……？」

「おい、君はいままでどこにいたんだ。いや、どこへ逃げていたんだ」

「あたしがどこにいたんですって？」

芳子の顔から、急に血の気がひいていった。彼女はまるで罠《わな》におちた獣のように、ソワソワあたりを見廻《みまわ》しながら、

「あたしがどこにいたんですって？……ねえ、警部さん、何が起ったんですの。あたしのいない間に、いったい何が……？」

「おい、こちらの問う事にこたえないのか。君はいったい、どこにいたと訊《き》いているんだ」

「知りません」

「何？　知らない？」

「はい、存じません。……あたし、悪いひとに変な薬をかがされて……ええ、昨夜のことですの。……あたし、御主人のいいつけで、原宿のへんまでお使いに参りましたの。そしたら……」

「おい、三輪君、私はなにも昨夜のことをきいているンじゃないさ」

「いいえ、いいえ、昨夜のことからお話しなければわからないンですわ。ええ、昨夜のことなんです、御主人のいいつけで、原宿まで参りましたの。ところが、何か御主人の思いちがいだったと見えて、尋ねる家がどうしても見つからないのです。あたし、途方にくれて、一時間あまりもそのへんを探しました。でも、結局見つからないで……あのへん、いちめんの焼野原なんですもの、訊ねるひともなく、……ただ、うろうろとしていました。ええ、かれこれ九時ごろのことでしたわ、するとだしぬけに……」

「だしぬけに……？」

「誰かがうしろから飛びついて、何かしら、しめった、甘酸っぱい匂いのするものを、鼻のうえに押しつけたかと思うとそのままあたし、気が遠くなって……」

「気が遠くなって……？」

警部はうさん臭そうな眼をして、芳子の顔をにらんでいる。しっかり両手を握りしめた芳子は、よじれるように体をねじりながら、

「ええ、……気が遠くなって……それきりあとの事は知らないンです。そして……そして

……さっきやっと気がついたら、上野のベンチに腰をおろしていたンです」

双生児の夏彦と冬彦は、思わず顔を見合せる。警部はふふんと鼻を鳴らすと、

「なんだか、それじゃまるで小説みたいじゃないか。それで君は、昨夜からついさっきまで、どこで何をしていたか、一切知らぬというんだね」

「ええそうです。そうです。警部さん、信じて下さい。あたし、まえにもそんな眼にあったことがあるんです。ああ、そうだわ、御主人にきいてみて下さい。昨夜のこと、決して嘘じゃないんです。御主人にきいてみて……」

警部がふりかえると、檻《おり》の中から加納大吉が、渋いかおをしてうなずいた。

「ええ、それサア……原宿へ使いにやったということは事実ですがね、そしてその娘が向うの家を探しあぐねたというのもほんとうでしょう。使いにやった家というのは、ふるいお得意さきなんですが、あとから気がつくと、その家というのは戦災をうけて、田舎のほうへ疎開しているンです。それをつい失念して、昔の名簿でしらべたのだから……」

双生児の夏彦と冬彦は、ふたたび顔を見合せた。何かしら意味ありげな稲妻が、ふたりのあいだを走ったようである。

「なるほど、それから……？」

「いや、それからさきのことは存じません。ただ、昨夜、その娘がうちへかえって来なかったことは事実で……御存じかどうか知りませんが、その娘はちかごろ、うちに同居しているんですがね。しかし、変な薬をかがされたなんて、そんなことはこの私の、知ろう道

理はありませんな」

「いいえ、いいえ、ほんとうなのです。あたし眠り薬をかがされて、たったさっきまで、何も知らずに寝ていたんです。でも……でも……ほんとうに何があったんですの。あたしが、なにをしたというンですの」

「君はそれを知りたいというのかい。よし、こっちへ来てみろ。君が何をしでかしたか見せてやろう」

警部にひったてられて、檻の裏側へまわった三輪芳子は、ひとめ格子のなかを覗《のぞ》くと、はっとしたように二三歩うしろへよろめいた。警部はそれを逃げるとでも思ったのか、やにわに猿臂《えんぴ》をのばして、がっきと腕を握りしめると、

「さあ、よく御覧、あれが君のやったことなのだ。靴をはいてたところをうしろから、ぐさりとあの短刀で……」

「いいえ、知りません。だって、だって……あたしが何んのために……」

「おいおい、そこまでおれにいわせるのかい。何んのためにってきまってるじゃないか。人魚の涙をぬすむためによ」

「人魚の涙……？」

急に芳子は大きく眼を見開くと、

「だって、だって、あれは……」

「芳子！」

突然、檻のなかからそう叫んだのは龍吉である。どういうわけか龍吉は、唇まで真《ま》っ蒼《さお》になって、追いつめられた獣のように、おどおどとした眼になっている。

双生児の夏彦と冬彦は、それを見ると、また顔を見合せてにやりと笑った。

警部はしかし、別にそれと気もつかずに、

「だって、どうしたというんだ」

「いいえ、いいえ、あたし何も知りません。あたし何も知らないの。ええ、ほんとに何も知らないのよ。あたしは変な薬をかがされて……」

警部に腕をつかまれた芳子は、必死となってもがいた。とりもちに喰《くい》ついた胡蝶《こちょう》のように、全身をよじるようにして身もだえした。

「バカ、バカ静かにしないか」

「はなして、はなして、……あたし、何も知らない、知らない、あああ、あたし……」

「こら、静かにしないか」

必死となってもがくはずみに、左の腕にはめていたあの腕環《うでわ》が、からんと音を立てて床にとんだ。と、そのあとから現われたのは、まぎれもなくハートのクイーン。

そのとたん、

「あっ、それは……」

叫んでそばへ駆寄ったのは、双生児の夏彦と冬彦である。左右から芳子の刺青《いれずみ》をのぞきこむと、

「あっ、警部さん、ちがう!」

叫んだのは夏彦だった。

「ちがう? 何がちがうンだ?」

「この女は、さっきやって来た女じゃない。警部さん、ちがうンです。ちがってるンです」

そう叫んだのは冬彦である。

「ちがう? さっきの女じゃない?」

警部も大きく息をはずませると、

「何をバカなことをいってるンだ。君たちゃア……さっき、やって来て、諏訪を殺し、人魚の涙をぬすんでいったのは、たしかに三輪芳子だと、君たち自身でいったじゃないか」

「ええ、そう、そういいました。しかし……」

「よけいなことはいわんでもいい。そしてこの女はたしかに三輪芳子だと、自ら名乗っているじゃないか」

「ええ、そうです。しかし、それがちがっているんです。その証拠はこの刺青なんです」

「この刺青……?」

警部も刺青をのぞきこむと、

「これがどうしたというんだ。ハートのクイーン。さっきやって来た女にも、たしかにハートのクイーンの刺青があったといってたじゃないか」

「そうです。そうです。しかし、それが違ってるんです。おい、夏ちゃん、君からいえよ」

「そう、じゃ、ぼくから申上げましょう」

夏彦はもったいぶった空咳《からせき》をすると、いかにも嬉《うれ》しそうににたにたして、

「警部さん、さっきの女が、人魚の涙を持ってこの檻から出て来たとき、変な男がぶつかって、その拍子に女の腕環が床にころげおちたということは、さっきも申上げましたね」

「うん、その話ならきいた。しかし、それがどうしたというんだ」

警部はもどかしげにふたりをにらんでいる。いったい、この双生児は何んという人間だろう。いやになれなれしくて、図々《ずうずう》しくて、人を喰った小憎らしさ。警部はいまにも癇《かん》癪《しゃく》が爆発しそうであった。

「いえね、それが……おい、冬ちゃん、今度は君から申上げろよ」

「ああ、そう、それじゃ申上げますがね。ある理由があってわたしたちは以前からその刺青に、非常に興味を持っていたんです。で、腕環がはずれたとたん、わたしはすかさず刺青をのぞきこんで……」

「ふむ、ふむ、それでどうしたというんだ」

「いや、そのあとはぼくから申上げましょう。そのとき、女はとっさの間に刺青をかくしたんですが、それでもぼくはハッキリ見たんです。女の腕にハートのクイーンの彫られているのが……」

「だから、それでいいじゃないか。この女の腕にも……」

「いや、ちょ、ちょ、ちょっと待って下さい。そのとき見たハートのクイーンというのは、これと寸分かわらぬ大きさでもあり、また図柄も殆《ほと》んどちがわなかったんですが、ただひとところ非常に大きな間違いがある」

「だから、その間違いというのは何んだときいているんだ」

警部はじりじりするような声音である。佐伯検事は不思議そうに双生児の顔を見くらべている。本人の芳子でさえも、双生児が何をいい出すのかと、怪訝《けげん》そうに眉《まゆ》をひそめて見まもっている。

夏彦と冬彦はますます得意になって、腕をくんだまま、ぐっと反り身になって、

「警部さんも御存じでしょうが、トランプの人物は、たいてい同じ人間が上下反対に組みあわされています。たとえばクイーンならクイーンとすると、クイーンの胸からうえが、上の方が左向きなら、下の方が右向きというように、あべこべに組合せてある……」

「そんなこと、君たちに聞くまでもないじゃないか」

「そ、そ、そうですとも、そうですとも。こんなこと、われわれが事新しくお話するまでもなく、皆様せんこく御承知です。ところで、さっきの女の左腕にあったハートのクイーンというのは、たしかに上のほうが左向きだったのです。ところが、いま、このひとの腕にあるクイーンというのは……」

警部はふっと、三輪芳子の腕に眼をおとした。と、ふいに眉をつりあげて、大きく眼を

見張ったのである。

芳子の腕のハートのクイーンは、なんと右向きになっているではないか。

「ね、おわかりですか。警部さんはまだ御存じないのですけれど、この刺青を彫ったのは、刺青師の清水亀三郎という男なんです」

「そして、その亀三郎君のいうのには、ある女から頼まれてその女の腕にあるのと、そっくり同じ刺青を、別のある女……それが多分ここにいる三輪芳子さんだろうと思うんですが……の腕に彫ってくれと頼まれたんだそうです。ところがそのとき亀三郎君はふとしたいたずら心から、どちらが自分の彫った刺青か、後日になってもわかるように、非常に巧妙な目印をつけておいたといっています。その目印というのが、おそらくこの右向きクイーンのことなんでしょう」

「そうです。そうです。トランプの人物というやつは、みんな半身が上下あべこべの組合せになっている。で、ちょっと見た眼には気がつかない。右向きだか左向きだか、よほど注意してみないと分りません。それが亀三郎君のいたずらだったんです」

「と、いうことはですな。ここに三輪芳子嬢と非常によく似た人物で、しかも同じようなハートのクイーンの刺青をした女が存在するということになります。但《ただ》し、その女のハートのクイーンは、芳子嬢のとは反対に、左向きのクイーンなんです」

　この思いがけない弁護にあって、いままで張りつめていた気持ちがゆるんだのか、芳子はふいにくらくらとよろめくとあわてて手を出した佐伯検事の腕のなかへ、泥のように倒れかかった。

警部は混乱したような顔付きで、しきりに頭をかいている。檻の中では加納大吉が、仮面のような表情のない顔で、きっと唇をへの字なりに結んでいる。龍吉はあっけにとられたような顔で、だらしなく芳子の顔を見詰めていたが、やがてまた、追いつめられた獣のように、臆病《おくびょう》そうな眼付きをして、ひとりひとり、こっそり顔色をうかがっている。

双生児の夏彦と冬彦は、また、意味ありげににやりと笑った。

夏彦は白いが冬彦は黒い。

第七章　迷路の殺人

江東の、ここはちかごろめっきり人足のしげくなった、さるいかがわしい場所である。その昔「梅ごよみ」の丹次郎が、浮名をながした隠れ里はいまもなおその伝統をくんでいるのか、浮れ男の夜ごとぞめき歩く場所になっている。

一昔——いや、それよりもっと近きころまで、やはりそこは、いかがわしい男女の情痴のごみだめだったのだが、しかし、それとても、ちかごろのように大胆で、赤裸々ではなかった。そのころの女は、小さな覗《のぞ》き窓から、辛うじて眼ばかりのぞかせて、道行く男を呼びとめたものである。そして、そういう風情に、いくらかのしおらしさを思わせたものだが現在では……いや、こういう情景をあまりくだくだしく述べ立てるのは憚《はばか》りがある。

まあ、よろしく、読者諸君の御推察におまかせすることにしよう。

さて、そういう情痴の迷路の中に軒をならべたとある店のまえへ、いましも立ったふたりづれがある。

「あの、ちょっとお訊《たず》ねしますがねえ」

「ああら、いらっしゃい。まあ、お入んなさいよ」

もうかれこれ十時だというのに、今夜はさっぱり客がつかなかった。それで仕方なしに表のホールで、トランプをしていたふたりの女がそういう声に、ふと振り返ると、店先に立っているのは若い男のふたりづれ。なかへ引きずりこまれないように、用心ぶかく入口から二三尺はなれたところに立っている。ちかごろでは家の構えもすっかり変って、万事あちら風になり、女なども昔の籠《かご》の鳥の面影ではなく、外を通ればガラス越しに、ひとめで中が見渡せるようになっているがそれでも一つの掟《おきて》で、女たちは入口から、何尺以上は道へ出て男をひっぱりこむことは許されないのだそうである。

「まあ、いやアねえ。何もとって食おうたアいやアしなくってよ、もっとこちらへお寄んなさいよ。ねえ、ねえ、ちょうど、こっちも二人お茶ひいてンだから、寄っててよ。ようようってば……」

「いや、用事がすめば、寄らないこともありませんがね。そのまえにちょっとお訊ねしたいことがあるんです」

「何よう、こんなところへ来て、改まってお訊ねしたいことなんて……あら」

ふいに女が頓狂《とんきょう》な声をあげたのでもう一人のがびっくりしたようにこっちを振返った。

「何よ、どうしたの、ミネちゃん。素っ頓狂な声を出したりしてさ」

「ちょいと、ちょいと、姐《ねえ》さん、こっちへ来て御覧なさいよ、双生児《ふたご》よ、きっと、ね、とてもよく似てるわ、まるで生写しよ」

ミネちゃんというのは、まだ十八九の、どこか田舎なまりの抜けない言葉つきだが、顔だけはどうやら踏める。これでもすこしあたりまえのお化粧をしていたら、もっと綺麗《きれい》に見えるだろうに……と、思われるような女だった。

「バカね、何を仰山な声を出すのよ。いつまでたってもあんたは子供ねえ。いらっしゃい。お寄りになって頂戴《ちょうだい》な。宵からあぶれて弱ってるンですの。せいぜいサーヴィス……ああらまあ!」

年上のこの女はサチ子という。デブデブと肥《ふと》った女だ。白粉《おしろい》と紅をペンキのように塗りたくって、ゴム人形のような体に、イヴニングだか、アフタヌーンだかわからないような衣裳《いしょう》をぶざまに着ている。そして、空気枕をふたつ並べたような乳房のふくらみのうえに、まがいものらしい真珠の頸飾《くびかざり》をかけている。

「まあ、ほんと。ミネちゃんのいうとおりだわ。双生児ね、きっと、でも、よく似たもんねえ。小説やなんかでよく読むけれど、ほんとに見るのは今夜がはじめてだわ。ねえ、あんた、あんたがた双生児でしょう」

「さよう、われわれは双生児のタップダンサー。姓は星野、名は夏彦」

「同じく冬彦。——どうぞ御ヒイキに」

双生児の夏彦と冬彦は、ちょっとタップを踏むような足どりをしてみせると、腕を組んで、にやっとわらった。

「ほほほほほ、面白いひとだこと」

「ちょっと、ちょっと、姐さん、双生児のタップダンサーといえば、ちかごろ平和デパートへ出てるっていう、あのひとたちじゃない」

「ああ、そうそう、星野夏彦と星野冬彦、そうよ、それにちがいないわ。そうとわかったら、ますますのがしゃアしないわよ。ねえ、逃げちゃ卑怯《ひきょう》よ。寄ってらっしゃいよ。ね、ね」

「いや、ところがそういうわけにはいかんのでね」

「君たち如き美人揃いの御招待に応じられぬというのは、まことに残念千万だが、今夜はちと急用がありましてね」

「何よ、野暮ったらしい。こんなところへ来て、急用もなにもないじゃないの」

「ところが、それがあるんだからちと困る。君たち、源さんという人を知らない？」

「源さん」

サチ子とミネははっとしたように顔を見合せた。

「源さん？　源さんとだけじゃわからないわ。苗字《みょうじ》はなんというのよ」

「さあ、それがねえ、よくわからないんですよ。あるひとがね、いつもただ源さん、源さんと名前だけ呼んでるのを聞きおぼえていて、苗字のほうはつい聞かずにいたんですよ」

「それじゃ、あんたわかる筈《はず》がないじゃないの。源吉、源五郎、源蔵——それもわからないの」

「ええそれもわかんないんです。でも、たいてい毎晩、この方角へあらわれるという話でしたがねえ。そうそう、苗字はわからないが、職業のほうはわかってます。大きな声じゃいえないが、ほら、これ……」

双生児のひとりが、ちょっと人差指をまげて見せると、サチ子とミネちゃんは、またどきっとしたように顔を見合せた。

「ああ、知ってるンだね。嘘だい、かくしたって顔にちゃんと書いてあるぜ。おなじみさんですって。は、は、は、いい子だから教えておくれよ。いったい、この土地での源さんの巣ってのはどこなんだい」

「いやあな人、だけどあんたたち、源さんを訪ねてっていったいどうするのよ」

「なに、心配するこたアないんだよ。君たちの迷惑になるようなことは絶対にしない。ぼくたちゃア源さんの友達なんだ。ほんとうだよ。友達の友達なんだ。君たち、亀さんてひと知ってるウ？　ほら、刺青《いれずみ》師の清水亀三郎さんさ」

女たちはまた顔を見合せた。

「ぼくたちはね、その亀さんと同じアパートにいるんだよ。君、知ってるだろう。中野のアパート……」

「ええ、知ってるわ」

「そう、そいつは有難い。それじゃぼくたちを信用してくれンね。さあ、それじゃ話しておくれ。源さん、どこにもぐりこんでンだね」

「ええ、教えたげるから寄ってらっしゃいよ。ダメよ、そんなとこで立話なんか出来やしないわ。あのね、その源さんの巣というのは……？」

「そこの角を曲ってね」

「ふンふン、そこの角を曲って……？」

「右へいってまた右へ曲って……」

「右へいってまた右へ曲って……？」

「三軒ほどいくとね……ほうら、つかまえたア！」

しまった！　夏彦はまんまとゴム人形女史の陥穽《かんせい》におちいったのである。もっともらしい女の話についひき込まれて、われにもなく一歩まえへ踏出したところを、矢庭にネクタイをつかまれたのである。

「うわっ、放せ、放せ、放さないか、こらあ」

「放すもんか。わたしゃアこう見えてもすっぽんの性でね、喰《くら》いついたら金輪際放しっこないのよ。ミネちゃん、わたしの腰をひっぱっておくれ。どうしてもこのひと引っ張りこまなきゃおかないんだから」

「わっ、冬ちゃん、助けてえ！　ひっぱりこまれるウ！」

「ようし、夏ちゃん、しっかりしろ、おれがうしろから引っ張ってやる!」

「姐さん、しっかりなさいよ。あたしがうしろからひっぱってあげるわ」

「ようし。こうなったら源平錣引《しころび》きじゃ、さあ、来い!」

「く、く、苦しい、息がつまるゥ!」

なんともはや、だらしのない話である。夏彦はネクタイで咽喉《のど》をしめられ、眼を白黒させていたが、ちょうどそのころ、このいかがわしい迷路の入口へ横着けになった自動車がある。

「まあこんなところ……」

とまった自動車の窓から外を見て、ためらうように呟《つぶや》いたのは、意外にも女の声であった。

「ええ、ここなんで……源の野郎、いつもここにシケ込んでますんで……」

「おい、清水君、君、われわれをこんなところへひっぱりこんで、何かいたずらをしようというンじゃあるまいね」

運転台からハンドルを握った男が、きめつけるように云った。太い、声量のある、キビキビとした声音だった。

「め、滅相な、旦那《だんな》、あっしにゃアもうそんな度胸はありません。とにかくおりて下さい」

自動車からおり立ったのは、刺青師の亀三郎。あとでは男と女が、しばらく何か話して

いたが、やがて男の声で、

「ああ、そう、それじゃ君はここに残っていたまえ。何んぼ何んでも、ここは女の来るところじゃないからね」

「ええ、じゃ、お願いします。その人を見附けたら、すぐにここへつれて来て下さい。話はどこか、ほかへいってしましょう」

「ふむ」

言葉短かにこたえて、運転台からとびおりたのは、いうまでもなく白井順平。してみると、女というのは矢代多門の娘珠子にちがいない。さすがに大胆な珠子も、この迷路には辟易《へきえき》したらしい。

清水亀三郎と白井順平のふたりは、珠子をそこにのこしてすたすたと迷路のなかへ踏込んだが、一方、こちらは双生児の夏彦と冬彦である。

「ああ、危かった。すんでのことで生胆《いきぎも》を抜かれるところだったぜ」

「あっはっは！　夏ちゃん、あんまり鼻毛をのばしすぎるからよ。おまえ女に甘いからねえ」

「プッ、冗談いっちゃいけないよ。いかにぼくが女にかつえているにしろ、なんだい、あんな肉マンジュー」

「だからさ、食べてみればよかったかも知れないぜ。あっ、ごめん、ごめん。しかし、うまく逃げられたもんだね。ぼくはもうダメだと思ったぜ。ひっぱりこまれて生胆を抜かれるか、首をしめられてお陀仏《だぶつ》になるか、どっちかだと思ったのよ」

「そこがそれ、孔明はだしの智慧《ちえ》の奥の手さ。観念して、女に抱きつくと見せかけて、コチョコチョと腋《わき》の下をくすぐってやったものさ。するとキャッ、アレッと、見事にネクタイ放したね。ああいう肉マンジュー女史に限って、とてもくすぐったがるすだからね。どうだ、冬ちゃん、智慧者だろう」

「なアんだい、そんなこと。あれ、ここはどこだい？」

「おやおや、いつの間にやら迷路の入口へ来てしまったじゃないか」

双生児の夏彦と冬彦は、呆《あき》れたようにキョトキョトあたりを見通している。危く虎口《ここう》を脱した二人は、いのちからがら夢中になって迷路の辻《つじ》から辻へと走っているうちに、いつか外へとび出してしまったのである。これがこの種の迷路の迷路たるゆえんで、三度や五度来たところで、とても地勢ののみこめないところに、面白味があるのだそうだ。

「ちっ、何んだい。それじゃもう一度逆戻りだ。おや……」

「冬ちゃん、どうした」

「夏ちゃん、見な、自動車が横着けになってるぜ」

「ほんとだ。酔狂な奴もあるもんじゃないか。あんな立派な自動車で、こんなところへ乗りつけるなんて……おい、誰か乗ってるぜ。ちょっと顔をのぞいてやろうか」

「よかろう」

よせばよかったのである。しかし、場所柄としてはあまり自動車が立派すぎた。物好きな双生児が、つい、むらむらと好奇心を起したのも無理はない。

抜足差足——と、いうほどではないが、さりげなく自動車のそばへ近附いていくと、自動車の窓がひらいて、中からだらりと腕がのぞいている。妙に白い腕である。

「おい、女だぜ」

「うん、変だね」

通りすがりに女の腕へ眼をやったとたん、夏彦と冬彦は、思わずぎょっと眼を見交わした。

女の腕にはありありと、ハートのクイーンの刺青が。……

「おい夏ちゃん、いまのクイーンはたしかに左向きだったねえ」

「うん、たしかに左向きだった」

「すると、三輪芳子じゃないねえ」

「バカだなア。芳子が今夜、こんなところへのこのこ来る筈がないじゃないか」

「うん、するともう一人の女か」

双生児は囁《ささや》く、くらやみの中で。……

自動車のそばを通り過ぎて、しばらくいってふと立止った夏彦は、眉根《まゆね》にギュッと皺《しわ》をきざみながら、

「しかし、変だねえ」

「何が？　夏ちゃん」

「だって、あの女、なんだってわざわざあの刺青《いれずみ》を見せびらかしているんだろう。どんなことがあっても、いま、一番かくしておくべき刺青じゃないか。それをああやって麗々しく……」

「あっ、そうだ」

冬彦もぎょくんと立止ると、そっとうしろを振返り、

「夏ちゃん、夏ちゃん、もっと妙なことがあるよ。あの腕さっきからちっとも動いてないよ。さっきと同じ恰好《かっこう》で、同じ位置にブラ下っているよ」

「冬ちゃん！」

双生児は急にまっ蒼《さお》になった。しばらくじっと眼を見交わしていたが、やがてかすかにうなずきあいながら、もう一度自動車のそばへとってかえした。

女の腕はあいかわらず、さっきと同じ恰好でブラ下っている。ふたりはまた顔を見合せた。

「もしもし……」

夏彦は試みに、ひくい声で呼んでみた。自動車の中からは返事もない。

「もしもし、お嬢さん、どうかしましたか」

冬彦は窓から中をのぞいたが、そのまま凍結したように、体をしゃちこばらせてしまった。夏彦も窓から中をのぞいてみた。そして、これまた凍結したように、体をしゃちこばらせたのである。

無理もない。

自動車の女はがっくり首をうなだれて、そして、純白のワンピースの胸のあたりに、真《ま》っ紅《か》なしみがついている。それはまるで、紅い薔薇《ばら》の花でも挿しているように見えるのだがただ、ちがっている事は、眼のまえで、そのしみが、しだいに大きくなっていくのである。

そして、その赤いしみの中央には、細いメスのような短刀がぐさっとささって、山鳥の尾のようにブルブルとふるえている。

諏訪三郎を殺したと、同じ兇器《きょうき》なのである。

第八章　オアシスでの出来事

宵から妙にむしむしすると思っていたら、とうとう雨がこぼれはじめた。どこか遠くのほうでゴロゴロと、玉をころがすような雷の音がする。

そういう天気のせいか、いつもなら人の出盛りの時刻だのに、今夜は妙に淋《さび》しいのである。せまい路《みち》の両側に、ずらりとならんだ明るい店が、なんだか水族館の水槽のように見える。けばけばしい服装をして、それらの店で思い思いのポーズをつくっている女たちは、さしずめ熱帯魚みたいなものである。それらの熱帯魚たちが、おりおり嬌声《きょうせい》をあげて、表をとおる男たちに呼びかける。

しかし、白井順平も亀三郎も、そういう声を耳にもかけない。急ぎ足に、路地から路地へと抜けていく。迷路とはよくいったもので、いつまで歩いても路地はつきない。白井順平はたちまち方角がわからなくなった。

「ちょっとお二人さん、何をそんな深刻なかおをしてンのよ。ちょっとこっちをお向きなさいよ。よう、よう、ようてんば！」

「チョッ、なんだい、あいつは……いやに気取ってるじゃないか。こんな街へ来て、そんな歩きかたをする奴があるもんか。チッ、いっちまったよ」

あぶれた熱帯魚の紅《あか》い唇から、おりおり辛辣《しんらつ》な罵声《ばせい》がもれる。白井順平はそういう声をきくたびに、何か不潔なものに触られたように、ビクビク眉をふるわせている。

「おい、まだなのかい。源という男の入浸っているというところは……」

「へえ」

亀三郎はおぼつかなげなかおをして、暗い三つ角に足をとめると、

「どうもいけねえ。すっかり路を間違えたらしい」

「路を間違えた？」

白井は俄《にわ》かに嶮《けわ》しい顔付きになると、鋭い眼で亀三郎の横顔を見つめながら、

「おまえ、そんなことをいって、このおれを誤魔化そうというンじゃあるまいね」

「御冗談でしょう。そんな……」

「しかし、おまえはその家をよく識《し》ってるといったじゃないか」

「へえ、そりゃよく識ってます。そばまで行きゃすぐわかるんです。しかし、何しろここはこのとおり、迷路みたいにゴタゴタした街だから、一度や二度足を踏入れたからって、なかなか道筋を憶《おぼ》えられるもんじゃありません。あっ、いけねえ、とうとう降って来やアがった」

さきほどから、ポツリポツリと落ちていた雨脚が、そのとき急にはげしくなって来たかと思うと、つぎの瞬間、ザーッと盆をくつがえすような大夕立ち。

「あっ、これは……」

白井順平はあわててあたりを見廻《みまわ》したが、それだけかれにすきが出来たわけである。さきほどから、眼の隅で順平の様子を見まもっていた刺青師の亀三郎、ふいに身をひるがえすと、雨のなかを一目散。

「あ、貴様、逃げるか」

白井もすぐにあとを追いかけたが、何しろ眼も口もあけていられないような大土砂降り。それに淋しいといっても、五十や百の漂客はうろついていたのである。それらの連中がいっせいに、雨におどろいて右往左往しはじめたから、亀三郎の姿はたちまち人ごみのなかにまぎれて、どこかの迷路のおくにのまれてしまった。

「畜生！」

白井は茫然《ぼうぜん》として雨のなかに立ちすくんでいたが、それでもまだあきらめかねたのか、不案内な路地から路地へと、亀三郎の姿を求めてさまよっていく。

こちらはまんまと白井順平をまいた刺青師の亀三郎。それから間もなく、いくつかの路地をかきぬけて、やって来たのはオアシスという看板のあがった店である。

「おや、いら……なんだ、あんたなの?」

今夜の天候にあぶれたと見えて、所在なさそうにトランプのひとり占いかなんかしていた女が、亀三郎のとびこんで来た気配に顔をあげると、

「どうしたのさ。何をきょときょとしてるのよ。誰かにおっかけられたの」

「うん、悪いやつにつかまってひどい眼にあった」

亀三郎は全身からポタポタ滴をおとしながら、犬のように身ぶるいをした。

「まあ、濡《ぬ》れ鼠じゃないの。ちょっと待ってらっしゃい。いま、タオルを持って来てあげる」

女が持って来てくれたタオルで、頭から顔から頸筋《くびすじ》からゴシゴシ拭《ふ》くと、ズブ濡れになった着物をはたきながら、

「ああ、ひどい眼にあった。いまいましいったらありゃしねえ」

「いったいどうしたのさ。警察かい、相手は……? それとも地廻り?」

「なあに、そんなンじゃねえが、……ときに、源の野郎は来ているか」

「ええ」

女はうなずくと、意味ありげなわらいかたをした。

「二階かい?」

「ええ。……だけど、いまあがっちゃ駄目よ。やっと静かになったところだから」

「やっと静かになったところ？」

「ええ。源さん、きょうはとても不機嫌でね、やって来ると早々、マダムに八つあたりなのさ。マダムはマダムで、何かムシャクシャしたことがあったのでしょう。黙っちゃいないからね。売り言葉に買い言葉で、さんざやりあった揚句、やっと仲直りが出来て、いま、二階へおひけというわけさ。邪魔をしないほうがいいでしょう」

「そんなこと、構うもんか。あん畜生、ひでえ野郎だ。あいつのためにこちとら、どんな迷惑を蒙《こうむ》ったかしりゃしねえ。うんとひどいこと、いってやらなきゃア……」

「あら、お止《よ》しなさいよ。ひとの恋路を邪魔するもんじゃなくってよ。マダムはすぐおりて来る。それまで待っていらっしゃいよ」

「いいってことよ。ええ、放さねえか」

うしろから抱きとめる女を突きはなして、亀三郎が階段へ一歩足をかけたときである。二階からまた男と女ののしりあう声がきこえた。男は源、女はマダムにちがいない。ドドドドドと床を踏み抜くような足音とともに、天井の電気がユサユサゆれる。

「あら、また痴話喧嘩《げんか》のむしかえしかしら」

階段の下に立ちすくんだふたりが、思わずきき耳を立てていると、

「泥棒！」

と、叫ぶ源の声、

「あれ、人殺し、誰か来てえ」

そういう悲鳴はマダムである。

「おのれ、返さねえか。こいつ、それをどうするつもりだ」

床を踏み抜くような足音はまたひとしお高くなって、ガチャンとガラスの毀《わ》れる音。

「あれ、あ、ひい……」

「畜生ッ、畜生ッ、返せ、返せ、その頸飾……」

「えッ、頸飾……？」

亀三郎がはっと息をのんだときである。どすんと何か倒れるような音、つづいてバタンとドアのひらく音がしたかと思うと、ころげるように階段をおりて来たのはマダムである。長襦袢《ながじゅばん》一枚のしどけない恰好《かっこう》で、片手に頸飾を握っている。

亀三郎の姿を見ると、マダムははっとしたようすで、あわてて頸飾をかくそうとしたが、それより早く、亀三郎がマダムの腕をおさえていた。

「あっ、おまえさん、何をするの」

「いいってことよ。こんなものを持っていちゃおまえのためにならねえ。これはこっちへ貰《もら》っておくよ」

「あっ、畜生！」

腕をうしろに捻《ね》じまげて、なんなくマダムの手から頸飾をまきあげた亀三郎、どんと相手のからだを階段のしたへ突きはなすと、

「源の野郎は二階だな。ちょっと話があるから、おめえたち顔を出すな」

亀三郎はそのまま二階へあがっていった。階段をあがるとせまい廊下、すぐとっつきにペンキ塗りの安っぽいドア。そのドアがあけっぱなしになっているので、ひと眼で部屋のなかが見渡せた。

四畳半ばかりのせまい洋間、その大部分を占領している大きなダブルベッド。床には敷物もなく、壁には壁紙もない。その殺風景さが、かえってある目的さえ果されれば……と、いわぬばかりの露骨さを表現している。ベッドはくしゃくしゃに乱れて、足下の乱れ箱には、男のぬぎ捨てた衣類一切がつっこんである。そしてその乱れ箱の足下に、衣類の主が素っ裸で倒れているのである。表に面した窓ガラスがこわれて、そこから吹きこむ雨風が、大きくカーテンをあおっている。

「おい、源、どうした」

亀三郎が声をかけたが、うつ伏せに倒れた男の唇から返事もきこえなかった。

「源、起きろ、起きろ、起きねえか。何んてえざまだ、みっともねえ。手前《てめえ》、まだ酔ってやアがるンだな」

亀三郎はつかつかと部屋のなかへ踏みこんだが、そのとたん、

「ぎゃっ！」

と、叫んでとびのいた。

乱れ箱のかげにかくれていままで見えなかったのだが、源の左の背中にぐさっと短刀が

つっ立って、細い短刀の柄が、山鳥の尾のようにブルブルふるえている。

「うわっ、人殺しイ」

亀三郎はなんということなく、表の窓にとびついてそれをひらいた。

「人殺しだア。誰か来てくれえ！」

ちょうどそのころ、土砂ぶりの表を通りかかった二人の男が、それをきくと窓を仰いで、

「あっ、亀さんだ」

「亀さん、どうしたの」

「ああ、夏彦さんに冬彦さん、人殺しだ。源の野郎が殺されてるンだ」

「えっ、人殺し？冬ちゃん、たいへんだ。ここにもひとり殺されてるンだってさ」

「夏ちゃん、とにかくなかへ入ってみよう」

とびこむ二人のうしろから、もう一人、無言のままオアシスへ入って来た男がある。さっき亀三郎に逃げられた白井順平である。

びっくりしてうろうろしているマダムや女をつきのけて、階段を駆けあがっていくと、

「亀さん、どうした、源さんが殺されたって」

「ああ夏彦さんに冬彦さん、よいところへ来てくれた。源の野郎がこのざまだ」

「そして、……そして、誰がいったい……」

「マダムだよ。マダムと源の野郎が喧嘩をしていた。それからマダムが階下へとびおりて来たので、すぐあがって来ると源の野郎がこのとおりだ。マダムよりほかに、源の野郎を

殺すやつはねえ」

「いいえ、ちがいます。あたしじゃありません」

一同のあとから、おずおず階段をあがって来たマダムは、びっくりしたように大きく眼をみはって、醜い死体を見つめている。ついさっき、マダムはこの男の腕にいだかれていたのである。それだけにマダムの驚きはいっそう大きかった。

「それじゃ、誰がやったんだ」

亀三郎がマダムにむかってかみついた。

「誰だか知りません。でも、あたしじゃない。あたしは何も知らない」

「しかし、おめえさっき、源の野郎と大喧嘩をしていたじゃねえか」

「ええ、それは……」

「マダムいったい、何んのことで喧嘩をしたんだね」

おだやかに口をはさんだのは夏彦だった。

「ええ、それは……源さんはやって来たときからプリプリしていたんです。それにあたしもムシャクシャすることがあって……なに、たあいもない喧嘩なんですわ、だからすぐ仲直りをして、ここへあがって来たんです」

「それが、また喧嘩のむし返しをしていたじゃないか」

「ええ、それはこうなんです。あのひと、何んだか妙にあたしにかくし立てしている。ポケットのなかに、何かあたしに見せられないものを持っているんです。あたし、それが癪《しゃく》にさわったから、あのひとの眠るのを待ってそっと調べてみたんです。いいえ、別に盗むつもりなんか毛頭なかったんですよ。それだのにあの人ったら妙に誤解して、だしぬけに泥棒泥棒なんて叫ぶんですもの、あたしだって腹が立つじゃありませんか。それでまた喧嘩のむし返しになっちゃったんです」

「いったい、この男がかくしていたものというのは何んだったの、マダム」

今度は冬彦の質問だった。

「それは、こいつですがね」

亀三郎がふところから、出してみせた頸飾《くびかざり》に、白井は俄《にわ》かに眼を光らせた。

「あっ、なるほど。源さんはマダムがその頸飾を盗むとかんちがいしたんだね。それからどうしたの」

「それから急にあたしにおどりかかって、咽喉《のど》をしめようとするんですもの、あたしも腹が立って嚙《か》みついてやりました、それで相手がひるんだので、あたし夢中でしたへおりていったんです」

「そのときには、源さん、まだ生きていたんだね」

「ええ、生きていました。でも……」

「でも……」

「いまから考えると変でした。ドアのところまでいってふりかえると、あの人、大手をひろげておっかけて来ようとしていたんですが、急によろよろけて、そこへ倒れてしまったんです。あたし、何かにつまずいたんだろうと思って、別に気にもとめず、そのましたへおりていったんですが、あのときもしや……でも、……そんな筈《はず》ないわねえ。あのとき部屋のなかには誰もいなかったんだから……」

　マダムは狐につままれたような顔色だった。

「マダム、そのとき、この窓はあいていましたか」

「いいや、窓をひらいたのはあっしなんです。あっしが入って来たとき、窓はしまっていましたよ。でも、ガラスが毀れてカーテンが吹流しみたいに風にあおられていましたっけ」

「マダム、ガラスはいつから毀れているの」

「さっき、この人と喧嘩《けんか》をしているとき毀れたんです。ええそう、あのひとあたしの咽喉をしめようとする。あたしは夢中であのひとの体を、窓のところへおしていったんです。そのとき、肘《ひじ》でもさわったんでしょう、ガチャンとガラスが毀れたんです」

「そのとき、カーテンはしまっていたんでしょうね」

「ええ、それや……カーテンをあけておいたひにゃ、お向いの二階から、部屋のなかがまる見えですもの」

　なるほど、狭い路地をへだてた向いの家も、同じ商売のうちらしく、向いあった二階の窓には、重たげなカーテンがしまっている。

　夏彦と冬彦とは、それを見るとにっこりうなずいた。

「夏ちゃん、ごらん、源さんの背中にささっている短刀は、檻《おり》のなかの男にささっていた短刀と、寸分ちがわぬ代物だぜ」

「うん、ぼくもそれに気がついている。冬ちゃん、これでどうやら謎はとけたらしいね」

「そうだ、そうだ、檻の中の事件といい、今度の事件といい、いわば一種の密室の殺人事件だが、それを裁くには、あの短刀が重大なキイなんだ。これきっと、外国の探偵小説から思いついたんだね」

「そうだよ、きっと。……でも、ずいぶん悪い奴だねえ」

甚だ妙な双生児であった。ひそひそそんなことを囁《ささや》きながら、しきりに悦に入っていたが、そのときだった。白井順平が牡牛《おうし》のような唸《うな》り声をあげたのは。……

「ちがう！　これはちがう。この頸飾は贋物《にせもの》だ！」

第九章　双生児は解説する

その翌日。

平和デパートの七階、例の金色の檻のまえにある喫茶室には、事件の関係者全部が顔をそろえていた。

真珠王加納大吉をはじめとして、息子の龍吉、唯一の容疑者三輪芳子はいうまでもなく、刺青《いれずみ》師の清水亀三郎、新興財閥の白井順平、そのほかオアシスのマダムまで顔を出している。そしてそれらのなかに、双生児のタップダンサー、星野夏彦と冬彦がまじっていることはいうまでもないが、ふたりは何んだかとても愉快そうであった。

やがて千々岩警部が、そしてそれから少しおくれて佐伯検事がやって来た。と、同時に一同の顔色がピーンと緊張する。双生児の夏彦と冬彦だけが、嬉《うれ》しそうににやにやとわらっている。

佐伯検事が到着すると、すぐに千々岩警部が一同のまえに立ちあがった。

「ええ、今日はみなさん、御苦労様でした。さて、今日はこうしてお集まりを願ったのはほかでもない。実は、ここにいられる双生児のタップダンサー星野夏彦君と冬彦君の御註《ごちゅう》文《もん》で、ございまして、両者はこのたび起った三つの連続的殺人事件の真相を、誰よりも早く看破された……と、こう公言していられるのです。そこで、その真相を解き明かすためには是非とも関係者一同に集まっていただきたいと、こういう御註文なのでして……真偽のほどは、まだわれわれにもわかっていない。しかし、両君がいかなる意見をいだいていられるにせよ、一度これをきいてみるのも一興と思ったものですから、ここに集まっていただいたわけでして……それでは星野君どうぞ」

双生児の夏彦と冬彦は、顔見合せてにやりとわらった。警部の言葉のなかにある、かるい皮肉が面白かったのである。

ふたりは警部に代って一同のまえに立つと、肩を組んでペコリとお辞儀をする。

「ええ、われわれがいま、警部さんの御懇切な御紹介にあずかりました双生児のタップダンサー、星野夏彦と冬彦でございます。色の白いかくいうわたしが夏彦で、黒い方が冬彦でございます。さて、本日こうして皆様にお集まりを願ったのは……おい、冬ちゃん、あとはおまえからいえよ」

「おやおや、今度はぼくの番か。いいよ、じゃ、やっつけよう。ええ、いま夏彦からも申しましたとおり、今日こうして皆様にお集まりを願ったのは、ほかでもない、矢つぎばやに起った三つの殺人事件の真相を、ここに究明していこうというわけでございまして、……さて、この事件を究明するためには、ぜひとも昭和十七年の春までさかのぼらねばならぬと思うのであります。なあ、夏ちゃん、そのほうがいいだろう」

「うん、それがいい。あの事件から説明していかねば話がわからないからね」

「それでは夏ちゃんの同意をえましたから、昭和十七年の事件からお話していくことに致します。その事件とはほかでもない。ここにいられる清水亀三郎さん、この方は刺青師を業としていられる方でありますが、ある晩、不思議な婦人につれ出されて、妙な刺青をされたことがある。妙な刺青というのはほかでもない、亀三郎氏をつれ出した不思議な婦人の腕にあるのと、そっくり同じ刺青を、別の婦人の腕に彫ったのであります。このことは亀三郎氏にとって、まことに強い印象となってのこった。と、いうのは、亀三郎氏をつれ出した婦人は、濃いヴェールで顔をつつんでいたし、また亀三郎氏に刺青をされた婦人は、カーテンのかかったベッドから、腕だけ出していたのだから、二人の婦人がどういう人相をしているか、亀三郎氏には少しもわからなかった。しかも、そこへ行く途中、亀三郎氏は眼かくしをされていたのだからそこがどこのどういう家か見当もつかなかった。つまり何もかもが神秘につつまれた事件でありまして、それだけ亀三郎氏の記憶に、拭《ぬぐ》いきれない強い印象となって、その夜の出来事が残ったのであります。さて、ええと……おい、夏ちゃん、あとはおまえから話せよ」

「そうか、それでは弁士交替致しまして、一席弁じることと致しましょう。さて、それから星移り月変り、終戦後の今日となって、ここに二人の物好きな道化師が登場いたします。物好きな道化師とはほかでもない。かくいう夏彦と冬彦でございまして、かれらは一昨日、三輪芳子という婦人の腕に、ハートのクイーンの刺青のあること、しかも芳子嬢がその刺青をされたときの奇《く》しき物語をちらりと小耳にはさむに及んでここに妙ないたずらを思い立った。と、いうのはこの夏彦と冬彦が住んでいるアパートに、前申した刺青師の亀三郎氏が住んでおり、かねてから昭和十七年の出来事をきき及んでいるものですから、さてこそ、あの夜、刺青をされた婦人こそ、三輪芳子嬢ではあるまいかと、そこでそのことを亀三郎氏に報告したのであります。亀三郎氏もかねてより、二人の婦人に対して、絶大な好奇心をいだいていたことでありますから、夏彦と冬彦の話をきくと、ぜひとも事の実否をたしかめてみんものと思い立たれた。ところが……」

と、夏彦が一息入れると、すかさず冬彦が言葉をついで、

「ところが、事の実否をたしかめるには、是非とも三輪女史の刺青を見なければなりません。しかるに三輪女史は常にその刺青を、太い腕環《うでわ》でかくしておられる。その腕環をとってもらわぬことには、刺青拝見というわけにはまいりませんがまさか一面識もないものが、

そのような無躾《ぶしつけ》なこともお願いできませんから、そこで一計を案じた。つまりかねて識合《しりあ》いであるところの源という人物を頼んで来た。この源なる人物は、源助か源吉か源太郎か、そのところは判然といたしませんが、ふつう源、あるいは源公とよばれている。この人物は、まことに幻妙不思議な指先芸術を持った人物……手っとり早くいえば、つまり掏摸《すり》ですが、この源氏によって三輪芳子嬢の腕環を外してもらう。そこをすかさず亀三郎氏がのぞきこんで、果してそれが自分の彫った刺青であるかいなかたしかめてみようという寸法であります。かくて昨日正午前後われわれ一同、即ち亀三郎氏に源氏にわれわれ兄弟がここで待機しているところへ、やって来たのが三輪芳子嬢――と、いうよりも芳子嬢と思われる婦人であった。さて、そこでどのようなことが起ったか、それからあとのことは、いまさらわれわれから申上げるまでもなく、皆様御存じのことと存じます」

「それだけのことなら、むろん、君たちの説明をきくまでもなく、だいたいのことはわかっている。そんなことより、おれの知りたいのは、犯人だ、檻の番人諏訪三蔵を殺し、ついで芳子の身代りとなった矢代珠子を殺し、最後に源を殺した犯人だ。そいつはいったい誰なのだ」

長ったらしい双生児の饒舌《じょうぜつ》に、千々岩警部が業を煮やした。かみつきそうにそういった。

「いや、これは警部さんのおっしゃるのも無理はありませんが、ものには順序というものがある。この事件の背後にある、からみあった事情をまず解きほごしていかぬことには、事件の真相は突きとめられるものではない。さて、ここに話かわって加納大吉氏という真珠屋があって、このたび貿易再開をまえにして、かくの如く結構な真珠の展覧会をひらかれた。しかるに、その中に陳列された人魚の涙という一聯《いちれん》の頸飾《くびかざ》りは、まことに素晴らしいもので、これが戦後出来た新興財閥、白井順平氏の垂涎《すいぜん》おくあたわざるものであり、何んとかして譲りうけたいと、再三再四加納氏に交渉されたが、頑として加納大吉のいるるところとならなかった。かくなるうえは意地ずくであります。たとい非合法的手段によっても、やわか人魚の涙を手に入れずにおこうかと、いきまいていられるところへ現れたのが矢代珠子嬢であります。さて……夏ちゃん」

「おっとよしよし。さて、白井順平氏のまえに現れた珠子嬢は、自分にまかせてくれればきっと人魚の涙を手に入れて見せると約束した。ところでここで注意しておきますが、そのとき白井氏は、それを矢代珠子嬢とは知らなかった。てっきり加納大吉の令息龍吉君の愛人であるところの三輪芳子嬢とばかり思いこんでいた。そこで多額の報酬を提供することにして、珠子嬢と契約成立、珠子嬢はついに昨日、三輪芳子嬢になりすまし、諏訪三蔵をあざむいて、まんまと人魚の涙を手に入れたが、おっとどっこい、そこをまた源氏の早業にしてやられたのであります」

「おい、おい、そんなことはもうわかっているよ。犯人は誰だ、誰が犯人なのだ」

千々岩警部はいよいよ業が煮える恰好《かっこう》である。

「いや、もうしばらくお待ち下さい。さて、折角ものしたものをものされた珠子嬢は、ふんまんやるかたなき立場となったが、ちょうどそのとき、自分を尾行しているもののあるのに気がついて、これを原宿の昔の屋敷につれこんだ。そこへ白井順平氏もやって来る。その屋敷のベッドに、三輪芳子嬢が麻酔薬を嗅《か》がされて昏々《こんこん》と眠っている。ここにおいて白井氏は、はじめて自分の相棒が三輪芳子嬢でないことを知り、かつまたその婦人の告白によって、はじめて彼女が故陸軍少将矢代多門氏の令嬢珠子嬢であること、ならびに珠子嬢と芳子嬢が異母姉妹であることを知ったのです」

「まあ！」

さきほどから蠟《ろう》のように蒼褪《あおざ》めていた芳子の顔に、そのときはじめて血の色がさした。大きく眼を見張って、唇がわなわなとはげしくふるえた。

「芳子さん、あなたそのことをいままで御存じなかったのですか」

「ええ、存じませんでした。自分に非常によく似たひとがあるらしいことは、かねて気がついていましたが、それが姉妹だなんて……でも、でも、そのひとなんだって、あんなにまであたしを苦しめたのでございましょう。あたしそのひとに間違えられて、いままでどのくらい難儀をしたかわかりません」

「いや、そのことはのちほどゆっくり、白井氏におききになるんですな。さて、珠子と白井氏は、まだ昏睡状態にある三輪芳子嬢を、上野の山へはこび出したが、そこではじめて平和デパートの殺人事件を耳にした。即ち珠子嬢がとび出したあとで、檻《おり》の番人諏訪三蔵の殺されているのが発見されたという噂をきいた。ここで珠子嬢は非常におどろき、白井白井氏にこんなことをいったそうです。いや、いや、これは白井氏の口から直接きいたほうがいい。

白井さん、そのときの珠子嬢の言葉をどうぞ」

「私もはっきり憶《おぼ》えてはおらんが、だいたいつぎのような意味だったと思う。あいつに騙《だま》されたのだ。あいつの手先に使われた、畜生ッ、畜生ッ！」

「ところで、あいつというのを誰だかいいませんでしたか」

「いいませんでした。しかし、それから間もなく、清水君の昏睡のさめるのを待って、源という男を探しにいくみちみちも、口癖のように、あいつあいつを繰返して、くやしがっていたようです」

「いや、有難うございます。さて、ここに注意すべきは、犯人は源という男が江東のあんな場所にいることを、あらかじめ知っていた筈《はず》はない。だからかれはひそかに白井さんの自動車を尾行したものと思われます。では、どこから尾行したか、途中で偶然白井氏の自動車に出会ったなんてのは、あまり都合よく出来ていますから、これは当然、原宿の矢代家から尾行して来たにちがいない。ここにおいて犯人は、矢代家のことを知っている人物ということになります」

「ヒヤヒヤ、夏ちゃん、そのとおりだ。そしてうまいぐあいに珠子がひとり、自動車のなかにのこったものだから、これを殺し、それから亀三郎君を尾行して、ついにあのオアシスを突きとめた。そして、亀三郎君が二階へあがるまえに、ひとあしさきに源氏を殺してしまったのです」

「だが……だが……どうしてそんなことが出来るのだ。あの二階へあがるには階段はただひとつしかない。亀三郎のあとを尾行した人物が、亀三郎や女に気付かれずに、どうしてあの階段をあがることが出来たのだ」

双生児の夏彦と冬彦は、そこにおいて、にっこり顔を見合せると、

「いいえ、犯人はあの階段をあがる必要はなかった。……」

「階段をあがったことはあがったが、オアシスの階段ではなく、むかいの家の階段をあがったのです。そして表に面したその家の窓から、オアシスの二階をうかがっていた」

「するとそのうちにマダムと源のいさかいがはじまった。注意しておきますが、あの部屋の光線のぐあいでは、ふたりの影がハッキリと窓のカーテンにうつります。おそらくマダムの握った頸飾も、影絵となってカーテンにうつったでしょう。そこでそいつが待機していると、うまいぐあいにガラスが毀《わ》れた。吹きこんで来る風に、カーテンがあおられる。そこへマダムに押しつけられた源の背中が、ガラスの割目に現れた。そこを狙って……」

「そこを狙って……？　どうしたんだね」

千々岩警部もようやく真剣なかおいろになった。佐伯検事はさっきから、興味ぶかげにこの奇妙な双生児を見まもっているのである。

「いや、それを申上げるまえに、話を戻してもう一度この檻の中で起ったことを思い出してみましょう。あのときわれわれは、わき目もふらずにこの檻を見張っていたんですよ。そしてこれは神かけて申上げますが、そのとき檻の周囲には誰一人いなかった。檻の中にもいなかったし、檻の外からちかづいたものもなかった。それにも拘《かかわ》らず、諏訪三蔵を殺

した短刀……あれはいったいどこから来たか、それを説明するには唯一《ただ》つの方法しかない。ここに坐《すわ》っているわれわれの眼から檻にちかづく道程をおおうているもの。それはあれです。あの宣伝ポスターの布なんです」

まえにもいったが、金色の檻の左右から、ひとはばの布が宙に張られていて、その一方は屋上へ上る階段のところまで達している。双生児の夏彦と冬彦が指さしたのはその布だった。

「つまりあの短刀は、屋上へ上る階段の途中から発射されたものでありあの布のうしろをとおって檻のなかにぶちこまれたのです。だからわれわれが、全然それに気附かなかったのも無理はないのです」

「発射されたあ？　短刀があ？」

警部は大きく呼吸《いき》をはずませる。

「そうです。それよりほかにこの事件の謎をとく説明はありません。諏訪三蔵は靴の紐《ひも》を結ぼうとしてうつむいた。そこを斜上から狙撃《そげき》されたから、あんな角度に短刀がつっ立ったのです」

「そうそう、そして同じことがオアシスと、オアシスの向いの家のあいだでも行われた。即ち源は道路越しに向いの二階から狙撃されたのです。そして狙撃に用いた道具というのは即ちこれであります」

冬彦は足下にあった鞄《かばん》をひらくと、手品師みたいな手附きで奇妙なものをとり出したが、それを見ると一同は、思わず大きく眼を見張った。それは古代西洋で用いられたクロスボー、即ち一種の弩《いしゅみ》で、ロビンフッドが持っていそうな狩猟の道具である。

「君は、そんなものをどこから見附けて来たんだ」

「オアシスのすぐちかくの泥溝のなかで……珠子を殺し源を殺した犯人は、もう御用ずみとばかり泥溝へすてていったんですな。誰だってこんな変梃《へんてこ》なものが兇器《きょうき》だなんて思いっく筈はないとたかをくくっていたんですな」

「このクロスボーというのは、むろん矢を射るための道具だが、犯人はこれをいくらか改造して、あの短刀を発射するように仕掛けたのです」

「そして、そして、その犯人というのは誰だ、何者だ！」

たまりかねて警部が叫んだ。と、それが合図でもあったかのように……事実は夏彦が指で合図をしたのだったが……若い、けばけばしい服装をした女がちかづいて来た。

「御紹介します。この麗人はオアシスの向いにいられる加代子さんという婦人ですが、このひとが昨夜、あの騒ぎのあった直前、二階へあがった客というのを、ここにいられる方々のなかから……あっ、危い！」

突然、冬彦が加代子のからだを突きとばした。と同時に、轟然《ごうぜん》たる銃声、ピストルの弾丸が加代子の耳もとをかすめてとんだ。火を吹いたのは思いがけなく、真珠屋加納大吉の上衣《うわぎ》のポケット。つぎの瞬間、手ぐすねひいて待ちかまえていた刑事のめんめんが、大吉のうえに折重なって。……

「加納大吉がなぜあんなことをしたとおっしゃるんですか」

「それはね、つまり道楽者の龍吉が、人魚の涙を贋物《にせもの》とすりかえて、本物のほうはどこかへ売りとばしちまったからですよ」

「しかもこの頸飾《くびかざり》には莫大《ばくだい》な盗難保険がついている。保険金は欲しいが息子の龍吉が捕えられるのは困る。そこでまた改めて盗難にかかったように見せかけるために、ああいう狂言を仕組んだのです」

「それともうひとつには、大吉は芳子さんを憎んでいた。で芳子さんに泥棒或《ある》いは殺人の汚名をきせて、龍吉と手を切らせようと考えていたんです」

「芳子さんを憎む大吉は、かねてから芳子さんの事情を探っていた。そしてついに芳子さんに生写しの珠子を発見したわけです。そこで珠子を味方にひきいれて、人魚の涙を盗ませようとした。ところが、その珠子が白井さんに寝返りを打つ。そこへ掏摸《すり》の源公がとび出して、横合いから頸飾をかっぱらってしまうというわけで、ひどく事件がこんがらがって来たんですが……」

「要するに大吉の計画では、贋物の頸飾を珠子に盗ませ、芳子さんを罪に落す。と、同時にあの頸飾が贋物であることを知っている諏訪三蔵は生かしちゃおけない。そこでああいう方法で殺しちまった。そしてその晩、珠子の手から頸飾を受取るつもりで原宿の家へいったところが、白井さんと亀三郎さんと三人で出かけるところでした。で、そのあとつけていって、珠子を殺し、また源公を殺したわけです。珠子を殺すのはおそらくはじめからの計画だったでしょうが、源公を殺したのは、かれさえ殺しておけば、頸飾が贋物であるとわかっても、途中で源公がすりかえたのだと云い張ることが出来ると思ったからなんです」

「どうです。これで大体のことはおわかりになったと思いますが」

双生児の夏彦と冬彦は上機嫌である。なぜかれらが上機嫌かといえば、見事三重殺人事件の謎を解いたせいもあるが、それ以上に愉快なのは三輪芳子の身のふりかたである。芳子はいま、白井順平のひろい肩にあたまを寄せて、うっとりとした眼で双生児の話をきいている。双生児の夏彦と冬彦は気をきかせて、終りのほうはほとんど囁《ささや》くような声だった。芳子の眼はしだいに細くなる。白井がふと双生児のふたりに眼くばせした。夏彦と冬彦は心得て、そっと立上ると、豪奢《ごうしゃ》な白井の書斎を出る。ドアのところで振返ると、たくましい白井の腕が、しっかり芳子を抱きしめて、二つの唇が密着していた。

「夏ちゃん、お目出度う」「冬ちゃん、お目出度う」

二人はにやりと微笑すると、音もなくドアをしめる。……

解説　幻の横溝正史作品

山前　譲

名探偵・金田一耕助の生みの親で、最後の探偵作家と言われた横溝正史氏は、明治三十五（一九〇二）年五月、神戸市に生れた。探偵小説のデビュー作は、大正十（一九二一）年四月、『新青年』に発表した「恐ろしき四月馬鹿《エイプリル・フール》」だから、まだ満十八歳の若さだった。当時、神戸二中を卒業して銀行に勤務していたが、大阪薬学専門学校に入り直し、大正十三年、神戸で家業の薬局を継いだ。大正十五年、江戸川乱歩の電報で上京して博文館に入社、『新青年』『文芸倶楽部』『探偵小説』の編集のかたわら小説を執筆した。昭和七年、退社して作家専業となった直後に結核を発病、療養中に「鬼火」「蔵の中」「真珠郎」などを書き、耽美《たんび》的作風を確立する。

昭和二十年の終戦後は、本格探偵小説に意欲を見せる。雪の密室が印象的な「本陣殺人事件」で金田一耕助がデビューし、さらに「獄門島」「八つ墓村」「犬神家の一族」「悪魔が来りて笛を吹く」「悪魔の手毬唄」ほかの金田一シリーズが好評を博した。社会派推理小説の台頭で一時創作が途絶えたが、昭和四十五年に講談社より全十巻の全集が刊行され、昭和四十年代後半には角川文庫を中心に復刊が相次ぎ、空前の横溝正史ブームが訪れる。

「迷路荘の惨劇」「仮面舞踏会」「病院坂の首縊りの家」「悪霊島」といった新作長編が、若い探偵小説ファンに歓迎された。

こうして、絶筆となった昭和五十五（一九八〇）年発表の「上海氏の蒐集品《コレクション》」まで、創作活動は約六十年にもおよんだ。その間に発表された作品の数は、探偵小説のほか、ウイットに富んだ現代小説、人形佐七シリーズに代表される捕物帳、少年少女向け小説などがあり、にわかには数えられない。その厖大《ぼうだい》な横溝作品のうち、探偵小説と現代小説のほとんどは角川文庫に収録された。熱心な読者の要望に応《こた》えてのものだったが、じつは未刊行の作品が数十作残されていた。雑誌や新聞に発表されたきりで、横溝作品の読者にとってはまさに幻の作品である。

その未刊作品の発表時期は、大まかに、

①投稿時代
②博文館での編集者時代
③戦争によって探偵小説が抑圧されていた時代
④戦後まもなくの探偵小説復興の時代

の四つに分けられる。

本書「双生児は囁く」は、①から一作品、②から三作品、④から三作品と、合計七作をまとめての短編集である。

もっとも初期の「汁粉屋の娘」は大正十年十二月の『ポケット』に発表されたものだか

ら、「恐ろしき四月馬鹿《エイプリル・フール》」でデビューした直後の作品となる。当時神戸に住んでいた横溝氏は、早世した旧制中学時代の親友の兄である西田政治《まさじ》氏とともに、探偵小説を読み耽《ふけ》っていた。その西田氏が、八重野潮路《やえのしおじ》名義の「林檎の皮」で『新青年』の懸賞小説に入選する。大正九年四月のことだった。博文館発行の『新青年』はその年の一月創刊で、翻訳探偵小説を掲載する一方、十枚程度の創作探偵小説を募集していたのだ。西田氏はつづいて九月にも「破れし原稿用紙」で入選している。

これに刺激されて横溝氏も応募するようになった。大正十年二月の第六回懸賞探偵小説で「破れし便箋」「男爵家の宝物」が最終選考八編に残り、四月の第七回で「恐ろしき四《エイ》月馬鹿《プリル・フール》」が一等入選する。さらに投稿はつづけられ、第八回には「死者の時計」が最終選考に残った。八月増刊で発表された特別懸賞探偵小説（これは二十枚）では「深紅の秘密」が三等に、十二月発表の第十二回では「一個の小刀より」が二等に入選し、それぞれ『新青年』に掲載されている。

その一方、やはり博文館から出されていた月刊小説誌『ポケット』の懸賞探偵小説にも応募していた。大正十年十月に「燈台岩の死体」が掲載され、その翌月に「汁粉屋の娘」が掲載されている。また、翌十一年五月には「河獺」が掲載された。こちらはとくに枚数制限はなく、したがって『新青年』に発表のものより長い。なお、「汁粉屋の娘」は目次では「汁粉屋の姉妹　横淵正史」と誤植されていた。

横溝氏はこう回顧している（角川文庫「金田一耕助のモノローグ」より）。

由来私が小説らしきものを書きはじめたころ、その文体についていちばん大きな影響をうけたのは岡本綺堂であった。後年自分でも捕物帳を書いたくらいだから、「半七捕物帳」を愛読したことはいうまでもないとして、私はそれより綺堂の奇談物が好きであった。その滋味溢《あふ》れる語りくちに魅了されたものである。江戸川乱歩の世話で東京へ出てきたのは、かぞえ年で二十五歳のときだったが、それ以前神戸にいたころ、私はよく当時博文館から出ていた「ポケット」という、いまの文庫本くらいの大きさの雑誌に綺堂まがいの奇談物を投稿していた。それらの作品のなかには没になったものもあるが、採用されたものも多少ある。私のもっているストーリー・テラー的才能は、岡本綺堂の影響がひじょうに大きいと、私はいまでも思っている。

「汁粉屋の娘」もまた、横溝作品のひとつの原点と言えるだろう。

ただ、大正十一年二月の『中学世界』に「破れし便箋」を改題した「化学教室の怪火」を発表したのち、しばらくは、翻訳を幾つか手掛けただけで、小説は発表していない。大正十二年四月の『新青年』に江戸川乱歩「二銭銅貨」が発表され、ようやく日本にも本格的な創作探偵小説の時代が訪れようとしていた時期だったにもかかわらず。学業に、そして家業に忙しかったのかもしれない。

再び筆を執るのは、大正十四年四月にその江戸川乱歩氏と会ってからである。同年七月の『新青年』に発表した「画室の犯罪」を最初として、旺盛《おうせい》な創作活動を見せている。翌十五年に博文館に入社し、『新青年』の編集に携わるようになっても小説は書いていた。一頁につき一枚の挿絵とともに物語が展開していく「三年の命」(『文芸倶楽部』昭2・5〜12)、実話風の「空家の怪死体」(『文芸倶楽部』昭3・11)、江戸川乱歩「魔術師」にも相通じる「怪犯人」(『朝日』昭6・2)が、その編集者時代の作品である。このうち「空家の怪死体」は河原三十郎名義で発表され、昭和四年十二月刊の春陽堂版「探偵小説全集」第五巻に収録されたことがある。なお、「三年の命」の連載最終回には小見出しがなかったが、本書では編集部の判断で補った。

掲載誌はいずれも勤めていた博文館の発行だが、自分で編集していた雑誌に書くと貰《もら》えなかった原稿料も、ほかの雑誌ならば貰えたという。ある月などは、雑文も含めて博文館の雑誌すべてに書いたというから驚かされる。変名も必要だったろうが、初出不明の短編がいくつかあるので、もしかしたらまだ知られていないペンネームがあるかもしれない。

昭和十六年十二月の日米開戦によって日本は完全に戦時体制となり、探偵小説を書くことはほとんどできなくなった。横溝作品にも時代小説が多くなり、現代小説も当時の社会情勢や世相を反映したもの、そして東アジアを舞台にしたものが目立つ。

昭和二十年八月十五日、戦争は終った。岡山県に疎開していた横溝正史氏は、探偵小説に新たな意欲を燃やしはじめる。と同時に、翌二十一年に『ロック』『宝石』といった専門誌が創刊され、探偵小説ブームが訪れた。『宝石』に連載の「本陣殺人事件」など、横溝氏は次々と力作を発表している。ただ、まだ東京などの大都市は空襲の痛手から回復せず、その分、出版界も地方に活気があった。たとえば、横溝氏が戦後最初に書いた「神楽太夫」は、仙台の河北新報が出していた『週刊河北』のために書かれている。

本書に収録した「心」も、昭和二十二年一月、高松市の四国新聞社発行の『四国春秋』に発表された。まだ岡山県にいた頃の作品で、当時の日記によれば、昭和二十一年九月十三日、来訪した担当編集者に書き上げた原稿を渡している。ちなみに原稿料は六百九十六円六十銭だった。戦後しばらくトリッキィな本格探偵小説に力を入れていた横溝氏だが、紙不足の時代でなかなか長いものは書けなかった。それでは本格物は書きようがないので、デビュー当時と同じように奇談物をよく書いた。「心」もそうした一編である。ここに顔を出す浅原元刑事は、「絵馬」(『家の光』昭21・10)にも登場している。

表題作の「双生児は囁く」(『読物と漫画』昭23・1~5)もやはり岡山で書かれたものだが、最初の刺青にまつわるエピソードはどこかで読んだ記憶があるに違いない。じつはこの作品の冒頭の部分は、のちに金田一耕助物の「ハートのクイン」(出版芸術社『金田一耕助の新冒険』に収録)に生かされている。そして「ハートのクイン」は長編「スペードの女王」に改稿されたから、クイーンの刺青にも見覚えがあるはずだ。ただ、この時、ハートからスペードにトランプのマークが変っていた。そのエピソード以外、「双生児は囁く」はトリッキィな独自の物語となっている。

夏彦と冬彦の双子探偵は、昭和二十二年発表の「双生児は踊る」ですでに登場していたシリーズ・キャラクターなのだが、こちらも金田一耕助物の「暗闇の中の猫」（角川文庫「華やかな野獣」に収録）に改稿されてしまい、あまり活躍の場は与えられなかった。「双生児は踊る」は角川文庫「ペルシャ猫を抱く女」に収録されたので、単行本未収録ではない。

昭和二十三年八月一日、横溝氏は疎開先の岡山県から帰京する。その疎開は、ただ戦禍を逃れたというだけでなく、「本陣殺人事件」や「獄門島」など一連の岡山物が書かれるきっかけともなった。居心地も良かったのだが、戦後の出版界の活況にあって、地方にいるデメリットはしだいに大きくなってきた。家族の事情もあって、海野十三氏の配慮で見つけた成城の家に転居したのである。

だが、久々の東京は、戦争の後遺症からか、横溝氏の目にはすさんで見えた。新居に落ち着くと、ぜったいに都心へは出かけまいと決心したほどである。そのせいか、「夜歩く」などの連載をのぞけば、探偵小説の新作はなかなか書かれなかった。ようやく書かれた帰京後初の探偵小説が、のちに金田一耕助物に書き改められる「車井戸は何故軋る」（『読物春秋』昭24・1）と本書に収録の「蟹」（『モダン小説』昭24・1）である。

戦禍で荒れ果てた東京と中国地方の小さな町を結ぶ物語で注目されるのは、題名が象徴している探偵小説としてのひとつの趣向である。江戸川乱歩「孤島の鬼」でもお馴染《なじ》みのもので、横溝氏も長年秘めていたテーマだった。岡山にいた時分には、隣に住んでいた医者からいろいろ話を聞いたという。晩年のある長編では、この趣向がメインとなっている。

それに先立つ作品が「蟹」である。
横溝正史氏の作家活動については、中島河太郎氏と浜田知明氏が長年克明に調査し、まとめてきた。近年、世田谷《せたがや》文学館に収められた横溝正史関係の資料などから、新たな事実が発見されている。最後の探偵作家の創作活動の全貌《ぜんぼう》は、まだ完全には捉えられてはいないのだ。本書収録の短編は、何人かの方々の協力を得て集められた、珍しい未収録作品のなかからセレクトされたものである。いまなお増えつづけている横溝作品のファンにとって、必読の一冊なのは間違いない。

（資料提供・浜田知明）

本書中には、今日の人権擁護の見地に照らして不当・不適切と思われる語句や表現がありますが、作品発表時の時代的背景を考え合わせ、また著者が故人であるという事情に鑑《かんが》み、底本どおりとしました。

編集部

本書は、一九九九年九月に小社より刊行されたカドカワ・エンタテインメントを文庫化したものです。

双生児《そうせいじ》は囁《ささや》く

横溝正史《よこみぞせいし》

角川文庫　13814

平成十七年五月二十五日　初版発行

発行者――田口恵司

発行所――株式会社角川書店

東京都千代田区富士見二―十三―三

電話　編集(〇三)三二三八―八五五五

　　　営業(〇三)三二三八―八五二一

〒一〇二―八一七七

振替〇〇一三〇―九―一九五二〇八

印刷所――暁印刷　製本所――コオトブックライン

装幀者――杉浦康平

落丁・乱丁本はご面倒でも小社受注センター読者係にお送りください。送料は小社負担でお取り替えいたします。

定価はカバーに明記してあります。

よ 5-34　ISBN4-04-355502-4　C0193

角川文庫発刊に際して

角川源義

第二次世界大戦の敗北は、軍事力の敗北であった以上に、私たちの若い文化力の敗退であった。私たちの文化が戦争に対して如何に無力であり、単なるあだ花に過ぎなかったかを、私たちは身を以て体験し痛感した。西洋近代文化の摂取にとって、明治以後八十年の歳月は決して短かすぎたとは言えない。にもかかわらず、近代文化の伝統を確立し、自由な批判と柔軟な良識に富む文化層として自らを形成することに私たちは失敗して来た。そしてこれは、各層への文化の普及滲透を任務とする出版人の責任でもあった。

一九四五年以来、私たちは再び振出しに戻り、第一歩から踏み出すことを余儀なくされた。これは大きな不幸ではあるが、反面、これまでの混沌・未熟・歪曲の中にあった我が国の文化に秩序と確たる基礎を齎らすためには絶好の機会でもある。角川書店は、このような祖国の文化的危機にあたり、微力をも顧みず再建の礎石たるべき抱負と決意とをもって出発したが、ここに創立以来の念願を果すべく角川文庫を発刊する。これまで刊行されたあらゆる全集叢書文庫類の長所と短所とを検討し、古今東西の不朽の典籍を、良心的編集のもとに、廉価に、そして書架にふさわしい美本として、多くのひとびとに提供しようとする。しかし私たちは徒らに百科全書的な知識のジレッタントを作ることを目的とせず、あくまで祖国の文化に秩序と再建への道を示し、この文庫を角川書店の栄ある事業として、今後永久に継続発展せしめ、学芸と教養との殿堂として大成せんことを期したい。多くの読書子の愛情ある忠言と支持とによって、この希望と抱負とを完遂せしめられんことを願う。

一九四九年五月三日